中國語言文字研究輯刊

初 編

許 錟 輝 主編

第17冊

王力之上古音

張 慧 美 著

花木蘭文化出版社

國家圖書館出版品預行編目資料

王力之上古音／張慧美 著 — 初版 — 新北市：花木蘭文化出
版社，2011〔民100〕

目 4+190 面；21×29.7 公分

（中國語言文字研究輯刊 初編；第 17 冊）

ISBN：978-986-254-713-7（精裝）

1. 古音 2. 研究考訂

802.08 100016552

ISBN-978-986-254-713-7

9 789862 547137

中國語言文字研究輯刊

初 編 第十五冊 ISBN：978-986-254-713-7

王力之上古音

作 者 張慧美

主 編 許錟輝

總 編 輯 杜潔祥

出 版 花木蘭文化出版社

發 行 所 花木蘭文化出版社

發 行 人 高小娟

聯 絡 地 址 新北市永和區中正路五九五號七樓之三

電話：02-2923-1455／傳真：02-2923-1452

網 址 http://www.huamulan.tw 信箱 sut81518@gmail.com

印 刷 普羅文化出版廣告事業

初 版 2011 年 9 月

定 價 初編 20 冊（精裝）新台幣 45,000 元

王力之上古音

張慧美　著

作者簡介

張慧美

東海大學中國文學博士（1996 年元月）

曾專任於國立中正大學

現為國立彰化師範大學國文學系專任教授

曾主講語言學概論、語音史、聲韻學、訓詁學、教學語言藝術、古音學研究、聲韻學與國文教學專題研究、音韻學專題研究、詞彙學研究、語言風格學研究等課程。

1988 年於《大陸雜誌》發表〈朱翱反切中的重紐問題〉，並陸續於學報、期刊發表有關「上古音」、「中古音」、「現代音」、「語言風格學」等方面之論文四十餘篇。

提　要

王力之於上古音，投注其心力凡數十年之久，先後發表的專書與論文多種，自最先西元 1937 年的《上古韻母系統研究》，到最後西元 1985 年的《漢語語音史》，其間見解不盡相同，若想徹底了解其學說，實非易事。必須將其學說，放在整個上古音的研究歷史上來探討，看他接受了那些前人的成績？又有那些是不肯接受的？自己提出的意見是否因為有了新的材料發現？新的觀念產生？如果前後其意見有所不同，是否曾接受了其他學者的意見而修正自己的說法？究竟那些是其貢獻？是否還有沒注意到的地方？或有與各家意見未盡相同的問題？這些都是我們所希望知道的。至於他對學術鍥而不捨、力求創新的研究精神，當然是我們應該效法的典範。

本文便是按照上述所希望知道的各點，加以研究。大綱分為：第一章，王力生平簡介及著作分類目錄與版本。第二章，清以來對上古音研究之情況概述。第三章，王力之上古音及問題之檢討。第四章，結語。

本文之重點在第三章，內容包括了王力上古音學說之鳥瞰，並從歷史的角度指出其因承與創新；另一方面是問題之檢討，重點在評論其得失和學者對王力學說之看法，並依古漢語音類的區分和古音的構擬兩大方向來述評、討論。第四章結語，乃是針對本文第三章之研究心得，所作出之結論。

對於研究王力這樣一位負盛名的大家的古音學，除了客觀的將其學說判析陳之於眾外，在寫作過程中，也盡量於折中眾說中提出具體之理由，而避免主觀之臆測。

目次

緒　言 ……………………………………………………… 1

第一章　王力生平簡介及著作分類目錄與版本 ……… 5

　第一節　王力生平簡介 ………………………………… 5

　第二節　王力之著作分類目錄與版本 ……………… 10

第二章　清以來的上古音研究概述 ………………… 11

　第一節　古聲紐說 …………………………………… 11

　　一、錢大昕 ………………………………………… 11

　　　（一）古無輕唇音說 ……………………………… 12

　　　（二）古無舌上音說 ……………………………… 13

　　二、章炳麟 ………………………………………… 13

　　三、曾運乾 ………………………………………… 14

　　　（一）喻三古歸匣說 ……………………………… 14

　　　（二）喻四古歸定說 ……………………………… 15

　　四、黃侃 …………………………………………… 16

　　　（一）照系二等字（莊系）古讀齒頭音（照二歸
　　　　　　精說） …………………………………… 16

　　　（二）照系三等字古讀舌頭音說 ……………… 16

　　　（三）古聲十九紐 ……………………………… 17

　　五、錢玄同 ………………………………………… 18

　　六、高本漢 ………………………………………… 18

　　七、董同龢 ………………………………………… 20

　第二節　古韻部說 …………………………………… 21

　　1. 顧炎武：十部 ………………………………… 23

2. 江永：十三部 ………………………………………… 25

3. 段玉裁：十七部 ……………………………………… 27

4. 戴震：二十五部 ……………………………………… 28

5. 王念孫：二十一部 …………………………………… 30

6. 孔廣森：十八部 ……………………………………… 32

7. 姚文田：十七部 ……………………………………… 34

8. 嚴可均：十六部 ……………………………………… 34

9. 劉逢祿：二十六部 …………………………………… 34

10. 江有誥：二十一部 ………………………………… 35

11. 朱駿聲：十八部 …………………………………… 37

12. 夏炘：二十二部 …………………………………… 38

13. 張成孫：二十部 …………………………………… 39

14. 章炳麟：二十三部 ………………………………… 40

15. 黃侃：三十部 ……………………………………… 42

16. 陸志韋：二十二部 ………………………………… 43

17. 羅常培、周祖謨：三十一部 ……………………… 44

18. 魏建功：四十七部 ………………………………… 45

19. 董同龢：二十二部 ………………………………… 45

20. 嚴學宭：三十一部 ………………………………… 46

第三節　古聲調說 ……………………………………… 47

（一）四聲說 …………………………………………… 48

1. 四聲一貫說 ……………………………………… 48

2. 古有四聲說 ……………………………………… 48

3. 四聲三調說 ……………………………………… 50

（二）三聲說 …………………………………………… 50

1. 古無去聲說 ……………………………………… 50

2. 古無入聲說 ……………………………………… 51

（三）五聲說 …………………………………………… 51

1. 古有五聲說 ……………………………………… 51

2. 長去短去說 ……………………………………… 51

（四）二聲說 …………………………………………… 52

第三章　王力之上古音及問題之檢討 ………………… 53

第一節　上古聲母部分 ………………………………… 53

壹、王力上古聲母系統之鳥瞰 ……………………… 53

　　　貳、問題之檢討 ……………………………………… 58
　　　　一、古無輕唇音；古無舌上音的問題 ………… 58
　　　　二、古音娘日歸泥的問題 ……………………… 60
　　　　三、喻三古歸匣的問題 ………………………… 62
　　　　四、喻四古歸定的問題 ………………………… 67
　　　　五、照二歸精系；照三歸端系的問題 ………… 71
　　　　六、古音無邪紐的問題 ………………………… 76
　　　　七、複輔音的問題 ……………………………… 79
　　　　八、清唇鼻音聲母的問題 ……………………… 84
　　　　九、濁母字送氣不送氣的問題 ………………… 88
　　　　十、俟母之有無的問題 ………………………… 90
　　第二節　上古韻母部分 ……………………………… 91
　　　壹、王力上古韻母系統之鳥瞰 …………………… 91
　　　貳、問題之檢討 ……………………………………… 95
　　　　一、冬侵合部的問題 …………………………… 95
　　　　二、脂、微分部的問題 ………………………… 99
　　　　三、祭部獨立的問題 …………………………… 105
　　　　四、陰、陽、入三分的問題 …………………… 108
　　　　五、介音的問題 ………………………………… 111
　　　　六、主要元音的問題 …………………………… 114
　　　　七、韻尾的問題 ………………………………… 124
　　第三節　上古聲調部分 ……………………………… 139
　　　一、王力對前人上古聲調說之批評 ……………… 139
　　　二、王力對上古聲調之看法 ……………………… 141
　　　三、近人對王力上古聲調之批評 ………………… 144
　　　四、小　結 ………………………………………… 149

第四章　結　語 …………………………………………… 155

研究資料與參考資料 ……………………………………… 161

附錄：王力之著作分類目錄與版本 ……………………… 169

緒　言

　　王力是近代著名的語言學家，尤其是在漢語音韻及語法方面下的功夫最深，著作宏富。他的學術成就，備受識者推崇，譬如同為資深有名的語文學者周祖謨便曾說：「王力是當代傑出的、著名的語言學家。」

　　學術研究是一個長時期學者共同灌注心力的事業，前賢開疆啓宇，後人繼續經營，於是規模漸具，而終致蔚成大國。上古音的研究，遠的不言，即自顧炎武起算，至今亦已三百餘年，中間經過許多學者的努力，而續有斬獲。王先生的上古音研究成績，正是一方面直接繼承了中土學者的豐富遺產，一方面又受到西方語言學的洗禮，有破有立，繼往開來，而成一家之言。

　　一個大家的學術成就，必然是經過周詳思索，融會貫通之後的精心結構，不是粗淺的接觸便能知其甘苦，深刻領悟的。尤其像王先生之於上古音，投注其心力凡數十年之久，先後發表的專書與論文多種，自最先 1937 年的〈上古韻母系統研究〉，到最後 1985 年的《漢語語音史》，其間見解不盡相同，若想徹底了解其學說，實非易事。必須將其學說，放在整個上古音的研究歷史上來探討，看他接受了那些前人的成績？又有那些是不肯接受的？自己提出的意見是否因為有了新的材料發現？新的觀念產生？如果前後其意見有所不同，是否曾接受了其他學者的意見而修正自己的說法？究竟那些是其貢獻？是否還有沒注意到的地方？或有與各家意見未盡相同的問題？這些都是我們所希望知道的。至於

他對學術鍥而不捨、力求創新的研究精神,當然是我們應該效法的典範。

本文便是按照上述所希望知道的各點,加以研究。大綱分為:第一章,王力生平簡介及著作分類目錄與版本。第二章,清以來對上古音研究之情況概述。第三章,王力之上古音及問題之檢討。第四章結語。

第一章「王力生平簡介及著作分類目錄與版本」,分為兩節,第一節是王力生平簡介;敘述王先生之生平、求學過程、治學態度與方法、及其風範等。第二節是王力之著作分類目錄與版本。將其著作,按專書(53 本)、論文(234篇)、與譯著(21 本)分為三大類。專書與論文部分,再依次分為音韻、語法、語文學通論、文學與其他等五類,以年代之先後為序,並參考《王力文集》一至二十卷,每卷每篇前之「編印說明」及其他相關資料來敘述其版本,以便於學者之利用。

第二章「清以來的上古音研究概述」共分三節。第一節是古聲紐說、第二節是古韻部說、第三節是古聲調說。本章敘述的對象,是以清以來對上古音研究有貢獻及影響者,與王先生去世前學者所發表的論文,或王先生文中所提及的學者為下限。清以來的上古音研究,本可包括現代學者之研究,但我們考慮到有些文章,王先生根本看不到,因此不可能受其影響,所以不在本章敘述,而置於第三章中來討論。至於清以前學者之古音觀點,則當成歷史簡略敘述。在寫作方式上,只完全客觀地敘述各家之學說。

第三章「王力之上古音及問題之檢討」,分聲、韻、調三部分來研究檢討。第一節是上古聲母部分,討論的重點包括「日紐不歸泥、照二不歸精系;照三不歸端系、喻四之音值擬定、上古無複輔音之存在、古音有俟母」等問題。第二節是上古韻母部分,討論的重點,包括王先生在上古音研究上的兩大貢獻一脂、微分部與一部一個主元音的看法,以及「冬、侵合併、祭部不獨立、二等介音音值之擬定、陰陽入三分」等問題。第三節是上古聲調部分,討論的重點是「王先生在上古聲調方面認為上古有四個聲調,即分舒、促兩大類,舒而高長為平聲、舒而低短為上聲、促而高長為入長、促而低短為短入」的問題。本章之內容,包括了王先生上古音學說之鳥瞰,並從歷史的角度指出其因承與創新;另一方面是問題之檢討,重點在評論其得失和學者對王先生學說之看法,並依古漢語音類的區分和古音的構擬兩大方向來述評、討論。

　　第四章結語，乃是針對本文第三章之研究心得，所作出之結論。

　　對於研究王先生這樣一位負盛名的大家的古音學，除了客觀的將其學說判析陳之於眾外，在寫作過程中，也盡量於折中眾說中提出具體之理由，而避免主觀之臆測。

　　八十三年初，經向周法高老師商定了論文題目之後，自此著手資料的收集，老師每週五課前或課後都為此有所指示，或討論問題。六月二十四日的星期五，仍與往常一樣，關心論文進行的情況，詎料，隔日中午即驚聞其離世之噩耗，真不啻晴天霹靂，令我悲不自勝。記得有一次周師突然說對不起我們，他可能無法將我們的博士論文指導完成，並指著我說：「你的論文，可以由別的老師繼續指導。」當時只以為是一句玩笑話，沒想到竟一語成讖。回憶民國七十四年初入東海中文研究所時，即從周師學習音韻學，由於我秉性愚魯，又欠勤奮，故常遭斥責，慚愧之至。但是平日周師對我的關愛之情，卻是溢於言表。往事歷歷，如在目前。十年過去了，而我的學業無多長進，有負周師厚望，不禁噓唏掩泣。

　　八十三年四月間，周師安排我與謝美齡七月赴北京收集資料，並請託王力的大弟子唐作藩，就近照顧。由於周師的關係，使得我們在北京時頗受禮遇。三次造訪王先生的燕南園住所，都受到王夫人的熱情款待，提供有關資料。並拜訪了與王先生同時代的著名學者周祖謨，周先生和藹的笑容、親切的態度，平易近人，使我們完全沒有初見面時的陌生感。操純正的北京口音，十分悅耳。凡有所指教，簡明扼要，循循善誘，令人由衷敬僅。不但指導了我論文的寫作方法，還與我們共進午餐和拍照。回台灣後，周先生還寫信督促我說：「歲月易逝，尚希加緊為盼。」孰料在八十四年一月十四日凌晨三點十分，周先生亦既病逝於北京醫院。在其去世的前一個月，還寫了一封長達三頁的信給我，叮嚀我寫作論文的大方向和應注意的小節，思及此，不禁悲感交織。

　　周師過世之後，當時的所主任楊承祖老師安排龍宇純老師接下指導我論文的工作。實際上，當時的情況，我在周師的指導之下，只是蒐集了必要的資料，概念粗具，根本未曾動筆。龍師進一步釐清論文寫作的概念，並幾乎每週都安排時間與我討論問題，解決困難，有時長達數小時，並且不厭其煩地詳細審閱論文之內容結構，甚至文字方面，都悉意勘酌修改。尤其是在某些音韻的觀念，

更是對我啟迪良多。龍師的要求是嚴格的,深深地體會到他對學生的期望之殷、指導之勤與愛護之深。如此恩情,令我感激莫名,永誌難忘。

　　末了,我所要說的是,論文寫作期間,周圍的關懷、鼓勵與協助不斷,需要感謝的人實在太多了,無法一一列舉,特於此,對於關心我幫助我的人,致上謝忱。

第一章　王力生平簡介及著作分類目錄與版本

第一節　王力生平簡介

　　西元 1987 年香港出版《王力先生紀念文集》的前言中，尊王先生為「用世紀來計算時間」的文化名人。這個稱號具體地顯示了王先生畢生從事學術研究的成就和他科學治學精神所凝聚起來的生命之光。他從事了逾半個世紀的漢語研究，研究幾十個世紀的漢語，而由他融會中西，貫通古今開創的漢語現代研究所得的成果，以及他培養的後人之研究成果，將持續和保留到以後無盡的世紀。這位「用世紀計算時間」的文化名人，恰巧和新世紀同時誕生，小生命一開始，就具有世紀性。〔註1〕

　　王先生，原名祥瑛，字渭華〔註2〕、了一，〔註3〕齋名龍蟲並雕。是一位當

〔註1〕見《王力傳》，頁1。

〔註2〕王先生認為「祥瑛」的「瑛」字是名字中常見的，覺得太俗，又易雷同，便想改個名。於是老師給他改了個名，叫「渭華」。而他不喜歡，嫌它筆畫繁多，仍未脫俗。便自己起了個名字叫王力，字了一，以後就一直用這個名字。參見《王力傳》，頁8。

〔註3〕王先生成名之後，有些人曾對他用這個名字作過種種的猜測。家鄉中有人說：「他改名王力，字了一，這『了一』二字，是因為他排行第二，哥哥早天的緣故。」有的北方人又說：「他名力，字了一，是因為『了一』反切為『力』，名字協調。」

代中國傑出的語言學家、教育家、詩人及翻譯家。西元 1900 年 8 月 10 日（清光緒二十六年七月十六日）出生於廣西省博白縣岐山坡村。西元 1986 年 5 月 3 日 9 點 35 分因白血病逝世於北京，享年八十六歲。這不啻爲我國語言學界的一大損失。

王先生之曾祖爲清貢生，父親王炳炎（貞倫）是前清秀才。王先生七歲啓蒙，幼承庭訓，學有根基，博通典籍，工爲文章。十四歲時高等小學畢業，卻因家貧而無力升學。然而他依然是上進不懈。十七歲開始任家庭教師，在往後的三年中，因爲有機會閱讀十四箱古籍，〔註4〕因此，爲日後的研究打下了良好的基礎。後來更破格升任高小教員，執教於家鄉廣西博白高等小學。廿四歲時，得親友資助赴上海求學，考入上海南方大學國學專修班，始習英語。廿六歲時，又考進清華大學國學研究院，受業於梁啓超（任公，講授歷史）、王國維（靜安，講授《詩經》、《尚書》）陳寅恪（講授佛教文學）及趙元任（宣仲，講授音韻學）四位大師。廿七歲時，由梁啓超、趙元任兩位大師共同指導畢業論文〈中國古文法〉。由於當時清華大學國學研究院是一年制，所以只寫兩章就畢業了。梁氏在論文的封面上寫了一個總批：「精思妙悟，爲斯學闢一新途徑。」在論文裏邊還有「卓越千古，推倒一時。」的評語。而趙氏則恰恰相反，他對王先生的〈中國古文法〉不曾給予一句褒語。他用鉛筆小字作眉批，專找王先生的毛病。其中最嚴厲的一句批評的話，就是「未熟通某文，斷不可定其無某文法。言『有』易，言『無』難。」〔註5〕最後六字與「例不十，法不立」及「例外不十，法不

還有人說：「古代稱師爲子，了一合寫是『子』，表示他要爲人師」。其實，這種種猜測都是附會。王先生說，他所以用這個名字，別無他意，只不過圖其筆畫簡單，易寫易認，又可避免姓名雷同而已。見《王力傳》，頁8。

〔註4〕王先生〈我的讀書方法〉中說：「後來我到一個親戚家，當了小學教師，有一個親戚的父親在廣雅書院當過學生，家中藏書很多，可是這個親戚不怎麼讀書，把書堆在一個房間裏，堆得滿地都是。我說：『你的書不看，可不可以借給我看？』他說：『難得。反正我也不搞這些，你拿去替我保存全了。』我就把整整十四箱書都搬到家裏去了。」箱中經史子集，無所不備，地理天文，雜然並存，書中間有廣雅書院山長批語。

〔註5〕王先生在〈兩粵音說〉一文中說兩廣沒有撮口呼，趙元任把這篇文章登在《清華學報》上。過了不久，趙元任到廣州，發現廣東話裏有撮口呼，回來之後他很感慨地對王先生說：「說『有』易，說『無』難。」

破」兩句，成爲王先生的座右銘。畢業當年（西元 1927 年），由於趙元任及親友的援助，以四十英鎊購船票一張，乘法國郵輪赴歐，考入法國巴黎大學，並開始學法語。王先生在法國留學的時候，因爲沒有錢用，就賣文來維持生活，先後翻譯了二十多部法國文學作品。王先生從事法國文學的翻譯，目的本是爲了解決經濟困難，但由於他譯作的出版，使得法國一些著作作家的作品得以介紹給中國的讀者，這就促進了中法文化的交流，他自己也成爲國內有才華的翻譯家，在翻譯界獲得了聲譽。當初在法國，王先生的論文題目仍然想要做中國語法，但巴黎大中國學院院長格拉奈（Granet）勸他不要做，因爲這不是三五年做得出來的。於是他改學實驗語音學，在導師貝爾諾（Pernot）和福歐（Fouch'e）兩位教授的指導下，而以法文完成了博士論文《博白方音實驗錄》，並於西元 1931 年獲得巴黎大學文學博士學位。西元 1932 年（卅二歲）秋，離歐返國，任清華大學中國文學系專任講師，講授普通語言學及中國音韻學概要，學生有董同龢等人，並在燕京大學兼課，講授中國音韻學。西元 1937 年（卅七歲）時，蘆溝橋事變後，隨校南遷，任國立長沙臨時大學（由北京大學、清華大學、南開大學合組而成）中文系教授。西元 1938 年（卅八歲）初，到了桂林，任廣西大學文史地專修科主任；秋，到了昆明，任西南聯合大學教授，講授「中國現代語法」、「語言學概要」，當時《中國現代語法》印成講義，後來接受聞一多（友三）之建議，將講義析爲「中國現代語法」（偏重語法規則之說明）；「中國語法理論」（專講理論）兩書，二者相輔而行。西元 1939 年（卅九歲）暑假，獲休假一年（清華大學教授例假），到越南遠東學院進修，從事東方語言（主要是越語）研究。西元 1946 年（四十六歲）到廣州，任中山大學教授兼文學院院長，並創辦中國第一個語言學系。西元 1948 年（四十八歲）任嶺南大學教授兼文學院院長。西元 1952 年（五十二歲），大陸高等學校進行院系調整，教會辦之嶺南大學併入中山大學，王先生則改任中山大學教授兼語言學系主任。西元 1954 年（五十四歲）秋，奉胡喬木命，中山大學語言學系併入北京大學中國語文文學系（簡稱中文系），王先生任北京大學一級教授，在北大講授漢語史、古代漢語詩律學，滿代古音學和中國語言學史等課程，並開設各種專題講座。期間曾兼漢語專業主任、中文系副主任、古代漢語教研室主任，北大學術委員會委員、北大學報副主編。又歷任「北京市政協」第二至五屆委員，第四、五屆常務委

員、並先後兼任中國科學院社會科學學部委員、中央標準語音及委員會委員（西元 1955 年）、中國文字改革委員會副主任（西元 1980 年）、國家語言文字工作委員會顧問、中國語言學會名譽會長，中國人民政治協商會議第五、六屆全國委員會常務委員等職。

王先生在五十多年的學術活動中，寫了千萬多字的著作，其中專著有五十多部，論文二百多篇。他對漢語語意、語法、詞彙的歷史和現狀，都進行了精深的研究。他的研究工作既繼承我國古代語言學的優良傳統，又充分吸收了國外語言學的研究成果。在傳統語言學向現代語言學發展的過程中，做出了重大的貢獻。他三十年代寫的《中國文法學初探》、《中國文法中的繫詞》、《中國音韻學》，四十年代寫的《中國語法理論》、《中國現代語法》、《漢語詩律學》，五十年代寫的《漢語史稿》，六十年代寫的《中國語言學史》和他主編的《古代漢語》，大都具有開創的性質，在國內外產生了深遠的影響。文革期間，他受到種種的摧殘迫害，但仍堅持研究工作，寫了《詩經韻讀》、《楚辭韻讀》、《同源字典》等書。他說：一息尚存，研究工作就不能停止。「四人幫」粉碎以後，他心情舒暢，以「還收餘勇寫千篇」的精神，每天堅持工作八小時，對《漢語史稿》進行了全面的改寫。《漢語語音史》已於西元 1985 年由中國社會出版社出版。《漢語語法史》、《漢語詞彙史》〔註6〕《清代古音學》、《康熙字典音讀訂誤》等書亦分別由商務、中華・北京書局出版了。

王先生把自己的書屋叫做「龍蟲並雕齋」。〔註7〕「龍」指的是學術論著，「蟲」指的是普及性讀物和文學作品。他不僅在雕龍方面取得了巨大成就，代表了中國語言學一個新的歷史階段。在雕蟲方面也成績斐然。例如他一生的五十多部著作中，約有四分之一是普及性的，這種工作，一般專家都不屑為之。他早年寫過《希臘文學》、《羅馬文學》，翻譯過二十多種文學作品。〔註8〕解放後出版了《龍蟲並雕齋詩集》，並寫了大量深入淺出、立論嚴謹的文章和普及性讀物，深受讀者歡迎。西元 1985 年山東教育出版社決定出版《王力文集》二十卷（目

〔註6〕去夏至北京（西元 1994 年），承蒙王夫人惠賜《漢語詞彙史》一書，並於書中簽名留念。

〔註7〕去夏在北京期間，曾三度由唐作藩先生陪同造訪王先生所取之燕南園，並親自坐在「龍蟲並雕齋」書桌前，想見王先生伏案用功之情形，並照相留念。

〔註8〕見王先生之〈我的治學經驗〉。

前已全部出版了），王先生在他八十五歲壽辰之際，決定將二十卷全部稿酬十餘萬元捐獻出來，設立「北京大學王力語言獎學金」。西元 1985 年 8 月，這時他的最後一本著作《古漢語字典》只完成了不到三分之一。然而他已意識到自己不能完成這一百二十萬字的巨著了，於是就把唐作藩、郭錫良、曹先擢、何九盈、蔣紹愚、張雙棣幾位先生請來商量，希望他們分寫，他們都答應了，使得王先生感到十分欣慰。〔註9〕

王先生畢生從事教育工作，為國家培養了大批語言學人才，他早年培養的學生，有的已成為海內外知名學者。例如在台灣已經逝世了的學者如董同龢、許世瑛均曾親炙於王先生，先師周法高先生之碩士論文〈玄應反切考〉口試，亦是由王先生主考。

王先生的主要著作都是從教學講義基礎上修改、充實而成的，由淺入深、深入淺出是其主要特色。

郭紹虞在《了一先生像贊》中稱讚他：「不矜己長，不攻人短，是真學者，是好風格！」

周祖謨在王先生的墓碑上亦有王先生生平簡介，末段文曰：「王力教授乃當代傑出著名的語言學家、教育家和詩人。稟性敦厚，待人以誠。不矜己長，不攻人短，予人者多，取於人者少。著作等身、桃李三千。捐資十餘萬以獎勵後進，衷心愛國、年邁益堅。立此貞石，風範永傳。」

王先生遺囑中說：「我的一生，是奮鬥的一生，我少年時代失學十年，終於進了大學，受到高等教育。在十年動亂時期，我雖不能進行正常的科研工作，但是後來補了課，仍寫了幾部書，我對我的一生是滿意的。」是的，王先生的確是應該對他的一生滿意了。他說，他的一生是「奮鬥的一生」，這話是確確實實的。在學術的領域上，他所走的是一條奮鬥不息的道路，是一條承先啟後，融合中西，龍蟲並雕的道路，也是一條閃爍著智慧光芒，豐碑林立的道路。如今他亡故了，但他的許多遺著留給了後人，〔註10〕他的風範永存，他奮鬥者的

〔註9〕去年夏天見到唐作藩，由他告知《古漢語字典》目前尚未出書，然而由他負責的部分，已全部寫完了。

〔註10〕王夫人已將燕南園二樓之書全數捐給了北京大學中文系。目前北大中文系訂做了書櫃並上了鎖，而這批書仍舊暫時寄放在燕南園王先生家中的二樓。

足跡，也將給後一代人以鼓舞和力量。

第二節　王力之著作分類目錄與版本

　　本節中將王先生之著作，首先按專書、論文與譯著分為三大類。專書與論文部分，再依次分為音韻、語法、語文學通論〔註11〕、文學與其他等五類，〔註12〕以年代之先後為序，並參考《王力文集》一到二十卷，每卷每篇前之「編印說明」及其他相關資料〔註13〕來敘述其版本（凡能提供頁數處，則儘量註出），以便於學者之利用。

　　茲將王先生之著作分類統計表列於下：

	專　　書	論　文	譯　著
音韻部分	10	36	
語法部分	13	27	
語文學通論	23	150	21
文學部分	5	7	
其他部分	2	15	

（分類統計表）

專　　書	53
論　　文	234
譯　　著	21

（總統計表）

王力之著作分類目錄與版本（見附錄）

（本節之〔註11〕、〔註12〕、〔註13〕，請參見附錄，頁283～284）

〔註11〕請參見附錄，頁283～284。

〔註12〕請參見附錄，頁283～284。

〔註13〕請參見附錄，頁283～284。

第二章　清以來的上古音研究概述

第一節　古聲紐說

　　由於閱讀《詩經》及其它上古韻語的需要，不能不觸及韻的問題，所以上古韻母的問題很早就受到學者的注意，從六朝開始就不斷有學者去探討它、解釋它，後來清儒更以科學方法接力式的投入，所以在古韻學方面清代已獲得十分可觀的成績。反觀聲母的情況就完全不同了，因為在閱讀先秦韻文的時候不易感到上古聲母有什麼特別，所以學者不太會去注意它。再者，韻母的研究很熱鬧，聲母則不是，這也有它們本身的問題。古聲母因為問題本來就少，所以研究的人少，例如：聲母有五音——唇舌牙齒喉，而唇音之幫滂並明，上古也是「幫滂並明」；而韻母方面則相差很遠，如今天唸 a 的音，上古可能不唸 a。而韻部的問題較複雜所以研究方面就比較熱烈，這是客觀的問題。因此，一直到江永，都還守著宋代以來流行的三十六字母，認為這就是不可增減改易的聲母系統，而錢大昕首先注意到上古聲母問題而提出證據加以考訂。

一、錢大昕（1727～1804）

　　字曉徵，一字及之，號辛楣，又號竹汀居士，江蘇嘉定（今屬上海）人。錢氏精通經史，兼及中西曆算。關於音韻方面，他沒有專著，其說則散見於《十駕齋養新錄》卷五和《潛研堂文集》卷十五。

錢氏古音學上的成就，在古學紐方面。他所說的「古無輕唇音」和「古無舌上音」，已成爲不刊之論了。茲分別介紹如下：

（一）古無輕唇音說

所謂「古無輕唇音」，意思是說上古沒有「非、敷、奉、微」這一組唇齒音聲母。錢氏認爲，在上古時代皆念作「幫、滂、並、明」重唇一讀。錢氏根據以下幾方面的材料來證明這一個論點，他用的材料約有二〇二條。

1. 異文：
   （1）非母古讀爲幫母：「邦域」、「封域」。〔註1〕
   （2）非母古讀爲並母：「旁逑」、「方鳩」。〔註2〕
   （3）敷母古讀爲幫母：「布重」、「敷重」。〔註3〕
   （4）敷母古讀爲滂母：「鋪時」、「敷時」。〔註4〕
   （5）敷母古讀爲並母：「外薄」、「外敷」。〔註5〕
   （6）奉母古讀爲幫母：「偪」、「伏」。〔註6〕
   （7）奉母古讀爲並母：「匍匐」、「扶服」。〔註7〕
   （8）微母古讀爲明母：「孟諸」、「望諸」。〔註8〕
2. 聲訓：如「負，背也」；「房，旁也」；「法，逼也」；「邦，封也」；「望，茫也」。
3. 讀若：如《說文》，「奟，大也。讀若予違汝弼」。「娓，順也，讀若媚」。
4. 直音：如「負音佩」，「苻音蒲」，「繁音婆」。
5. 反切：如「邠攽」等字是重唇音而讀「府巾切」；「旻忞」等字是重唇音而讀「武巾切」。
6. 現代方言：錢氏說：「今吳人呼『蚊』如『門』」，又說「今江西湖南方

〔註1〕前者爲本音，後者爲異文。並只舉一例。論語「在邦城之中」，釋文「邦或作封」。

〔註2〕書經「方鳩僝功」，說文引作「旁逑」。

〔註3〕書經「敷重篾席」，說文引作「布重」。

〔註4〕詩經「敷時繹思」，左傳引作「鋪」。

〔註5〕詩經「外薄四海」，釋文「諸本作敷」。

〔註6〕考工記「不伏其轅」。故書「伏」作「偪」。

〔註7〕檀弓引詩「扶服救之」。

〔註8〕周禮「其澤藪曰望諸」。注「望諸，明都也。」疏：「明都即宋之孟諸」。

言讀『無』如『冒』」，又說「吳音則亡忘望，亦讀重唇」，〔註9〕又說「今人呼鰒魚曰鮑魚，此方音之存古者」又說「古音『晚』重唇，今吳音猶然」。

（二）古無舌上音說

錢氏在〈舌音類隔之說不可信〉一文中引用了七十三條例子。詳細地論證了這個問題。此文的意思是說：舌音類隔的反切是語音演化所造成的現象，不是反切初造時就故意造成類隔的樣子。例如「罩，都教切」其中「罩」是知母，「都」是端母，遂成類隔，但「罩」字白知母原本是由端母變來的，造此反切時，「罩」和「都」皆屬端母。由此，錢氏證明了古無舌頭、舌上之分，舌上音「知徹澄」三母，上古念舌頭音「端透定」。錢氏所舉的例證，有異文、聲訓、讀若、反切等方面。〔註10〕

1. 異文：
   （1）知母古讀爲端母：「雕琢」、「追琢」。〔註11〕
   （2）徹母古讀爲透母：「搯」、「抽」。〔註12〕
   （3）澄母古讀爲定母：「田駢」、「陳駢」。〔註13〕
2. 聲訓：《說文》「田，陳也」。
3. 讀若：《說文》「沖讀若動」。
4. 反切：錢氏引徐仙民《左傳音》「椽，徒緣反」，說這正是古音。他說《詩經》「蘊隆蟲蟲」，釋文直忠反，徐音徒多反，徒多反就是「蟲」的古音。他說《書經》「惟予沖人」，字母家不識古音，讀「沖」爲「蟲」，不知古讀「蟲」亦如「同」。「沖子」就是「童子」。

二、章炳麟（1868～1936）

字太炎，浙江餘杭人。他關於古音學的理論，主要見於其所著的《文始》和《國故論衡》，這兩部書都收在《章氏叢書》裏。

〔註 9〕王力說「今吳方言『亡』字不讀重唇」。

〔註10〕錢氏原文所舉的例子，並無明顯的分爲「異文、聲訓、讀若、反切」等方面來敘述。

〔註11〕詩經「追琢其章」荀子引作「雕琢其章」。

〔註12〕詩經：「左旋右抽」，說文引作「搯」。

〔註13〕莊子「田駢」，呂覽不二篇作「陳駢」。

古音娘日歸泥說

章炳麟說：「古音有舌頭泥紐，其後支別，則舌上有娘紐，半舌半齒有日紐，于古皆泥紐也」。〔註14〕他的主要根據是諧聲、異文、聲訓等，共舉出了二十五條例子。

（一）諧　聲

「耐」（泥母）從「而」（日母）聲。

「諾」（泥母）從「若」（日母）聲。

「仍」（日母）從「乃」（泥母）聲。

「年」（泥母）從「人」（日母）聲。

「如」（日母）從「女」（娘母）聲。

「涅」（泥母）從「日」（日母）聲。

（二）異　文

「公山不狃（娘母）」《說文》作「徠（日母）」。古「帑」（泥母）即「女」（娘母）字。

「仲尼（娘母）」、《三蒼》作「仲屔（泥母）」。

古文以「入」（日母）爲「內」（泥母）。

（三）聲　訓

釋名：「男（泥母）、任（日母）也。」

釋名：「泥（泥母）、邇（日母）也。」

釋名：「女（娘母）、如（日母）也。」

釋名：「入（日母）、納（泥母）也。」

三、曾運乾（1884～1945）

字星笠，湖南益陽人。在〈喻母古讀考〉一文中，提出「喻三古歸匣」、「喻四古歸定」兩項古聲母條例。羅常培先生嘗說，曾氏此文爲錢大昕之後，對古聲母的考證上，最有貢獻的文章。

（一）喻三古歸匣說

曾運乾舉出了四十五條例證，說明上古的喻三（或稱爲母、云母、于母）

〔註14〕見《國故論衡》上〈娘、日二母歸泥說〉。

和匣母本屬一個聲母。例如：

〈堯典〉「靜言庸違（喻三）」《左傳·文公十八年》引作「靖譖庸回（匣母）」。

《說文》：「沄（喻三），轉流也，讀若混（匣母）」。

《詩·出其東門》：「聊樂我員（喻三）」，《釋文》作「魂」（匣母）。

《儀禮·少儀》：「祭祀之美，齊齊皇皇（匣母）」注：「皇讀如歸往之往（喻三）」。

《禮記·檀弓》：「或（匣母）敢有他志」，〈晉語〉作又（喻三）。

這個條例後來又有黃焯之〈古音為紐歸匣說〉、葛毅卿之〈喻三入匣再證〉、羅常培〈經典釋文和原本玉篇反切中的匣于兩紐〉進一步加以證明，而董同龢在《上古音韻表稿》中也確定了這個古音現象。

羅先生並舉出《經典釋文》的反切，證明喻三和匣母的密切關係。

「滑」字有「胡八」、「于八」二讀。

「皇」字有「于況」、「胡光」二讀。

「鴞」字有「于驕」、「戶驕」二讀。

至於《原本玉篇》二母的混用就更普遍了。羅先生也舉了一條有趣的旁證，就是北周庾信的一首雙聲詩：

形骸違學宦，狹巷幸為閑。

虹迴或有雨，雲合又含寒。

橫湖韻鶴下，迴溪峽猿還。

懷賢為榮衛，和緩惠綺紈。

這首詩中「違、為、有、雨、雲、又、韻、猿、榮、衛」都是喻三，其他除「溪綺」外都是匣母。他既然把匣和喻三當作雙聲，可見這兩紐到了第五世紀末葉還是同類的聲母。

曾氏「喻三古歸匣」之說法，在上古漢語聲母研究中有著十分重要的影響。

（二）喻四古歸定說

這也是曾運乾提出的。他仍是根據異文、聲訓、諧聲、古讀、反切等材料，列出了五十三條例證。例如：

《易·渙》：「匪夷所思」，《釋文》：「夷（喻四）荀本作弟（定母）」。

《管子・戒篇》：「易（喻四）牙」，《大戴記・保傅篇》、《論衡・譴告篇》均作「狄（定母）牙」。

《老子》：「亭之毒（定母）之」，《釋文》：「毒本作育（喻四）」。

《詩・板》：「無然泄泄」，《孟子》：「泄泄（喻四）猶沓沓（定母）也」。

「蕩」（定母）從易（喻四）聲。

「迪」（定母）從由（喻四）聲。

「條」（定母）從攸（喻四）聲。

「悅」（喻四）從兌（定母）聲。

「誕」（定母）從延（喻四）聲。

「代」（定母）從弋（喻四）聲。

「躍」（喻四）從翟（定母）聲。

曾氏此說在音韻學界有很大的影響。

四、黃　侃（1886～1935）

字季剛，湖北蘄春人。黃氏是章炳麟的弟子。在古音學方面，他著有《音略》、《聲韻通例》、《與友人論小學書》、《集韻聲類表》等。

（一）照系二等字（莊系）古讀齒頭音（照二歸精說）

所謂「照二歸精」，意思是指中古三十六字母中的照系二等（莊初崇生）字，上古應歸精組（精清從心）。夏燮《述韻》中說：「惟正齒之字半與齒頭合，半與舌上合」。

黃侃根據陳澧《切韻考》對正齒音的分析，把其中分出的照組二等聲母莊初床疏分併于齒頭音精清從心。謝一民《蘄春黃氏古音說》，頁35～40更舉實例為黃說證明，謝先生說：「按之說文諧聲及古經籍異文，益證其確」。〔註15〕

（二）照系三等字古讀舌頭音說

錢大昕在〈舌音類隔之說不可信〉中說：「古人多舌音，後代多變為齒音，不獨知徹澄三母為然也。」錢氏的意思也是說，不只是舌上音知徹澄三母上古唸舌頭音，就是正齒音照穿床上古也唸舌頭音。錢氏舉出的證據如：

《左傳》「予髮如此種種（照母）」，徐仙民作「董董（端母）」。

〔註15〕陳新雄之《音略證補》也有為黃侃之古聲十九紐作證補。

《考工記》:「玉楖雕矢磬」,注:「故書雕或爲舟」。

〈晉語〉:「以鼓子苑支來」,「苑支」即左傳之「鳶鞮」。

夏燮(字謙甫,西元 1800～1875 年)在《述韻》中說:「惟正齒之字半與齒頭合,半與舌上合。」夏氏認爲正齒音當分爲二類,一類和齒頭音相合,一類和舌頭音相合,並舉例證明了後者的古音現象。

《春秋‧桓公十一年》:「夫鍾」,《公羊》作「夫童」。

《易‧咸九四》:「憧憧往來」,《釋文》:「憧,昌容切,又音童」。

《書‧禹貢》:「被孟豬(知母)」《釋文》:「《左傳》、《爾雅》皆作孟諸(照母三等)」。

黃侃將照穿神審四紐,從中古齒音中分出稱爲照三組,他根據說文諧聲和經籍異文中照三組與端知兩組通讀的現象,提出了照、穿、神、審、禪五紐上古歸舌音端系。例如:

1. 考之說文諧聲

　(1)證(照母)從登(端母)。

　(2)遁(定母)從盾(神母)。

　(3)探(透母)從罙(審母)。

　(4)髑、獨(定母)從蜀(禪母)。

2. 按之經籍異文

　(1)《詩‧羔羊》:「委蛇委蛇」。顧炎武《唐韻正》云:「按委蛇字亦作佗,又作它。」蛇(神母)它(透母)。

　(2)旃:爾雅釋天:「太歲在乙曰旃蒙」。史記曆書作「端蒙」。旃(照母),端(端母)。〔註16〕

(三)古聲十九紐

黃侃綜合了前人對古聲母的研究,訂出了上古聲母十九類,稱爲「古聲十九紐」。他認爲這十九個聲母是上古的「正聲」,到了中古產生了一些「變聲」,所以就有了四十一紐。它們的關係是這樣的。

〔喉〕影(→喻爲)曉匣

〔牙〕見溪(→群)聚

〔註16〕見謝一民《蘄春黃氏古音說》,頁 27～34。

〔舌〕端（→知照）透（→徹穿審）定（→澄神禪）泥（→娘日）來

〔齒〕精（→莊）清（→初）從（→床）心（邪疏）

〔唇〕幫（→非）滂（→敷）並（→奉）明（→微）

其中，非系歸幫系，知系歸端系是得自錢大昕，娘日歸泥是得自章炳麟，莊系歸精系，照系歸端系是得自夏燮，這些都大致獲得後來古音學家的確認。

五、錢玄同（1887～1939）

名夏，後改名玄同，字德潛，浙江吳興人。師事章炳麟。著有《文字學音篇》、〈古音無邪紐證〉（西元 1932 年）。

古音無邪紐說

錢氏在〈古音無邪紐證〉一文中說「考《說文》九千三百餘字，徐鼎臣所附《唐韻》的反切證『邪』紐的有一百零五字，連重文共一百三十四字。就其形聲字的『聲母』（今亦稱『音符』）考察，應歸『定』紐者幾及十分之八，其他有應歸『群』紐者不足十分之二，有應歸『從』紐者則不足十分之一。從大多數言，可以說『邪紐古歸定紐』。」

例如：濠（定母）從象（邪母）聲。

　　　墮（定母）從隋（邪母）聲。

　　　待（定母）從寺（邪母）聲。

　　　循（邪母）從盾（定母）聲。

後來，錢氏之弟子戴君仁又從經籍異文、漢經師讀若等三十八條例證進一步考訂，寫成〈古音無邪紐補證〉（慧按：依錢氏例，凡在澄、神、禪、喻諸紐者，即認為古在定紐。）例如：

《易·困卦九四》「來徐徐」，《釋文》「子夏作荼荼」。

《左傳·莊公八年》「治兵」，《公羊》作「祠兵」。

《說文》：「濠讀若蕩」，「濠」音徐兩切，又徒朗切。

郭晉稀〈古音無邪紐說補證〉亦對錢氏此說作了補正和推闡。

由以上之例證，大體而言，邪母就是定母。

六、高本漢（1889～1978）

瑞典漢學家。其與音韻學有關的著作主要有：《中國音韻學研究》、《中日漢字分析字典》、《詩經研究》、《漢語詞族》、《漢文典》、《中上古漢語音韻綱要》、

《修訂漢文典》、《先秦通假字》等。

複聲母說（複輔音聲母之簡稱）

　　漢語古有複聲母的觀念早在十九世紀末的英國漢學家艾約瑟（Joseph Edkins）就提到了，但是他沒有作深入的探索。後來瑞典漢學家高本漢開始作了一些複聲母的擬訂。國內學者首先注意到這方面的研究的人是林語堂〔註17〕和陳獨秀。〔註18〕此後的學者如陸志韋〔註19〕、董同龢〔註20〕、周法高師〔註21〕、梅祖麟〔註22〕、李方桂〔註23〕、許世瑛〔註24〕、張琨〔註25〕、楊福綿〔註26〕、嚴學宭

〔註17〕林氏在民國 12、3 年間發表〈古有複輔音說〉。

〔註18〕陳氏在民國 26 年有〈中國古代語音有複聲母說〉。

〔註19〕民國 32 年完成《古音說略》，36 年出版，其中第十四章專論複聲母問題。

〔註20〕董先生於民國 33 年著《上古音韻表稿》，其中頁 38～43 專論複聲母問題。這部分的討論後來又收入《漢語音韻學》一書，頁 299～302。

〔註21〕周師於 1970 年著〈論上古音和切韻音〉（香港中文大學《中國文化研究所學報》第三卷第 2 期），其中頁 351～365 專討論複輔音聲母。

〔註22〕梅氏曾和羅杰瑞（Jerry Norman）聯合發表〈試論幾個閩北方言中的來母 S-聲字〉一文於《清華學報》新九卷 1、2 期（西元 1971 年）。

〔註23〕1971 年李先生在《清華學報》新九卷 1、2 合期《語言學專號》發表了〈上古音研究〉一文，其中頁 7～20 論聲母問題。另外 1976 年又在《總統　蔣公逝世週年紀念論文集》發表〈幾個上古聲母問題〉。

〔註24〕許先生研究朱熹《詩集傳》的協韻時，曾提出一些可能反映上古複聲母的資料。其論文見《許世瑛先生論文集》第一冊，頁 213～221。標題〈詩集傳協韻之聲母有與廣韻相異者考。〉民國 63 年，弘道書局出版。

〔註25〕張氏於 1976 年發表〈The Prenasalized Stop of My, TB, and Chinese ： A Result of diffusion or Evidence of a Genetic Relationship ?〉一文，見中研院《史記所集刊》第 47 本 3 分。在這篇文章裏討論了帶鼻音的複聲母。

〔註26〕楊氏有關古聲母研究的主要論文有：

1.Prefix s-in Proto-Chinese, 8th ICSTLL, Berkeley, 1975.

2. Prefix s-and SK-, SKL-Clusters in Proto-Chinese, part I , Paper for U.S. Japan Seminar, Tokyo, 1976. Part II , the 9th ICSTLL；Copenhagen, 1976.

3. Proto-Chinese S-KL-and Tibeto-Burman Equivalents, the 10th ICSTLL, Washington D.C.1977.

4.Traces of Proto-Chinese Bilabial Prefixes in Archaic and Modern Chinese, 1979, the 12th ICSTLL, Paris.

〔註27〕等先生都對複聲母問題進行了深入的探討。〔註28〕

　　高本漢根據諧聲偏旁構擬的上古漢語複輔音聲母有以下十九種。[gl]、[kl]、[g‘l]、[k‘l]、[ŋl]、[xl]、[t‘l]、[sl]、[ɕl]、[bl]、[pl]、[p‘l]、[ml]、[xm]、[t‘n]、[sn]、[ɕn]、[t̪n]、[k‘s]。

　　主張上古漢語有複輔音的學者，大都以形聲字作為證據。形聲字主諧和被諧字的聲母往往不同。如：

　　勿——忽、每——悔、尾——娓、黑——墨、威——滅。

　　主諧字和被諧字都有明[m]母和曉[x]母的關係。這種情形過去中國學者通常用聲母通轉說明，但有時不容易說清楚。現在用複輔音進行解釋，的確要方便得多。

七、董同龢（1911～1963）

　　現代江蘇武進人，音韻學方面的著作有《上古音韻表稿》、《漢語音韻學》其主要語言學論文由丁邦新編為《董同龢先生語言學論文集》。

清唇鼻音聲母說

　　董先生在《上古音韻表稿》中認為，中古〔m〕母字，在形聲字中總是自成一類，例如：「面：緬」、「米：麋」等。所以它們上古也是〔m〕。

　　可是有一些〔m〕母字卻常和〔x〕母字諧聲，他並舉出了八組例子，例如：

每〔m〕：悔晦誨〔x〕

黑〔x〕：墨默〔m〕

無〔m〕：憮〔x〕

民〔m〕：昏〔x〕、緡〔m〕

董先生認為上古這些字如果也唸作〔m〕和〔x〕的話，它們必然不能諧聲，

5.Initial Consonant Clusters KL-in Modern Chinese Dialect and Proto-Chinese, 1985, Pacific Linguistics Series C-NO.87, Department of Linguistics, The Australian National University.

　　楊氏的研究重點放在 S-的複聲母上，這是近年來的一個研究趨向。

〔註27〕嚴氏於 1981 年在第十四屆國際漢藏語言學會議提出〈原始漢語複聲母類型的痕跡〉一文，對古漢語的複聲母作了全面的構擬。

〔註28〕見竺家寧之《聲韻學》，頁 605～637。

因爲發意部位和發音方法都相差很遠。所以董氏認爲這樣的〔x〕母字是從上古的雙唇清鼻音〔m̥〕變來的。如此一來，每〔m〕和誨〔m̥〕諧聲則是很合理的。

以上就是清以來的上古聲紐研究的概況。

第二節　古韻部說

古韻分部是研究上古韻母系統的基礎。先秦時期沒有韻書，哪些字與哪些字同一個韻部，哪一個韻部與哪一個或哪幾個韻部的關係較爲密切，一個韻部之中是包含一個韻母還是幾個韻母，隨著語音的發展變化，人們是不易看得出來的。面對這種語音的變化情形，從唐、宋以後，就有不少學者從事先秦韻語的研究。他們從具體韻文材料出發，通過系聯、分析、比較、歸納，把能互相押韻的字歸併在一起，並且以廣韻爲基礎，根據詩經押韻的現象，來離合廣韻，歸併爲若干大類。這種研究工作，簡單地說，就叫古韻分部。

古韻分部研究，主要的資料是《詩經》中的韻語和漢字的諧聲。《詩經》三百篇大體出自西周，它所反映的語音系統，可以說是代表三千年前周朝的語音情況。至于諧聲字，過去講六書的人，大都以小篆爲對象，小篆雖然定于秦朝，但是，在秦之前，它就已經歷了一段悠久的歷史。因此，這兩種材料，對於研究古韻分部都是可靠的，二者具有同等重要的價值。除此之外，經傳中的異文與假借字，漢朝人注釋中的讀若與聲訓等，也都可以作爲研究古韻分部的參考，不過因爲這些材料，大都不夠系統，只是零星散見於各書，最主要是無法掌握漢人取音的原則，利用起來，就遠不如《詩經》韻語和諧聲字的容易和可靠了。

古韻分部是一項極其細緻複雜的工作，偶一不慎，都將影響韻部的劃分。因爲上古韻文如何押韻，並沒有明文規定，說某處是韻，或某處不是韻，「韻例」如何，全靠研究者的鑑別能力，各人處理情形不同，都可能影響到古韻部的分合。因此，在本節中，將把具有代表性的各家古韻分部的具體情況，做一個歷史的概述。

我國記錄語言的漢字不是拼音文字。古書中押韻的詩句，現代人唸起來不能相協，自然便是古今語音的不同。但是，在六朝乃至唐、宋時代，人們還認識不到語音是隨時代的變遷和發展的，因此，就想出了一些辦法來解釋這些所謂「不協韻」的現象。第一是改讀字音，使不協韻的字能夠協韻；第二是把經

書的原文給改了，換一個可以協韻的字；第三是提出「古人韻緩」的說法，這
是唐代陸德明所創。在唐宋間，「協韻」說和「古人韻緩」說都是極爲盛行的。
宋代古音學家吳棫（字才老），在研究古韻中完全採用了這兩種主張。

　　清代是古韻分部系統化歸納的開始，但這種做法也是自前代漸漸演進過來
的，如宋朝之吳棫、鄭庠，及明朝之陳第都是關係人物，因此他們的古音觀念
尤其是他們的分部，便有略加敘述的必要。

　　吳棫，字才老，武夷人。（生年不詳，卒於西元 1152～1155 年之間）宋宣
和六年（西元 1124 年）進士。寫了《詩補音》和《韻補》一書，然而《詩補音》
已亡，而《韻補》一書，按照韻緩的觀念，把他認爲可以通轉的韻一一注明。
所謂「古通某」、「古轉聲通某」、「古通某或轉入某」，正是表示上古用韻寬緩，
所以相通轉的韻很多。

　　依《韻補》歸納，古韻可分爲九部。

　　（1）東（冬鍾通，江或轉入）。
　　（2）支（脂之微齊灰通，佳皆咍轉聲通）。
　　（3）魚（虞模通）。
　　（4）眞（諄臻殷痕庚耕清青蒸登侵通，文元魂轉聲通）。
　　（5）先（仙鹽添嚴凡通，寒桓刪山覃談咸銜轉聲通）。
　　（6）蕭（宵肴豪通）。
　　（7）歌（戈通，麻轉聲通）。
　　（8）陽（江唐通，庚耕清或轉入）。
　　（9）尤（侯幽通）。

　　吳棫歸納這個系統所採用的材料，是從《詩經》、《尚書》、《周易》等一直
到韓愈、柳宗元、歐陽修、蘇軾、蘇轍之文，一共引證了五十種書。

　　鄭庠，宋朝人（生卒年、籍貫不詳）。著有《古音辨》，書已亡佚。他的古
韻分部首見於熊朋來《熊先生經說》卷二《易書詩古韻》云：鄭庠作《古音辨》，
以眞諄臻文欣元魂痕寒歡刪山先僊十四韻相通，皆協先僊之音；以東冬鍾江陽唐
庚耕清青蒸登十二韻相通，皆協陽唐之音；以支脂之微齊佳皆灰咍九韻相通，皆
協支微之音，以魚虞模歌戈麻六韻相通，皆協魚模之音；以蕭宵爻豪尤侯幽七韻
相通，皆協尤侯之音；以侵覃談鹽添嚴咸銜凡九韻相通，皆協侵音。（見《通志

堂經解》第 318 冊）

由此看來，鄭庠的古韻六部原是依照《廣韻》韻目的（「桓」字避宋欽宗諱，改爲歡韻）。鄭庠所分的古韻六部爲：

（1）支脂部：包括支脂之微齊佳皆灰咍九韻。

（2）魚模部：包括魚虞模歌戈麻六韻。

（3）尤侯部：包括蕭宵肴豪尤侯幽七韻。

（4）先仙部：包括眞諄臻文欣元魂痕寒桓刪山先仙十四韻。

（5）陽唐部：包括東冬鍾江陽唐庚耕清青蒸登十二韻。

（6）侵部：包括侵覃談鹽添咸銜凡九韻。

吳棫、鄭庠的古音觀念代表了早期學者的古韻觀念，到了元明時代，學者漸漸體會到協音、改經、韻緩都不是辦法，上古應有上古本身的語音系統，這個階段的代表學者就是陳第。

陳第字季立，明福建連江人（西元 1541～1617 年）。著《毛詩古音考》（西元 1606 年），不受唐韻的束縛，打破唐韻的界限，反對協音之說，才眞正成爲清代古音學的前奏。《毛詩古音考》之序文裏說：「蓋時有古今，地有南北，字有更革，音有轉移，亦勢所必至」。大意就是說，古音本來就不同於今音，凡今人所謂協韻，其實都是古人的本音，而並非臨時改讀，輾轉遷就的。這眞是句千古名言，充分體現了陳第的歷史觀點。

《四庫全書提要》評陳第《毛詩古音考》說：

> 言古韻者自吳棫；然《韻補》一書龐雜割裂，謬種流傳，古韻乃以
> 益亂。國朝顧炎武作《詩本音》，江永作《古韻標準》，以經證經，
> 始廓清妄論；而開除先路，則此書實爲首功。……所列四百四十四
> 字，言必有徵，典必探本，視他家執今韻部分，妄以通轉古音者，
> 相去蓋萬萬矣！

以下是清以來古韻分部的概況。

1. 顧炎武：十部。

顧炎武，字寧人，號亭林，崑山人（西元 1613～1682 年）。眞正古韻分部研究引上系統化、科學化的道路，並且奠定古韻研究的堅實基礎的是明末清初的大經學家顧炎武。顧氏在總結前人經驗教訓的基礎上，積三十年之功，寫下

了《音論》、《詩本音》、《易音》、《唐韻正》、《古音表》等五種闡明古韻的著作，合稱《音學五書》。

顧氏以《詩經》三百篇用韻爲主；客觀地歸納韻腳，把凡是互相押韻的字盡可能歸併在一起，實在不押韻的字另外分開，這樣他得出的結果是：分古韻爲十部。

現將顧氏的古韻十部與《廣韻》二百零六韻對照如下：

（1）東多鍾江第一：〔註29〕一東〔註30〕、二多、三鍾、四江。

（2）支脂之微齊佳皆灰咍第二：五支之半〔註31〕、六脂、七之、八微、十二齊、十三佳、十四皆、十五灰、十六咍、十八尤之半、又去聲十三祭、十四泰、十七夬、二十廢，又入聲五質、六術、七櫛、二十二昔之半、二十四職、八物、九迄、十六屑、十七薛、二十三錫之半、十月、十一沒、十二曷、十三末、十四黠、十五鎋、二十一麥之半、二十五德、一屋之半。

（3）魚虞模侯第三：九魚、十虞、十一模、九麻之半、十九候、又入聲一屋之半、二沃之半、三燭、四覺之半、十八藥之半、十九鐸之半、二十陌、二十一麥之半、二十四皆之半。

（4）眞諄臻文殷元魂痕寒桓刪山先仙第四：十七眞、十八諄、十九臻、二十文、二十一殷、二十二元、二十三魂、二十四痕、二十五寒、二十六桓、二十七刪、二十八山、一先、二仙。

（5）蕭宵肴豪幽第五：三蕭、四宵、五肴、六豪、十八尤之半、二十幽、又入聲一屋之半、二沃之半、四覺之半、十八藥之半、十九鐸之半、二十三錫之半。

（6）歌戈麻第六：七歌、八戈、九麻之半、五支之半。

（7）陽唐第七：十陽、十一唐、十二庚之半。

（8）耕清青第八：十二庚之半、十三耕、十四清、十五青。

〔註29〕顧炎武的古韻十部，沒有另立標目，只是把《廣韻》的有關韻目合併在一起，作爲標目，下同。

〔註30〕舉平以賅上、去。下同。

〔註31〕所謂某之半，即指那一韻的一部分字，不是實際上的一半，可參看顧氏的《古韻表》，下同。

（9）蒸登第九：十六蒸、十七登（又東韻的弓、雄、瞢等字）。

（10）侵覃談鹽添咸銜嚴凡第十：二十一侵、二十二覃、二十三談、二十四鹽、二十五添、二十六咸、二十七銜、二十八嚴、二十九凡（又東韻的芃、風、楓等字），又入聲二十六緝、二十七合、二十八盍、二十九葉、三十帖、三十一洽、三十二狎、三十三業、三十四乏。

顧氏的古韻十部，最大的貢獻是離析《唐韻》以求古韻。離析的方法是首先離析平水韻，回到唐韻，次離析唐韻，回到古韻。這種實事求是的果敢作法，實為後代研究古韻分部的人樹立了榜樣。例中如陽、耕、蒸三部等於說是從鄭庠之東部獨立出來的；歌部自鄭庠之魚部獨立出來。並且變更《唐韻》的結構，還古韻以本來面目。在《唐韻》裏面，入聲的字是與陽聲韻相配的，而陰聲韻不配入聲韻。顧氏沒有被這一舊框子框住，而是就古韻談古韻，把入聲韻的字分別與陰陽韻的字配合在一部。

2. 江永：十三部。

江永，字慎修，婺源人（西元 1681～1762 年），精於天文數學，古韻學方面，著有《古韻標準》、《音學辨微》、《四聲切韻表》。《音韻標準》講的是先秦古韻，主要是《詩經》的韻部。《音學辨微》、《四聲切韻表》講的是等韻學。他精於等韻學，也就是精於審音，所以他在音韻學上的成就大大超過了顧炎武。

江氏分古韻平上去聲各十三部，入聲八部。現把江氏古韻十三部與《廣韻》平聲韻目對照如下：

（1）第一部：〔註 32〕一東〔註 33〕、二冬、三鍾、四江。

（2）第二部：分五支〔註 34〕、六脂、七之、八微、十二齊、十三佳、十四皆、十五灰、十六咍、分十八尤。

（3）第三部：九魚、分十虞、十一模、分九麻。

（4）第四部：十七眞、十八諄、十九臻、二十文、二十一殷、二十三魂、二十四痕、分一先。

（5）第五部：二十二元、二十五寒、二十六桓、二十七刪、二十八山、

〔註 32〕江永沒有立部的標目，以第一、第二……為區別。

〔註 33〕江永定平、上、去三聲各十三部，上去與平聲相承，所以舉平以賅上、去。下同。

〔註 34〕所謂分某韻，即指那一韻字應分為兩部或三部。下同。

分一先、二仙。

（6）第六部：分三蕭、四宵、分五肴、分六豪。

（7）第七部：七歌、八戈、分九麻、分五支。

（8）第八部：十陽、十一唐、分十二庚。

（9）第九部：分十二庚、十三耕、十四清、十五青。

（10）第十部：十六蒸、十七登（別收——東韻的「弓夢雄熊」）。

（11）第十一部：分十八尤、十九侯、二十幽、分十虞、分三蕭、分四宵、分五肴、分六豪。

（12）第十二部：二十一侵、分二十二覃、分二十三談、分二十四鹽（別收——東韻的「風楓」。）

（13）第十三部：分二十二覃、分二十三談、分二十四鹽、二十五添、二十六嚴、二十七咸、二十八銜、二十九凡。

至於入聲韻，江永不同意顧氏的分配，他認為「入聲與去聲最近，《詩》多通為韻，與上聲韻者間有之，與平聲韻者少，以其遠而不諧也。韻雖通，而入聲自如其本音。」（《古韻標準》卷四，入聲第一部總論）因此，他把入聲獨立為八部。

（1）第一部：一屋、分二沃、三燭、分四覺（別收二十三錫的「迪、戚」、去聲五十候的「奏」）。

（2）第二部：五質、六術、七櫛、八物、九迄、十一沒、分十六屑、分十七薛（別收二十四職的「即」）。

（3）第三部：十月、十二曷，十三末、十四黠、十五鎋、分十六屑、十七薛。

（4）第四部：十八藥、十九鐸，分二沃、分四覺、分二十陌、分二十一麥、分二十二昔、分二十三錫（別收去聲九御的「庶」，去聲四十禡的「夜」）。

（5）第五部：分二十一麥、分二十二昔，分二十三錫（別收三燭的「局」）。

（6）第六部：分二十一麥、二十四職、二十五德（別收一屋的「福輻富伏服穆或牧」，去聲七志的「意」，去聲十六怪的「戒」，去聲十八隊的「背」，去聲十九代的「載」平聲十六咍的「來」，二沃的「告」）。

（7）第七部：二十六緝、分二十七合、分二十九葉、分三十二洽。

（8）第八部：分二十七合、二十八盍、分二十九葉、三十帖、三十一業、
分三十二洽、三十三狎、三十四乏。

《古韻標準》共收《詩經》入韻的字一千九百多個，另收先秦兩漢音之近古音若干字，叫做「補考」。其於《詩經》入韻之字，有「本證」，有「旁證」。「本證」指「詩經」的例子，「旁證」指其他各書（如《易經》、《左傳》、《楚辭》）的例子。這也表現了江永治學的嚴謹。

江永之所以寫《古韻標準》，其目的就在於對顧炎武的著作加以補充修正。江氏古韻十三部，比顧炎武多的三部是：

（1）眞元分部：

眞部：眞諄臻文殷魂痕，先之半。（口斂而聲細）

元部：元寒桓刪山仙，先之半。（口侈而聲大）

（2）侵談分部：

侵部：侵，覃談鹽之半。（口弇而聲細）

談部：咸銜嚴添凡，覃談鹽之半。（口侈而聲洪）

（3）幽部獨立：

由宵部析出「尤、幽」，由魚部析出「侯」，然後合「尤、幽、侯」為一部。江永「侯尤幽」的處理方式，後來的古韻學家並不贊成。

3. 段玉裁：十七部。

段玉裁，字若膺，一字懋堂，江蘇金壇人（西元 1735～1815 年）。他在古韻方面的代表作是《六書音均表》，附在《說文解字注》的後面。段玉裁是戴震的弟子。

段玉裁在古韻分部研究上，有兩點值得一提：

第一：依諧聲偏旁把古韻歸類。

第二：依古韻相近的關係排列各韻部的次序。

此外，他還提出「古本音」和「古合韻」（指異部押韻的情形）的觀念。

茲將段玉裁分古韻為六類十七部錄於下：

第一類：

（1）第一部：之咍，〔註35〕入聲職德。

第二類：

（2）第二部：蕭宵肴豪。

（3）第三部：尤幽，入聲屋沃燭覺。

（4）第四部：侯。

（5）第五部：魚虞模，入聲藥鐸。

第三類：

（6）第六部：蒸登。

（7）第七部：侵鹽添，入聲緝葉帖。

（8）第八部：覃談咸銜嚴凡，入聲合盍洽狎業乏。

第四類：

（9）第九部：東冬鍾江。

（10）第十部：陽唐。

（11）第十一部：庚耕清青。

第五類：

（12）第十二部：眞臻先，入聲質櫛屑。

（13）第十三部：諄文殷魂痕。

（14）第十四部：元寒桓刪山仙。

第六類：

（15）第十五部：脂微齊皆灰，去聲祭泰夬廢，入聲術物迄月沒曷末黠鎋薛。

（16）第十六部：支佳，入聲陌麥昔錫。

（17）第十七部：歌戈麻。

由此看來，段氏的三大發明是

第一：支脂之分用。

第二：眞文分用。

第三：尤侯分用。

4. 戴震：二十五部。

〔註35〕舉平以賅上、去。下同。

戴震，字東原，安徽休寧人（西元 1725～1777 年）。在古音學方面，著有《聲類考》、《聲類表》以及《答段若膺論韻》。他的古韻分部，見於其晚年著作《聲類表》，以入聲爲樞紐，分古韻爲七類，二十部（西元 1773 年），西元 1776 年，最後改定爲九類二十五部。茲將戴氏的九類二十五部列表如下：

（一）歌魚鐸類

　1. 阿：〔註36〕平聲歌戈麻。〔註37〕

　2. 烏：平聲魚虞模。

　3. 堊：入聲鐸。

（二）蒸之職類

　4. 膺：平聲蒸登。

　5. 噫：平聲之咍。

　6. 億：入聲職德。

（三）東尤屋類

　7. 翁：平聲東冬鍾江。

　8. 謳：平聲尤侯幽。

　9. 屋：入聲屋沃燭覺。

（四）陽蕭藥類

　10. 央：平聲陽唐。

　11. 夭：平聲蕭宵肴豪。

　12. 約：入聲藥。

（五）庚支陌類

　13. 嬰：平聲庚耕清青。

　14. 娃：平聲支佳。

　15. 戹：入聲陌麥昔錫。

（六）眞脂質類

　16. 殷：平聲眞諄文殷魂痕先。

　17. 衣：平聲脂微齊皆灰。

〔註36〕戴氏二十五部的標目，用的都是「影」母字。

〔註37〕舉平以賅上去。歌戈麻本屬陰聲韻，戴震把它們放在陽聲韻的位置，是不對的。

18. 乙：入聲質術櫛物迄沒屑。

（七）元祭月類

19. 安：平聲元寒桓刪山仙。

20. 靄：去聲祭泰夬廢。

21. 遏：入聲月曷末黠鎋薛。

（八）侵緝類

22. 音：平聲侵鹽添。

23. 邑：入聲緝。

（九）覃合類

24. 醃：平聲覃談咸銜嚴凡。

25. 諜：入聲合盍葉帖業洽狎乏。

拿段玉裁的古韻十七部和戴震的古韻九類二十五部相比較，它們不同之點如下：

（1）段氏入聲不獨立，戴氏入聲獨立。除入聲外，實得十六部。

（2）段氏幽侯分立，眞文分立，戴氏幽侯不分，眞文不分，比段氏少兩部。

（3）段氏無祭部（祭部字歸脂部入聲），戴氏立祭部，比段氏多一部。

所以十七減二再加一等於十六；再加入聲九部，得二十五部。

5. 王念孫：二十一部。（晚年：二十二部）。〔註38〕

王念孫，字懷祖，號石臞，江蘇高郵人（西元 1744～1832 年）。在音韻學方面的理論見於《與李方伯書》，載於其子王引之《經義述聞》卷三十一。另有《詩經群經楚辭韻譜》，見於羅振玉所輯《高郵王氏遺書》。又有《韻譜》與《合韻譜》未刊行。

王念孫著《古韻譜》，針對顧炎武和段玉裁的古韻分部，提出了四點意見。

（1）緝合以下九韻應獨立分爲兩部。

（2）從「脂」部分出「至」部，獨立成部。

（3）去聲「祭泰夬廢」和入聲「月曷末黠鎋薛」也應從「脂」部中分出

〔註38〕王氏《合韻譜》爲晚年所改定，他終於接受了孔氏的意見，增加了一個「冬」部，便成爲古韻二十二部。

來，獨立成部。

（4）「屋沃燭覺」四韻，應作「侯部」的入聲。

上述四點，雖然（1）（3）（4）點不是王念孫個人獨有的見解，但他是在沒有了解到其他人也有此論點的情況下，不謀而合地提出了這些主張，因此也應該說是王氏在古韻研究中的卓識。至於讓「至部」獨立，那更是發前人之所未發了。

基於上面的觀點，王氏把古韻分爲二十一部。按有入聲和沒有入聲的區別又分爲兩類：自「東」至「歌」十部爲一類，皆有平、上、去，而無入；自「支」至「宵」十一部爲一類，或四聲皆備，或有去、入而無平、上，有入而無平上去。茲錄王氏古韻二十一部如下：

（1）東：平上去。

（2）蒸：平上去。

（3）侵：平上去。

（4）談：平上去。

（5）陽：平上去。

（6）耕：平上去。

（7）眞：平上去。

（8）諄：平上去。

（9）元：平上去。

（10）歌：平上去。

（11）支：平上去入。

（12）至：去入。

（13）脂：平上去入。

（14）祭：去入。〔註39〕

（15）盍：入。

（16）緝：入。

〔註39〕最初，王念孫受段玉裁的影響，認爲古無去聲，所以劃分「祭部」時，是去入兩聲合在一起的，到了晚年當王氏確認古有去聲之後，他又把這一部的去聲字稱之爲「祭」，這一部的入聲字稱之爲「月」。

（17）之：平上去入。

（18）魚：平上去入。

（19）侯：平上去入。

（20）幽：平上去入。

（21）宵：平上去入。

王念孫古韻二十一部，與段氏十七部比較，多了四部。這是因為他真至分立、脂祭分立、侵緝分立、談盍分立。與戴氏二十五部比較，少了四部，這是因為他魚鐸合併，之職合併，侯屋合併，幽藥合併、支錫合併、祭月合併、真諄分立、幽侯分立，二十五減六加二得二十一部。與孔氏十八部比較，多了三部，這是由於他真諄分立，脂祭分立，緝盍分立。

6. 孔廣森：十八部。

孔廣森，字眾仲，一字撝約，號顨（同巽字）軒，山東曲阜人（西元 1752～1786 年）。著有《詩聲類》〔註40〕十二卷和《詩聲分韻》一卷。孔氏分古韻為十八部，陰聲韻九類，陽聲韻九類，陰陽相配，可以對轉。拿段玉裁的十七部與孔氏的十八比較，主要有三點不同。

（1）東冬分部：孔氏認為「冬類」的古音與「東鍾」大不一樣。因此把凡從「冬眾宗中蟲戎宮農降宗」得聲者，歸之「冬部」；把凡從「東同丰充公工冢恩從龍容用封凶邑共送雙尨」得聲者，歸之東部。使得東冬分立。

（2）孔氏與江永、戴震一樣，不承認真、文分部，段氏的第十二、十三兩部，他也合併為一部，稱之為「辰類」。

（3）孔氏將段玉裁第七部中的入聲緝、葉、帖和第八部中的入聲合、盍、洽、狎、業、乏九韻合併在一起，另成立一個新部，稱之為「合類」。

茲錄孔氏的古韻十八部於下：

陽聲韻九類：

（1）原類：〔註41〕元寒桓刪山仙。

〔註40〕《詩聲類》的書名是仿照李登《聲類》的名字。因此《詩聲類》就是「詩韻」的意思。

〔註41〕孔廣森的書名為《詩聲類》，因此凡是韻部的標目都用《詩經》中入韻的字。「元

（2）丁類：耕清青（辰通用）。

（3）辰類：眞諄臻先文殷魂痕。

（4）陽類：陽唐庚。

（5）東類：東鍾江。

（6）多類：冬（緵蒸通用）。

（7）緵類：侵覃凡。

（8）蒸類：蒸登。

（9）談類：談鹽添咸銜嚴。

陰聲韻九類：

（10）歌類：歌戈麻。

（11）支類：支佳；入聲麥錫（脂通用）。

（12）脂類：脂微齊皆灰；去聲祭泰夬廢；入聲質術櫛物迄月末曷黠鎋屑薛。

（13）魚類：魚模；入聲鐸陌昔。

（14）侯類：侯虞；入聲屋燭。

（15）幽類：幽尤蕭；入聲沃（宵之通用）。

（16）宵類：宵肴豪；入聲覺藥。

（17）之類：之咍；入聲職德。

（18）合類：合盍緝葉帖洽狎業乏。

按孔廣森的「陰陽對轉」說，他的古韻十八部是：

歌類與原（元）類對轉。

支類與丁（耕）類對轉。

脂類與辰（眞）類對轉。

魚類與陽類對轉。

侯類與東類對轉。

幽類與冬類對轉。

宵類與緵（侵）類對轉。

合（葉）類與談類對轉。

耕眞侵」四字，在《詩經》中不入韻，所以改用「原丁辰緵」四字作爲標目。

這裏，孔氏把「合類」也看作了陰聲，使之與陽聲韻「談類」對轉。

7. 姚文田：十七部。

姚文田，字秋農，浙江歸安人（西元 1758～1827 年）。長於《說文》之學。著有《說文聲系》、《說文校議》、《古音譜》等書。在《古音譜》中，姚氏分古韻爲十七部，另列入聲八部。

平上去聲十七部。

> 一東　二侵　三登（蒸）四之　五齊（脂）六支
>
> 七眞　八文　九寒　十青　十一麻（歌）十二魚
>
> 十三侯　十四絲（幽）　十五爻　十六庚　七炎（談）

入聲九部

> 一戠（職）　二月　三易（錫）　四卪（質）　五昔
>
> （鐸）　六屋　七匊（覺）　八樂（藥）　九合（緝）

姚氏以諧聲偏旁爲韻目。

姚氏十七部與段氏十七部相比，其部居完全相同。所不同者，段氏無去聲，姚氏有去聲。

8. 嚴可均：十六部。

嚴可均，字景文，號鐵橋，浙江烏程人（西元 1762～1843 年）。嘉慶舉人，精通文字音韻之學，著有《說文聲類》（西元 1802 年）《說文校議》。

嚴氏分古韻爲十六部。

之類第一	支類第二	脂類第三	歌類第四
魚類第五	侯類第六	幽類第七	宵類第八
蒸類第九	耕類第十	眞類第十一	元類第十二
陽類第十三	東類第十四	侵類第十五	談類第十六。

嚴氏採用孔氏陰陽對轉之說，以爲：

（1）之蒸對轉　（2）支耕對轉　（3）脂眞對轉　（4）歌元對轉

（5）魚陽對轉　（6）侯東對轉　（7）幽侯對轉　（8）宵談對轉

9. 劉逢祿：二十六部。

劉逢祿，字申受，一字申甫，號思誤，武進人（西元 1776～1829 年）。著

有《詩聲衍》二十六卷，書未竟，僅成《詩聲衍序》及《條例》二十一則，表一卷、載於《劉禮部集》，觀其所爲《序》及《表》，知其分古韻爲二十六部。茲錄於下：

（1）冬第一　　（2）東第二　　（3）蒸第三　　（4）侵第四

（5）鹽第五　　（6）陽第六　　（7）青第七　　（8）眞第八

（9）文第九　　（10）元第十　　（11）支第十一　（12）錫第十二

（13）歌第十三　（14）灰第十四　（15）職第十五　（16）蕭第十六

（17）屋第十七　（18）肴第十八　（19）藥第十九　（20）魚第二十

（21）陌第廿一　（22）愚第廿二　（23）微第廿三　（24）未第廿四

（25）質第廿五　（26）緝第廿六

劉氏二十六部之分，將入聲諸部完全獨立，實與戴說爲近。與戴氏不同處爲戴氏「靄」、「遏」二部，劉氏併入「未」部，戴氏「邑」、「譵」二部，劉氏併入「緝」部。而劉氏分「冬」分「諄」分「愚」，則戴氏所未分，故戴氏爲二十五部，而劉氏爲二十六部。

至於劉氏之入聲分配，則頗與戴氏異趣。戴氏以入聲兼承陰陽，而劉則以入聲除侵鹽閉口之韻外，專配陰聲。

10. 江有誥：二十一部。

江有誥，字晉三，號古愚，安徽歙縣人（？～西元 1851 年）。代表作爲《音學十書》。包括：

（1）詩經韻讀。

（2）群經韻讀。

（3）楚辭韻讀。

（4）先秦韻讀。

（5）漢魏韻讀。（未刻）

（6）二十一部韻譜。（未刻）

（7）諧聲表。

（8）入聲表。

（9）四聲韻譜（未刻）。

（10）唐韻四聲正。

在清代古韻學家中，江有誥是晚輩，然而在古韻學方面確有很精深的研究。他本來分古韻爲二十部，後來見到孔廣森的《詩聲類》，對於其東冬分部十分贊成，於是加以採納，成爲二十一部。並把「冬部」改稱爲「中部」以別於東部之稱。

茲將江氏的古韻二十一部與《廣韻》韻目對照如下：

（1）之部：平聲之咍，上聲止海，去聲志代，入聲職德，另收灰賄隊、尤有宥和入聲屋韻的各三分之一。〔註42〕

（2）幽部：平聲尤幽、上聲有黝，去聲宥幼；另叫蕭篠嘯、肴巧效、豪皓號和入聲沃韻的各一半；再收入聲屋覺錫的各三分之一。

（3）宵部：平聲宵，上聲小，去聲笑；另收蕭篠嘯、肴巧效、豪皓號和入聲沃藥鐸的各一半；再收入聲覺錫的三分之一。

（4）侯部：平聲侯，上聲厚，去聲候，入聲燭；另收虞麌遇的各一半，再收入聲屋覺的各三分之一。

（5）魚部：平聲魚模，上聲語姥，去聲御暮，入聲陌；另收虞麌遇、麻馬禡和入聲藥鐸麥昔的各一半。

（6）歌部：平聲歌戈，上聲哿果，去聲箇過；另收麻馬禡的各一半；再收支紙寘的各三分之一，無入聲。

（7）支部：平聲佳，上聲蟹，去聲卦；另收齊薺霽和入聲麥昔的各一半；再收支紙寘和入聲錫韻的各三分之一。

（8）脂部：平聲脂微皆灰，上聲旨尾駭賄，去聲至未怪隊，入聲質術櫛物迄沒屑；另收齊薺霽和入聲黠韻的各一半；再收支紙寘的各三分之一。

（9）祭部：去聲祭泰夬廢，入聲月曷末鎋薛；另收入聲黠韻之半。無平、上二聲。

（10）元部：平聲元寒桓刪山仙，上聲阮旱緩潸產獮，去聲願翰換諫襉線；另收先銑霰的二分之一，無入聲。

（11）文部：平聲文欣魂痕，上聲吻隱混很，去聲問焮慁恨；另收眞軫震的三分之一；再收諄準稕的一半。無入聲。

〔註42〕江氏所謂的「半」以及「三分之一」，都只是一個約數。

（12）眞部：平聲眞臻先，上聲軫銑，去聲震霰；另收諄準稕的一半。無入聲。

（13）耕部：平聲耕清青，上聲耿靜迥，去聲諍勁徑；另收庚梗映的一半。無入聲。

（14）陽部：平聲陽唐，上聲養蕩，去聲漾宕；另收庚梗映的一半。無入聲。

（15）東部：平聲鍾江，上聲董腫講，去聲用絳；另收東送的一半。無入聲。

（16）中部：平聲冬，去聲宋；另收東送的一半，無上、入二聲。

（17）蒸部：平聲蒸登，上聲拯等，去聲證嶝。無入聲。

（18）侵部：平聲侵覃，上聲寢感，去聲沁勘；另收咸謙陷、凡范梵的各一半。無入聲。

（19）談部：平聲談鹽添嚴銜，上聲敢琰忝儼檻，去聲闞豔添釅鑑；另收咸謙陷、凡范梵的各一半，無入聲。

（20）葉部：入聲葉帖業狎乏；另收入聲盍洽之半。無平上去三聲。

（21）緝部：入聲緝合；另收入聲盍洽之半，無平上去三聲。江有誥的上古韻部比段玉裁多了四部，這四部是：

1. 祭部獨立。

2. 葉部、緝部獨立。

3. 中部獨立。

江氏還有一點超越前人的，就是入聲的分配。哪個入聲和哪個韻部相配，他完全擺脫中古韻部的羈絆，而依據《說文》諧聲偏旁及《詩經》用韻決定，他對江永的「數韻同入說」認爲是「治絲而棼之」，對於孔戴的處理入聲，也認爲「穿鑿武斷」，在他的觀念裏，清儒所謂的「審音」往往是很主觀的。他的「入聲表」爲古韻學解決了平入配合的問題，確有參考的價值。

11. 朱駿聲：十八部。

朱駿聲，字豐芑，江蘇吳縣人（西元 1788～1858 年），嘉慶時舉人。著有《說文通訓定聲》。朱氏沒有古音學專著，但他的《說文通訓定聲》是按古韻部

分卷的。他分古韻爲十八部，大抵是根據段玉裁和王念孫的意見而成。〔註 43〕
朱駿聲之所以比段氏多出一部，是因爲他參照了王念孫的主張，把段玉裁的第
十五部分爲了「履」（脂）、「泰」（祭）兩部。至於入聲韻，朱氏讓它們半獨立，
稱之爲「分部」。〔註 44〕

朱氏的古韻十八部是以《易》卦爲名，現用普通的名稱對照下。

（1）豐部（東部）

（2）升部（蒸部）

（3）臨部（侵部）分部習（緝部）

（4）謙部（談部）分部嗑（葉部）

（5）頤部（之部）分部革

（6）孚部（幽部）分部復

（7）小部（宵部）分部犖

（8）需部（侯部）分部剝

（9）豫部（魚部）分部澤

（10）隨部（歌部）

（11）解部（支部）分部益

（12）履部（脂部）分部日

（13）泰部（祭部）分部月

（14）乾部（元部）

（15）屯部（文部）

（16）坤部（眞部）

（17）鼎部（耕部）

（18）壯部（陽部）

12. 夏炘：二十二部。

夏炘，字心伯，安徽當塗人（西元 1789～1871 年），著有《詩古韻表二十
二部集說》（西元 1855 年）。

所謂「集說」，指的是集顧炎武、江永、段玉裁、王念孫、江有誥五家之說，

〔註 43〕見羅惇衍《說文通訓定聲》序。

〔註 44〕由於朱駿聲劃分韻部是以聲符爲准，因此他所立的「分部」，並不完全是入聲字。

而以王念孫、王有誥兩家之說爲主。夏氏分古韻爲二十二部，茲錄如下：

（1）之部第一：平，上，去，入。

（2）幽部第二：平，上，去，入。

（3）宵部第三：平，上，去，入。

（4）侯部第四：平，上，去，入。

（5）魚部第五：平，上，去，入。

（6）歌部第六：平，上，去。

（7）支部第七：平，上，去，入。

（8）脂部第八：平，上，去，入。

（9）至部第九：上，去，入。〔註45〕

（10）祭部第十：去，入。

（11）元部第十一：上，去。

（12）文部第十二：平，上，去。

（13）眞部第十三：平，上，去。

（14）耕部第十四：平，上，去。

（15）陽部第十五：平，上，去。

（16）東部第十六：平，上，去。

（17）中部第十七：平，去。

（18）蒸部第十八：平。

（19）侵部第十九：平，上。

（20）談部第二十：平，上，去。

（21）葉部第廿一：入。

（22）緝部第廿二：入。

13. 張成孫：二十部。

張成孫字彥惟，江蘇武進人（西元 1789 年～？）。通小學，明算術，著有《諧聲譜》（西元 1814 年）。

〔註45〕王力認爲，夏炘以爲《賓之初筵》「至」字韻「禮」應讀上聲，這是錯誤的。這是脂至上去通押，不能硬說「至」讀上聲。當依王念孫認爲「至」部爲去入韻，無上聲。

　　《諧聲譜》原名《說文諧聲譜》，是張成孫的父親張惠言（西元 1761～1802 年）所著，分為二十卷，張成孫擴充為五十卷，改稱《諧聲譜》。

　　張成孫分古韻為二十部（與其父親張惠言同），以《詩經》始見入韻字為韻目，如下：

中部第一（多部），　　　　僮部第二（東部），

薨部第三（蒸部），　　　　林部第四（侵部），

巖部第五（談部），　　　　筐部第六（陽部），

縈部第七（耕部），　　　　蓁部第八（眞部），

詵部第九（文部），　　　　干部第十（元部），

薆部第十一（脂部），　　　肆部第十二（祭部），

揖部第十三（緝盍兩部），　支部第十四（支部），

皮部第十五（歌部），　　　絲部第十六（之部），

鳩部第十七（幽部），　　　芼部第十八（宵部），

蔞部第十九（侯部），　　　岨部第二十（魚部）。

　　張氏二十部，比段玉裁十七部多三部，即多出多祭緝三部，張氏二十部比王念孫二十一部少一部。少的是至部和盍部，但又多了一個多部。故得二十部。

　　古韻分部的工作，由萌芽到形成，由形成到大發展，其間經歷了六、七百年的歷史。漫長的歲月中，前人付出的辛勤勞力，終於結出了豐碩的果實。大體上說，王念孫與江有誥的收穫，足以反映清朝人研究古韻分部的總成績。此後，繼續進行古韻分部研究的人也不少，現在只把章炳麟、黃侃、羅常培與周祖謨……等先生分部的情況略加介紹如下。

　　14. 章炳麟：二十三部。

　　章炳麟，初名學乘，字枚叔，後改名絳，號太炎。近代浙江餘杭人（西元 1868～1936 年）。章氏的古韻研究成果主要反映在《國故論衡》和《文始》兩書中。章氏集清代古音學的大成，分古韻為二十三部。據他自己說，是以王念孫的二十一部為主，再吸收孔廣森「東」、「多」分部的意見，成為二十二部。後來他發現「脂部」中的去聲字和入聲字，在《詩經》裏往往單獨押韻，不與其他聲調的字混用。於是又從「脂部」中分出一個「隊部」來，共得二十三部。茲錄其二十三部如下：

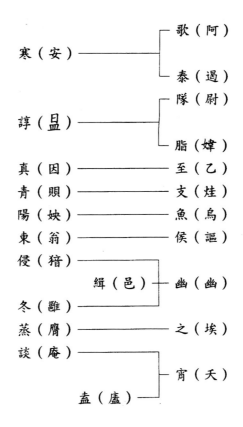

上表括號中的字，是章太炎仿效戴震的辦法，採用喉音字來表示該部的讀音。這個辦法，對二十三部的音值，都作了具體的描寫，因爲他不是用音標，而是用漢字來比況，當然不可能準確，也不易被讀者了解。

上表（古韻二十三部表）中，左列爲陽聲，右列爲陰聲，凡陰陽相對的韻都可以對轉，數部同居的，則同一對轉。他又據此二十三部而作成均圖，以爲說明文字轉注假借及其孳乳之由。茲錄其成均圖（及與段玉裁十七部之比較）。

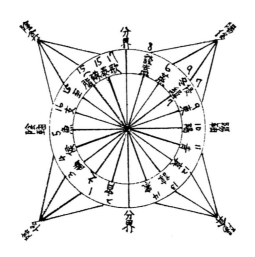

15. 黃侃：三十部。

黃侃，字季剛，湖北蘄春人（西元 1886～1935 年）。是章炳麟的弟子，他的古韻以章氏二十三部做基礎，又受戴震陰陽入三分的影響，於是分古韻為二十八部。

在古韻方面，他沒有專書，只有些論文散見各處，如〈音略〉、〈聲韻略說〉、〈聲韻通例〉、〈詩音上作平證〉、〈談添盍帖分四部說〉等。後來的學者一共收集了十七種他的論文，編為《黃侃論學雜著》。

黃先生分古韻為二十八部。他從《廣韻》二〇六韻出發，來考證古韻，提出了所謂「古本韻」與「今變韻」的主張，[註46] 例如「東韻」一等為「古本韻」，「江韻」為「今變韻」。再從「古本韻」的所有反切中，考查出其反切上字都沒有輕唇音和舌上音等聲母的字，於是推斷出上古只有十九個「古本紐」。回過頭來，又拿十九個「古本紐」去考證古韻，因而得出三十二個韻部。其中「歌戈」、「曷末」、「寒桓」、「魂痕」八韻，在古韻應是四韻，因為有開合的不同，《廣韻》把它們分成八韻，黃先生仍將開合相對的兩韻合在一塊，所以最後得出二十八部的結論，陰聲八、陽聲十、入聲十。現把黃先生〈與友人論治小學書〉中排列的古韻二十八部表照錄如下：

陰　聲	入　聲	陽　聲
	屑（開合細）	先（開合細）
灰（合洪）	沒（合洪）	痕魂（開合洪）
歌戈（開合洪）	曷末（開合洪）	寒桓（開合洪）
齊（開合洪）	錫（開合細）	青（開合洪）
模（合洪）	鐸（開合洪）	唐（開合洪）
侯（開洪）	屋（合洪）	東（合洪）

〔註46〕戴震早有此論。戴氏在《聲韻考》中說：「隋唐二百六韻，據當時之音，撰為定本，至若古音，固未之考也。然別立『四江』以次『東冬種』後，似有見於古用韻之文，『江』合於『東冬鍾』，不入『陽唐』，故使之特自為部。不附『東冬鍾』韻內者，今音顯然不同，不可沒音，且不可使今音、古音把雜成一韻也。不次『陽唐』後者，撰韻時，以可通用字相附近，不使以今昔之近似而清紊古音也。」

蕭（開細）		
豪（開洪）	沃（合洪）	冬（合洪）
咍（開洪）	德（開合洪）	登（開合洪）
	合（洪）	覃（細）
	帖（細）	添（細）

　　從上表可知，黃先生之所以比別人多出幾部，是因爲他在章太炎二十三部的基礎上，再吸收戴震的意見，把那些入聲字從陰聲韻「支、魚、侯、宵、之」五部中抽出來獨立成爲五部。

　　至於黃先生古韻二十八部的名稱，爲什麼與眾不盡相同？這與他提出的「古本韻」、「今變韻」的主張有關。在黃先生的二十八部裏，凡是古本韻字才用來作韻的標目，不是古本韻的字都不能作韻目。例如：「脂部」他不用「脂」，而要用「灰」，「眞部」他不用「眞」，要要用「先」，因爲他認爲「脂」是「灰」的變韻，「灰」才是古本韻，「眞」是「先」的變韻，「先」才是古本韻。

　　黃先生晚年又著〈談添盍帖分四部說〉一文，察及廣韻「談」「敢」「闞」「盍」四韻，爲但有古本聲十九紐，無變紐之韻，於是主張「談」亦爲古本韻，應自「添」部分出；「盍」亦爲古本韻，應自「帖」部分出。因此黃先生晚年所定的古韻爲三十部。（慧按：陳新雄著《古音學發微》一書，則以黃先生晚年所定三十部，增黃永鎮之「蕭」部及王力之「微」部，創爲三十二部之說。）

　　16. 陸志韋：二十二部。

　　陸志韋，現代浙江省吳興縣人（西元 1894～1970 年）。陸氏在其《古音說略》一書中認爲，周秦古音可分爲二十二部。他認爲《切韻》的陰聲跟入聲-p、-t、-k，陽聲-m、-n、-ŋ 相對待。在中古音他們是開音綴。在上古音大多數可以配入聲，那就應當是-b、-d、-g 了。因此他對周秦古韻二十二部的擬音大致分別爲：

侵 əm	談 am（ɑm）	
元 an	文 ən	眞 en
東 oŋ	中 ɯg	陽 ɑŋ
耕 ɐŋ	蒸 ɹeŋ	
葉 ap	緝 əp	

至 ed   祭 Iad

之 əg   幽 ɯg   宵 ʌŋ

侯 og   魚 ɑg

支 æd   脂 ed   歌 ad

17. 羅常培、周祖謨：三十一部。

羅常培，字莘田，號恬庵，現代北京人（西元 1899～1958 年）。在音韻學方面的著作略舉如下：《廈門音系》、《唐五代西北方音》、《臨川音系》、《漢語拼音字母演進史》、《漢語音韻學導論》、《漢魏晉南北朝韻部演變研究》（第一分冊，與周祖謨先生合作）、《十韻匯編》（與劉復、魏建功合編）等專著，及四十餘篇論文，又與趙元任、李方桂合譯瑞典高本漢之《中國音韻學研究》。

周祖謨（1914～1995），字燕孫，當代北京人。在音韻學方面的重要著作有：《廣韻校本》、《漢語音韻論文集》、《問學集》、《漢魏晉南北朝韻郭郭演變研究》（與羅常培合著）《唐五代韻書集存》、《廣韻四聲韻字今音表》、《周祖謨語言文史論集》等。

周先生於西元 1941 年著有〈審母古音考〉和〈禪母古音考〉，收入其《問學集》中。

羅常培、周祖謨，在他們《漢魏晉南北朝韻部演變研究》一書中，主張分古韻爲三十一部。即在王念孫晚年所定古韻二十二部的基礎上，把入聲字從「之、幽、宵、侯、魚、支、祭」七部中分出來，獨立爲「職、沃、藥、屋、鐸、錫、月」七部，再採用王力的主張，從「脂部」中分出一個「微部」，使之與入聲韻「術部」（章氏之隊部）相承。茲將三十一部列表如下：

陰聲韻	陽聲韻	入聲韻
1. 之	11. 蒸	21. 職
2. 幽	12. 冬	22. 沃
3. 宵		23. 藥
4. 侯	13. 東	24. 屋
5. 魚	14. 陽	25. 鐸
6. 歌		
7. 支	15. 耕	26. 錫
8. 脂	16. 眞	27. 質

9. 微	17. 諄	28. 術
10. 祭	18. 元	29. 月
	19. 談	30. 盍
	20. 侵	31. 緝

周法高師在其《中國音韻學論文集》，頁 35〈論上古音〉一文中說：「羅師的三十一部，比王力多了多部，又因為不主張去聲歸入的說法，比王力多了祭部，這樣就得到三十一部。我在本文中，也是主張三十一部的」。

18. 魏建功：四十七部。

魏建功，江蘇省海安縣人（西元 1901～1980 年）。魏氏於西元 1930 年曾撰《古陰陽入三聲考》一文，提出周秦古韻當分為四十七部，其中：

（1）古純韻七部：止、尾、語、歌、有、旨、厚。

（2）古陰聲韻八部：灰、脂、之、支、魚、宵、幽、侯。

（3）古陽聲韻十五部：真、寒、諄、添、侵、咸、鹽、覃、談、蒸、青、陽、江、冬、東。

（4）古入聲韻十七部：至、祭、月、壹、勿、帖、緝、祫、葉、合、盍、弋、益、亦、龠、昱、玉。

魏氏的觀點是，古陰陽入三聲都是附聲隨韻，它們都是由古純韻加附聲隨而成的，如加鼻聲聲隨的就是古陽聲，加通擦聲聲隨的就是古陰聲，加塞音或通聲聲隨的就是古入聲。

魏氏的結論，大概是古韻分部中最多的一家了。

19. 董同龢：二十二部。

董同龢，生於雲南昆明，長於江蘇武進（西元 1911～1963 年）。出版有《上古音韻表稿》及《漢語音韻學》兩種專著，發表論文數十篇。主要語言學論文由丁邦新編為《董同龢先生語言學論文選集》。董先生在《漢語音韻學》一書中，分周秦古韻為二十二部並擬其音值。茲錄於下：

（1）之部與蒸部：有〔ə〕類主要元音，陰聲字有韻尾-g，入聲字有韻尾-k，陽聲字有韻尾-ŋ。

（2）幽部與中部：有〔o〕類主要元音，韻尾有 -g、-k、-ŋ。

（3）宵部：主要元音是〔ɔ〕，韻尾有 -g、-k。

（4）侯部與東部：主要元音是〔u〕類，韻尾有 -g、-k、-ŋ。

（5）魚部與陽部：主要元音是〔a〕類，韻尾有 -g、-k、-ŋ。

（6）佳部與耕部：主要元音是〔e〕類，韻尾有 -g、-k、-ŋ。

（7）歌部：主要元音是〔a〕類，無韻尾。

（8）脂部與眞部：主要元音是〔e〕類，韻尾有-d、-r、-t、-n。

（9）微部與文部：主要元音是〔ə〕類，韻尾有-d、-r、-t、-n。

（10）祭部與元部：主要元音是〔a〕類，韻尾有-d、-t、-n。

（11）葉部與談部：主要元音是〔a〕類，韻尾有-p、-m。

（12）緝部與侵部：主要元音是〔ə〕類，韻尾有-p、-m。

董先生認為，上古陰聲字〔-b、-d、-g〕之外，古韻語裡還有一個舌尖韻尾的痕跡，並訂那個韻尾作〔-r〕。

20. 嚴學宭：三十一部。

嚴學宭，江西分宜人（西元 1910～1991 年）。嚴氏〈周秦古音結構體系〉一文中，將古韻分作七系、十一類、三十一部，並對三十一部作了構擬，茲將其具體內容錄於下：

I、ə系

（1）之職蒸類

1.之部 əg　2.職部 ək　3.蒸部 əŋ

（2）侵緝類

4.緝部 əp　5.侵部 əm

（3）微諄術類

6.微部 əd　7.術部 ət　8.諄部 ən

II、i系

（4）脂質眞類

9.脂部 ĭd　10.質部 ĭt　11.眞部 ĭn

III、e系

（5）支錫耕類

12.支部 ĕd　13.錫部 ĕk　14.耕部 ĕŋ

IV、a系

（6）歌月祭元類

　　15.歌部 a　　16.月部 at　　17.祭部 ad　　18.元部 ăn

（7）盍談類

　　19.盍部 ap　　20.談部 am

（8）魚鐸陽類

　　21.魚部 ag　　22.鐸部 ak　　23.陽部 aŋ

Ⅴ、o 系

（9）幽沃冬類

　　24.幽部 og　　25.沃部 ok　　26.冬部 oŋ

Ⅵ、ɔ 系

（10）宵藥類

　　27.宵部 ɔg　　28.藥部 ɔk

Ⅶ、u 系

（11）侯屋東類

　　29.侯部 ug　　30.屋部 uk　　31.東部 uŋ

以上這三十一部，採用的是周祖謨的意見。在構擬音值時，嚴氏同意陰聲韻韻尾有-b、-d、-g 的存在，以與入聲韻韻尾的-p、-t、-k 相配。換句話說，嚴氏認為周秦古音音節結構是屬於 c＋v＋c（輔音＋元音＋輔音）類型的。

以上就是清以來的古韻分部研究的概況。

第三節　古聲調說

聲調是漢語語音中一個與聲、韻同等重要的部分，它具有明顯的辨義作用。現代漢語如此，古代漢語也如此。中古漢語有平、上、去、入四個聲調，《切韻》系統的韻書都是先分四聲然後分韻排列的。至於上古漢語有無聲調？上古聲調系統究竟如何？前人有種種不同的看法，茲分述如下：

吳棫提出了「四聲互用」，這是籠統地講古人用韻在四聲上不那麼嚴格，可以通押。之後，有系統的提出自己的主張的是明陳第。他在《讀詩拙言》中說：

　　四聲之辨，古人未有。中原音韻，此類實多，舊音必以平協平，仄

　　協仄也，亦無以今而泥古乎？

又在《毛詩古音考・邶風・谷風》「怒」字注：

> 四聲之說，起於後世。古人之詩，取其可歌可詠，豈屑屑毫釐若經
> 生爲耶？且上、去二音，亦輕重之間耳。

以上是陳氏之主張，然而他在《毛詩古音考》中注出了一百零三個字的古聲調，或平，或上，或去（沒有入聲）而且常常注出古今聲調的變化。可見陳氏實際上認爲上古漢語是有四聲的。

以下是清以來的上古聲調研究概述。

（一）四聲說

1. 四聲一貫說

這是清初學者顧炎武的主張。他在《音學五書・音論》中說：

> 一字之中，自有平、上、去、入。一字而可以三聲四聲，若《易》
> 爻之上下無常，而唯變所適也。

意思就是認爲，字無定調，所以一個字可以根據需要讀成幾個聲調。另外在《音論》裏又說四聲可以通轉，如：

> 上或轉爲平，去或轉爲平、上，入或轉爲平、上、去。《詩》三百篇
> 中，亦往往用入聲之字。其入與入爲韻者什之七，入與平、上、去
> 爲韻者什之三。以其什之七，而知古人未嘗無入聲也；以其什之三，
> 而知入聲可轉爲三者也。

由上可知，顧氏對古聲調之主張是字無定調，並且四聲可以通轉。

2. 古有四聲說

江永強調《詩經》押韻以四聲自押爲常規，也承認有四聲通押的現象。他在《古韻標準・例言》中說：

> 四聲雖起江左，按之實有其聲，不容增減。此後人補前人未備之一
> 端。平自韻平，上、去、入自韻上、去、入者，恆也，亦有一章兩
> 聲或三四聲者，隨其聲諷誦詠歌，亦自諧適，不必皆出一聲。

王念孫：王氏認爲古韻各部四聲出現的情況不同。他在〈與李方伯書〉中分古韻爲二十一部，其中東、蒸、侵、談、陽、耕、眞、諄、元、歌十部有平、上、去三聲，支、脂、之、魚、豪、幽、宵七部有平、上、去、入四聲，至、

祭兩部只有去聲，盍（葉）緝兩部只有入聲。

江有誥：江氏最初主張古無四聲，後來則認爲上古有四聲。只不過古人所讀的聲與後人不相同。江氏並據諧聲偏旁進行分析，發現各部的平、上、去三聲相承，其字的諧聲偏旁沒有不吻合的，唯獨祭、泰、夬、廢不與平、上兩聲相承，所以他斷定這四韻沒有平、上兩聲。

江氏在〈再寄王石臞先生書〉中說：

> 有誥初見，亦謂古無四聲，說載初刻凡例。至今反覆紬繹，實知古人實有四聲。特古人所讀之聲與後人不同。陸氏編韻時，不能審明古訓，特就當時之聲誤爲分析。有古平而誤收入上聲者，如「享、饗、頸、纇」等字是也。有古平而誤收入去聲者，如「訟、化、震、患」等字是也。有古上而誤收入平聲者，如「偕」字是也。有古上而誤收入去聲者，如「狩」字是也。有一字平、上兩音而僅收入上聲者，如「怠」字是也。有一字平、上兩音而僅收入平聲者，如「懲」字是也⋯⋯。

江氏的《唐韻四聲正》就是針對上述這種情況而作的。

夏炘：夏氏主張古有四聲。他在《古韻表集說綴言》中說：

> 四聲出于天籟，豈有古無四聲之理？即如後世反切，自謂能得定音。其實古人終葵爲椎，不律爲筆，邾婁爲鄒之屬已兆其端。反切必原於字母，古人之雙聲與今等韻之字母悉合，可見今人所見，古人無所不有。豈有明白確切之四聲，古人反不知之？觀三百篇中平自韻平，仄自韻仄，劃然不紊；其不合者，古人所讀四聲有與今人不同也。

高本漢在〈論中國上古聲調〉一文中，根據諧聲、《詩經》、《易·象辭》中之韻語探討上古聲調，認爲上古已有四聲之辨。

李方桂在《上古音研究》中說：

> 上古漢語是有聲調的，而且大體調類與中古四聲相合的。

由此可知，李氏主張上古時候還是有四聲；但是他認爲再往古推的話，可能四聲是從韻尾輔音來的。（如：加-x 代表上聲，加-h 代表去聲，平聲不加符號，入聲已有-p、-t、-k 爲標記。所以也不加符號。）

周祖謨在〈古音有無上去二聲辨〉一文中說：

以《詩經》用韻而言，雖去聲有與平上入三聲通協者，而去與去自協者固多。若即諧聲而論，去聲字亦有不與他聲相涉者。段氏不加詳辨，重其合而不重其分。近人黃季剛先生復倡古音無上之說，……蓋《詩》中上聲分用者多，與他類合用者寡，以寡論多，自不能洽理壓心。

3. 四聲三調說

董同龢、周法高師皆有如此看法。

董先生承江有誥「平自韻平，上去入自韻上去入」的觀點，認為同調相押的情況還是比較普遍，所以認為上古也應該有四類聲調。而平上去三聲不同調，韻尾相同。去入聲關係較密切的原因是因為去入同調。因此有「四聲三調」之說法。

周法高師在《論上古音》一文中說：

> 我個人是傾向於第一派〔註47〕詩經時代四聲三調的說法。李榮主張在《切韻》時代還保留四聲三調（即去入同調）的情形。

周師並指導其研究生張日昇寫了一篇「試論上古四聲」一文，由《詩經》押韻的實際統計數字，來說明上古有四聲。

（二）三聲說

1. 古無去聲說

這是段玉裁的主張。他在《六書音韻表·古四聲說》中說：

> 古四聲不同今韻，猶古本音不同今韻也。考周秦初之文，有平、上、入而無去。洎乎魏晉，上、入聲多轉而為去聲，平聲多轉為仄聲，於是乎四聲大備而與古不侔。有古平而今仄者，有古上、入而今去者。……古平、上為一類，去、入為一類。上與平一也，去與入一也。上聲備於「三百篇」，去聲備於魏晉。

由上可知，段氏認為中古的去聲是魏晉時候才具備的。中古去聲字上古大部分本讀入聲，小部分本讀平、上聲。至於古入聲字為什麼會變成去聲，則段氏並

〔註47〕周法高師在〈論上古音〉一文中，關於聲調方面，共歸納為五派。第一派即是以董同龢為代表的「四聲三調」的主張。

未說明。

2. 古無入聲說

這是清代學者孔廣森的學說。他在《詩聲類》卷一中說：

> 至於入聲，則自緝、合等閉口音外，悉當分隸。自支至之七部，而
> 轉爲去聲。蓋入聲創自江左，非中原舊讀。

那麼孔氏對入聲的由來又是如何來解釋呢？在《詩聲類》卷十二中他說：

> 緝合諸韻爲談、鹽、咸、嚴之陰聲，皆閉口急讀之，故不能備三聲。
> 《唐韻》所配入聲，唯此部爲近古。其餘部古悉無入聲。但去聲之
> 中，自有長言、短言兩種讀法，每同用而稍別畛域。後世韻書遂取
> 諸陰部去聲之短言者，壹改爲陽部之入聲。

（三）五聲說

1. 古有五聲說

這是近代學者王國維的主張。他在《觀堂集林》卷八《五聲說》中說：

> 古音有五聲，陽類一，與陰類之平、上、去、入四是也。說以世俗
> 之語，則平聲有二，上、去、入各一，是爲五聲。自「三百篇」以
> 至漢初，此五聲者大抵自相通押，罕有出入。漢中葉以後，陽聲之
> 類，一部謳變爲上、去，於是陽聲三，陰聲四，而古之五聲增而爲
> 七矣。

2. 長去短去說

這是陸志韋的主張。陸氏在《古音說略》中說：

> 嚴格的說，上古有兩個去聲，一個是長的，跟平上聲通轉；又一個
> 是短的，跟入聲通轉。不論長短，他們的調子都是可升可降，有方
> 言的差別。……上古的短去聲通入聲，因爲音量的相像；後來混入
> 長去聲，因爲調子的相像。上古長去聲通平上聲，那另是一回事。
> 這可升可降的短去聲，可以叫做上古的第五聲。

陸氏的五聲說與王國維完全不同。王氏的五聲說認爲上古收-m-n-ŋ的陽聲字是
一調，陰聲字的平上去入爲四調，所以共有五調。而陸氏的五聲是：平、上、
長去、短去、入。

（四）二聲說

古無上、去兩聲說。

這是近代學者黃侃的主張。他在《音略‧略例》中說：

> 四聲，古無去聲，段君所說。今更知古無上聲，唯有平，入而已。

黃氏把上古聲調分爲平、入兩大類，前者是舒聲，後者是促聲，他並寫了一篇「詩音上作平證」，列出《詩經》中平、上通押的例子 129 條，來支持他的學說。至於上古的平聲和上聲爲什麼中古會變成平、上、去、入四個聲調，黃氏則無解釋。

以上就是清以來的上古聲調研究的概況。

第三章　王力之上古音及問題之檢討

第一節　上古聲母部分

壹、王力上古聲母系統之鳥瞰

一、研究上古聲母之材料

　　王力在《漢語音韻》，頁 194（西元 1963 年）曾對上古聲母及韻母之研究成績加以評論，認為上古聲母的研究比韻母遜色多了。他說：

> 在漢語音韻學中，上古聲母系統的研究比不上上古韻母系統的研究
> 成績來得大，主要原因在于材料比較缺乏。關於古韻部的研究，我
> 們有先秦韻文作為根據；關於上古聲母的研究，我們就沒有這樣優
> 越的條件了。

至於研究上古聲母的材料有那些？他又說：

> 到目前為止，中國的音韻學家一般只能根據五種材料來研究上古的
> 聲母：第一，是諧聲偏旁；第二，是聲訓；第三是讀若；第四是異
> 文；第五是異切（不同的反切）。〔註1〕

在 1985 年出版的《漢語語音史》，頁 17～18 中，王力對於研究上古聲母的各項材料之可信度加以比較分析，他說：

───────────────

〔註 1〕見《漢語音韻》，頁 194。

關於聲母方面，成績就差多了。一般的根據是漢字的諧聲偏旁，其次是異文。我們知道，聲符和它所諧的字不一定完全同音。段玉裁說：「同聲必同部」。這是指韻部說的。這只是一個原則，還容許有例外。如果我們說：「凡同聲符者必同聲母。」那就荒謬了。……從諧聲偏旁推測上古聲母，各人能有不同的結論，而這些結論往往是靠不住的。其次是異文也不大可靠。異文可能是方言的不同，個別地方還是錯別字。我們引用異文來證古音，也是要謹慎從事的。

有人引用外語譯文（主要是佛經譯文）來證明上古聲母。這只能是次要證據，不能是主要證據。因為翻譯常常不可能譯出原來音。……我們不能要求古人把梵文的原音完全準確地譯成中文。單靠譯文來證明上古聲母，看來不是很妥當的辦法。

有人引用漢藏語系各族語言的同源詞來證明漢語上古聲母，這應該是比較可靠的辦法。

誠如王力所說，「聲符相同的形聲字，聲母不一定相同」。但是聲符相同的形聲字，即使聲母不完全相同，其所屬聲類（指發音部位相同的音類，即五音）卻大致相同，而漢字百分之八十以上是形聲字，因此形聲字仍為我們研究上古聲母系統提供了有利的條件。

其次，對於上古聲母的研究，異文也不失為一項可用的材料。因為上古沒有發明印刷術，書籍流傳，主要靠手工抄寫；同一個詞，或因師承不同，或因記憶有誤，經過輾轉傳抄，往往寫成了不同的字。這些字原來代表同一個詞，讀音應相同或很相近，聲母自然相同，至少相近。因此，根據這些異文，可以考見上古漢語聲母分合的情況。例如「匍匐」、「扶服」、「扶伏」、「蒲伏」都是同一個詞的不同寫法，古代聲母應當相同。然而字義相同也可能發生異文，例如「初、始」，字義雖同，聲音上卻不相關，因此使用異文時，應謹慎分辨。所以利用異文來證古音，確實要像王先生所說的「謹慎從事」了。

至於「讀若」（或讀如），是在反切沒有發明的時候，古人用一個音同或音近的常用字來比擬某一個難字的讀音，這類例子也可以用來研究上古聲母。

再如「聲訓」，古人常取音同或音近的字來探求事物得名之由，叫做聲訓，其中有一些材料也可以作為我們研究古代聲母的依據。如《釋名》：「邦，封也」、

「馬，武也」。「封」與「邦」；「馬」與「武」，除了韻母有關外，聲母也相同，它們古代都讀重唇音。

　　至於引用現代方言、古代外語借詞、漢藏語系同源詞來證明上古聲母，也都是研究上古聲母系統的重要參考材料。除了王力所提到的材料外，還有從中古韻書中所歸納出的聲類，也是可根據的材料。因爲上古聲母系統實際上是通過考究上古各種語音材料，以及中古三十六字母和韻書中聲類（聲母）的分合異同而得出來的。

　　對於上古聲母數目之多寡，王力認爲：

> 中國音韻學家對於上古聲母的研究，總不外是在守溫三十六字母基
> 礎上，進行一些合併工作。他們總以爲上古的聲母較少。他們用簡
> 單化的辦法來處理上古聲母問題是不對的，但是他們所發現的情況
> 有很大的參考價值。

　　王力只提到「進行一些合併工作」，其實上古聲母不只是合併而已，也有離析，例如喻母在中古只是一個聲母（也就是喻三、喻四皆爲零聲母），但喻三、喻四在上古卻有不同的來源，如曾運乾所說：「喻三歸匣，喻四歸定」。可見上古聲母並不僅僅是合併中古聲母而已。

　　總的來說，王力的上古聲母學說，大部分是從檢討前人之研究成果而來，但也提出了他不同於前人的意見，容後討論。

二、上古聲母之分類與擬音

　　在上古聲母的分類方面，王力前後略有改變。在《漢語史稿》（西元 1957～1958 年）與《漢語音韻》（西元 1963 年）中分爲六類三十二母；在《詩經韻讀》（西元 1980 年）《楚辭韻讀》（西元 1980 年）《同源字典》（西元 1982 年）《漢語語音史》（西元 1985 年）中改爲六類三十三母；比三十二母多出一個「俟」母。

　　茲將其六類三十三母與中古三十六字母對照列表如下。

發音部位 發音方法			雙唇	舌尖前	舌尖中	舌葉	舌面前	舌根	喉
塞音	清	不送氣	p （幫非）		t （端知）		ȶ （照）	k （見）	○ （影）

	送氣	p' （滂敷）	t' （透徹）	ȶ' （穿）	k' （溪）
	濁	b （並奉）	d （定澄）	ȡ （神）	g （群）
鼻音		m 明微	n 泥娘	ȵ 日	ŋ 疑
邊音			l （來）	ʎ （喻四）	
塞擦音	清 不送氣		ts （精）	tʃ （莊）	
	清 送氣		ts' （清）	tʃ' （初）	
	濁		dz （從）	dʒ （床）	
擦音	清		s （心）	ʃ （山）	ɕ （審）	x （曉）
	濁		z （邪）	ʒ （俟）	ʑ （禪）	ɣ （匣、喻三）

在上古聲母音值的擬定上，王先生亦前後有不同意見。茲錄「王力歷來上古聲母音值異同表」於下 [註2]

		著作 上古聲母	漢語史稿 （1957～58）	漢語音韻 （1963）	詩經韻讀 （1980）	楚辭韻讀 （1980）	同源字典 （1982）	漢語語音史 （1985）
喉		影	○	○	○	○	○	○
牙音	牙音 （舌根）	見	k	k	k	k	k	k
		溪	k'	k'	k'	k'	k'	k'
		群	g'	g'	g	g	g	g
		疑	ŋ	ŋ	ŋ	ŋ	ŋ	ŋ
		曉	x	x	x	x	x	x
		匣 （喻三）	ɣ	ɣ	ɣ	ɣ	ɣ	ɣ

〔註2〕錄於吳世畯碩士論文《王力上古音學說述評》，頁245～247（慧按：用王力原書校對過，無誤）。

舌音	舌頭	端（知）	t	t	t	t	t	t
		透（徹）	t'	t'	t'	t'	t'	t'
		定（澄）	d'	d'	d	d	d	d
		泥（娘）	n	n	n	n	n	n
		來	l	l	l	l	l	l
	舌上	照（照三）	ȶ	tɕ	tɕ	tɕ	tɕ	tɕ
		穿（穿三）	ȶ'	tɕ'	tɕ'	tɕ'	tɕ'	ȶ'
		神（床三）	ȡ'	dʑ'	dʑ'	dʑ'	dʑ	ȡ
		日	ȵ	ȵ	ȵ	ȵ	ȵ	ȵ
		喻（喻四）	d	d	j	j	ʎ	ʎ
		審（審三）	ɕ	ɕ	ɕ	ɕ	ɕ	ɕ
		禪（禪三）	ʑ	ʑ	ʑ	ʑ	ʑ	ʑ
齒音	正齒	莊（照二）	tʃ	tʃ	tʃ	tʃ	tʃ	tʃ
		初（穿二）	tʃ'	tʃ'	tʃ'	tʃ'	tʃ'	tʃ'
		床（床二）	dʒ'	dʒ'	dʒ	dʒ	dʒ	dʒ
		山（審二）	ʃ	ʃ	ʃ	ʃ	ʃ	ʃ
		俟（禪二）			ʒ	ʒ	ʒ	ʒ
	齒頭	精	ts	ts	ts	ts	ts	ts
		清	ts'	ts'	ts'	ts'	ts'	ts'
		從	dz'	dz'	dz	dz	dz	dz
		心	s	s	s	s	s	s
		邪	z	z	z	z	z	z
唇音	唇音	幫（非）	p	p	p	p	p	p
		滂（敷）	p'	p'	p'	p'	p'	p'
		並（奉）	b'	b'	b	b	b	b
		明（微）	m	m	m	m	m	m

由上表可知，在西元 1980 年以後，王先生將 b'、d'、g'、dz'皆改爲不送氣的 b、d、g、dz。而將ȶ, ȶ'改爲 tɕ, tɕ'最後又改回爲ȶ, ȶ'。ȡ改爲 dʑ又改爲 dʑ，最後改爲ȡ。dʒ'改爲 dʒ 最後改爲 dʒ。在一九八〇年增加「俟」母，音值擬定爲 ʒ，最後改爲 z。喻四本擬爲 d，後改爲 j，最後定爲 ʎ。除此之外，其餘的聲母，前後擬音皆一致。

王力除了將上古聲母分爲六類三十三母並擬定音值外，而且做了「先秦三十三聲母例字表」，見於《漢語語音史》，頁 25～33。

關於上古音的重建，王力認爲有一個重要的原則，他說：

> 語音的一切變化都是有制約性的變化。這就是說，必須在完全相同的條件下，才能有同樣的發展。反過來說，在完全相同的條件下，不可能有不同的發展，也就是不可能有分化。……這是歷史比較法的一個最重要的原則，我們不應該違反這一個原則。這一個原則並不排斥一些個別的不規則的變化。由於某種外因，某一個字變了另一個讀法，而沒有牽連到整個體系，那種情況也是有的。不過，那只是一些例外，我們並不能因此懷疑上述的原則。

周法高師在〈論上古音的切韻音〉一文中，更闡明了王先生的「不規則變化」，他說：

> 不規則的變化可能由於方言混合，類推的錯誤、頻率（即出現次數）的不同等等原因。

了解了王力在上古聲母之分類與音值的擬定以後，接下來就要看看他是如何的檢討與分析前人的古聲母學說，進而歸併、離析中古聲紐爲其上古之六類三十三聲母之結果。

貳、問題之檢討

一、古無輕唇音；古無舌上音的問題

王力在《清代古音學》，頁 154（西元 1992 年）中說：

> 錢（錢大昕）氏在古音學上的成就，在古聲紐方面，他所說的古無輕唇音和古無舌上音，成爲不刊之論。

可見王力肯定錢氏的「古無輕唇音」與「古無舌上音」的說法。但是王力也認

為，錢氏雖舉了大量異文來證明其說法，然而光憑異文的比較，還不能充分證明古無輕唇音和古無舌上音。因為異文只能證明上古輕、重唇相混及舌上、舌頭意相混。所以，後來大陸學者如王健庵、敖小平等認為，單憑異文同樣可以得出相反的結論，也就是古無重唇音、古無舌頭音，然而王力並不贊同他們，並且更進一步地補充錢氏的說法，他說：

> 必須以現代方言為證，才有堅強的說服力。可惜錢氏所舉的方音例子太少了。現代閩方言（包括閩北、閩南）都沒有輕唇音，例如廈門口語「舞」讀〔bu〕，「肥」讀〔pui〕，「尾」讀〔bi〕，「帆」讀〔p'ɔŋ〕；「知」讀〔ti〕，「哲」讀〔tiat〕，「桌」讀〔tɔʔ〕，「除」讀〔tu〕，「朝」讀〔tiau〕，「展」讀〔tian〕。這就有力地證了古無輕唇音、古無舌上音。〔註3〕

王力並認為「古無輕唇音」、「古無舌上音」這一種情況是聲母完全一樣，只是韻頭不同（由於韻頭不同，影響到後代聲母的分化。）他說：

> 輕唇字原是某些韻的合口三等字，與其他呼等有別，但是在上古讀p，p'，b'，m；舌上字原是二、三等字，與一、四等字的韻頭有別，但是在上古讀t，t'，d'，n；泥娘在《初韻》中本來就是同一聲母，只是娘母多是三等字。〔註4〕

王力的意思是，輕唇字非、敷、奉、微上古與幫〔p〕、滂〔p'〕、並〔b〕、明〔m〕的重唇字無別。然而非、敷、奉、微出現在某些三等韻的合口字，其韻頭為〔iu〕，而一、二、四等及其他三等幫系字沒有這種韻頭，因而形成了分化的條件。上古的舌上音知、徹、澄、娘，與舌頭音的端〔t〕、透〔t'〕、定〔d〕、泥〔n〕無別。但是二、三等的舌頭音字，其韻頭為〔e〕、〔i̯〕（開口）；〔o〕、〔i̯u〕（合口），而一、四等的舌頭音字則無韻頭或韻頭為〔i〕（此為開口一、四等的情形），或者韻頭為〔u〕、〔iu〕〔註5〕（此為合口一、四等的情形），因此，到後來就分化為端及知二類聲母。

〔註3〕見《清代古音學》（西元1992年，北京中華書局），頁161。

〔註4〕見《漢語音韻》，頁196。慧按：王先生於1980年取消了全濁音的送氣符號。

〔註5〕王先生對上古開合四等韻頭之音值擬定如下：開口一等：無韻頭。二等：〔e〕。三等〔i̯〕。四等：〔i〕。合口一等：〔u〕。二等〔o〕。三等：〔i̯u〕。四等〔iu〕。

慧按：從王氏的理據，可見錢氏的「古無輕唇音」、「古無舌上音」之結論是可信的。

但對錢大昕的「古無輕唇音」一說，王健庵、敖小平二人先後提出反對意見，倡「古無重唇音」之說，對此問題加以研究的有張清常〈古音無輕唇舌上八紐再證〉，[註6] 張世祿、楊劍橋〈漢語輕重唇音的分化問題〉。[註7] 張、楊之文共分六節，對王、敖之說作了科學的答覆，明確肯定了錢大昕的看法是正確的。因此這一個問題似乎可告一段落。對於王先生肯定錢氏的看法已是無可爭論的事實了。而古無舌上說則沒有任何異議。

二、古音娘日歸泥的問題

王力在《清代古音學》，頁239中說：

> 章氏有「娘日二母歸泥說」。力按，古無舌上，娘歸泥沒有問題；日歸泥則大可商榷。我們認為日音近泥而不完全等於泥。如果娘日同母，都是泥母三等字，後來就沒有分化的條件了。

在《漢語語音史》，頁21中說：

> 說古無日母則是錯誤的，因為娘日都是三等字，如果上古「女」、「汝」同音，「日」、「暱」同音，後來就沒有分化的條件了。高本漢把泥娘二母的上古音擬測為〔n〕，日母的上古音擬測為〔n̠〕，是完全合理的。今從高說。

可見王力認為上古日母不歸泥母。

董同龢在《漢語音韻學》中說：

> 諧聲中另有一個聲母的類，包括變為中古 n-（三十六字母的「泥」與「娘」）與 n̠（日）二母的字……這兩個聲母的上古音，現在仍然假定為 *n- 與 *n̠-。

在「日母不歸泥母」的看法上，董先生與其師王力的看法是一致的。

李方桂將上古音的泥母擬成〔n〕。娘母為〔nr〕、日母為〔nj〕，周法高師

〔註6〕原載《語言研究論叢》第一輯（西元 1980 年）後收入其《語言學論文集》（西元 1993 年，北京商務印書館）。

〔註7〕載於揚州師院學報，1986 年，2 月。

的擬音亦是如此，用介音的不同，作爲它們後來分化的條件，如此便可以說明章氏「娘日二母歸泥說」是正確的。問題是娘母可出現在二等與三等，因此，如果娘母二、三等同時出現於一韻之中，是否要再擬一套介音來區別？龍宇純師在〈論照穿床審四母兩類上字讀音〉一文篇末說：

　　……，麻、庚二韻同時具二、三等，而知系字只有見於二等者一類，

　　亦可見知系字無對立之韻母。

可知知系字無對立音，娘母擬爲〔nr〕，並無問題。但是如陽韻，同時出現娘母與日母字，則需如何解釋呢？我們似乎可以作成如下之演變圖。

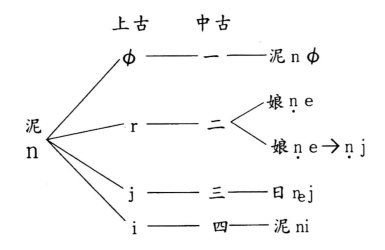

　　說上古泥母有四種不同的韻頭，中古娘二、娘三原都是有〔e〕介音，三等的娘母，因爲受到其他三等字介音〔j〕的類化，其介音由〔e〕變爲〔j〕，而日母則是直接因泥母受介音 j 之影響變化而爲nj。這樣李先生的擬音應是可行的。而王先生所說的「娘、日都是三等字，後來就沒有分化的條件了」的疑惑，也便可以解決了。況且日母在韻圖中只見於三等，出現了一、二、四等的大空檔，這個大空檔也許給我們一些暗示，就是日母可能是由別種音而來的，上來的解釋正可以說明這個大空檔的來由。

　　唐作藩指出今閩廣方言無日母，是有一定道理的。娘母和泥母在《廣韻》音系裡就不分。日母在上古和泥母的關係也確實比較密切。」〔註8〕近人張儒〈日母歸泥再證〉〔註9〕用竹簡帛書的異文通假字也肯定傳統的日母歸泥說。

―――――――――

〔註 8〕見《中國語言學大辭典》，頁 102。

〔註 9〕載於《山西大學學報》1989 年 2 月。

綜合以上諸家說法，王力不贊成上古日母歸泥是有待商榷的。

三、喻三古歸匣的問題

王力在《漢語史稿》，頁 70 中說：

> 直到切韻時代，云母（喻三）仍屬匣母，但在唐末守溫三十六字母
> 裏，云已歸喻，可見從這個時候起，云母已從匣母中分化出來了。
> 那就是說：$\gamma\!<^{\gamma}_{j}$。切韻時代的匣母沒有三等，和喻母三等正相補
> 足。經曾運乾、羅常培和葛毅卿先生分頭研究，云母在六世紀初年
> 跟匣母本為一體的事實已經從方面得到了充分的證明。從上古的史
> 料來看，云匣也是同一聲母的。從諧聲偏旁來看，云匣常常是互諧
> 的。

由上引文可知，王力是贊成喻三歸匣的。在同書頁 71 中，王先生更進一步說明
雲匣二母分化的原因，他說：

> 云匣分化的原因，是由於最高部位的韻頭 ǐ 影響到聲母 γ 的失落。
> 同時這個 ǐ 更加高化，變為輔音 j 加韻頭 ǐ」。

王力並舉現代吳方言中之上海話為例，來證明云匣兩母一樣唸 h，例如：侯：
尤唸 hɐu；hiɐu；黃：王唸 huoŋ：huoŋ。在現代粵方言裏，合撮兩呼的云匣兩
母的字，基本上是相混的，例如廣州話（前字屬云，後字屬匣）衛惠；雲魂；
運混；王黃；越穴；垣桓；圓玄，院縣。現代北方話裏，也有極少的例子，如
「雄、熊」在廣韻是「羽弓切」，屬云母；〔註10〕但是現在北平話唸 ɕiuŋ。這也
許是上古語音系統的殘留。由此曾運乾的「喻三歸匣」應是可予肯定的。

但是，到目前為止，音韻學界對此學說的意見還頗為分歧。茲將他們的不
同看法敘述如下。

1. 高本漢認為匣母併于群母讀 gʻ，云母也是塞音讀 gʻ。

董同龢在《上古音韻表稿》，頁 34～35 中批評高氏說：

> 高氏以 γ 與 gʻ 同源的第一個根據是 γ 在中古只見於一二四等韻而 g

〔註10〕王先生說：「集韻改為胡弓切。我們一向以為集韻所配的是後代的讀音。其實如果
上古雲匣不分，羽弓切也就等於胡弓切，廣韻（切韻）採用舊切，集韻改用新切，
如此而已」（見《漢語史稿》，頁 71 之註 4）。

‘只見於三等韻，他們正好互補空缺。但是我們已經知道，ɤ在略前於切韻時代實在是四等俱全而不缺三等音的。那麼他這一項理論就是根本動搖了。……我覺得他用了g‘非但沒有可靠的憑藉，而且已有背古代送氣濁塞音演變的通例。既有*b‘→b‘；*d‘→d‘，d͡’；*d͡‘→d´z‘；*g‘→d´z‘何以*g‘只三等變g‘而一二四等卻變ɤ呢！

董氏批評得非常好。

2. 羅常培主張匣母一分為二，與 k，k‘諧聲和互讀的同群母，讀濁塞音*g‘，與 x 諧聲的同云母，讀濁擦音*ɤ。（此說為李方桂早年的非正式說法，由羅氏首先表出並予以認可。）〔註11〕

董同龢曾批評羅氏說：

我以為如果另外沒有可靠的證據，這項假定也難成立。第一，諧聲中絕少純粹 ɤ 與 x 互諧的事實足以支持（b）項說法。（慧按：b 項說法，指羅先生認為與 x 諧聲的匣母讀為*ɤ）。

ɤ 與 x 固然常諧，可是總有百分之九十以上兼及 k，k‘等，如后 ɤə̯u：詬 xə̯u－垢 kə̯u……所以我們竟不容易把兩種來源分出來。其次，上述送氣濁塞音演化的通例也不利於 a 項假設。（慧按：a 項說法，指羅氏認為和 k，k‘諧聲或互讀的匣母讀為*g‘）。〔註12〕

3. 周法高師認為匣母合併於群母讀 g，云母仍同中古讀 ɤ。與其師羅常培大體上是相同的；而周師除擬音外，基本上與高本漢的說法相同。

4. 李方桂。匣、云、群三母合而為一，〔註13〕讀 g（中古開口）和 g w（中古合口）。其演變規律如下：

上古*g＋j（三等）＞中古群母 g＋j

上古*g＋（一、二、四等韻母）＞中古匣母

上古*g w＋j＞中古喻三 jw

〔註11〕見《史語所集刊》第八本第一分，1973 年。《〈經典釋文〉和原本〈玉篇〉反切中的匣于兩紐》。

〔註12〕見《上古音韻表稿》，頁 38。

〔註13〕龔煌城在〈從漢藏語的比較看上古漢語若干聲母的擬測〉（見《聲韻論叢》第一輯，頁 82）一文中，亦提出用漢藏語的比較研究來支持匣、群、于三母同出一源的假設。

上古＊ｇw＋ｊ＋i＞中古群母ｇ＋ｊ＋w

上古＊ｇw＋（一、二、四等韻母）＞中古匣母＋w〔註14〕

陳新雄在〈群母古讀考〉中批評李氏說：

> 在李先生所擬的古聲母系統中，幾乎所有的單純聲母，在一、四等
> 韻前，都保持它們原來的形式而不變，在三等韻前多半變成別的聲
> 母，然則何以＊ｇ跟＊ｇw卻正好相反呢？通常我們認爲三等韻的特
> 徵，最足以影響聲母的變化，而今卻維持原來的形式不變，一四等
> 韻，特別是一等韻，因爲沒有任何介音聲母最不易起變化，而卻變
> 成了別的音，這實在是一個值得深思的問題。〔註15〕

陳氏所批評的，正與董氏批評高本漢的道理是一樣的。

5. 丁邦新在〈上古音中的＊ｇ、＊ｇw、＊ɤ與＊ɤw〉一文中〔註16〕對李方桂
之說法，加以討論，除指出李氏的缺點外，並增加兩個音位，把演變規律重寫
如下：

上古＊ｇ＋ｊ＞ｇｊ　　　　群母開口

上古＊ｇw＋ｊ＞ｇｊu　　　群母開口

上古＊ɤ＋ｊ＞ｊ　　　　　喻三開口

上古＊ɤ＋ｊ＞ｊu　　　　　喻三合口

上古＊ɤ＋非ｊ韻母＞ɤ　　匣母開口

上古＊ɤ＋非ｊ韻母＞ɤu　匣母合口

丁先生的辦法是將匣、云合成一類，而群紐另立一類，如此，則可將李先生系
統中的例外字，變得規則些。

6. 陳新雄他在〈群母古讀考〉中說：

> 根據包擬古的研究，這個ɤ（i）的來源很早，在釋名時代已經形成了，而
> 羅常培更把它推到了上古。這樣說來，我們在擬音的時候，只要把爲紐在寫法
> 上區別開來，把爲紐寫作ɤj，在上古跟匣群的ɤ相配成一個聲母。〔註17〕

〔註14〕見《上古音研究》，頁18。

〔註15〕見《鍥不舍齋論學集》，頁92。

〔註16〕見於62年9月19日油印討論大綱。（此註錄於陳新雄「群母古讀考」之註34）。

〔註17〕同註15，頁94。

陳氏並擬音及表示出它們的演變情形：

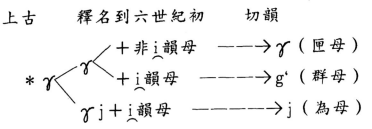

關於這個問題大致可歸納為此六種說法，雖然後來尚有周長楫〈略論上古匣母及其到中古的發展〉〔註 18〕及邵榮芬〈匣母字上古一分為二試析〉〔註 19〕等文章討論此問題，然而其結論皆不出此六種說法了。

筆者對於此問題，認為喻三古歸匣是可信的。因為無論從諧聲偏旁、經籍異文、反切上字之系聯、及現代方言來看，皆可證明喻三和匣的密切關係。但是周長楫在〈略論上古匣母及其到中古的發展〉一文中，通過漢字的諧聲偏旁、反切異文、和現代漢語一些方言的讀音材料以及外語中的漢語借詞的讀音材料，卻論證中古群母在上古歸匣母。

然而是否光從諧聲偏旁等說，就能論證中古群母在上古歸匣母？我想這仍待商榷。羅常培在〈《經典釋文》和原本《玉篇》反切中的匣于兩紐〉一文中，用反切系聯聲類的方法，將《釋文》裏在《廣韻》應屬匣、于兩紐的反切上字，稱之為「戶」和「于」兩類。羅氏說：

> （甲）「戶」類（和《廣韻》的匣紐相當，《釋文》裏以「戶」作反切上字的，共發見一千零八十七次，較本類其他各字均多，所以拿它作標目。）（乙）「于」類（和《廣韻》的于紐相當，即喻紐三等字，在《釋文》裏拿于作反切上字的，共發見一千四百十八次，較本類其他各字均多，所以拿它作標目。）……，兩類雖然大體上自成系統，可是彼此間常有錯綜的關係。例如戶類的「滑」字有「胡八、乎八、于八」三反，它所切的字裏「猾」有「于八、戶八」二反，「皇」有「于況、胡光」二反，並且《尚書釋文》「蠻夷猾夏」的「猾」字今本作「戶八」反，敦煌寫本作「于八」反，這當然不

〔註18〕見《音韻學研究》第一輯，1984 年，頁 266～285。

〔註19〕見《語言研究》1991 年第 1 期。

能諉爲偶然的訛誤。既然「猾」字可以有「戶八」和「于八」二反，那末「尤」字也未嘗不可以有「有牛」和「下求」二反。再說于類所切的「鴞」字同時有「于驕」、「于嬌」、「于苗」、「戶驕」四反，也可以作「戶」「于」兩類相通的例。若在本書以外找材料，我們還有許多有力的旁證。據周祖謨所考《萬象名義》中的原本《玉篇》音系，〔註20〕匣于兩紐簡直有不可分的趨勢，所以他併稱胡類。

由上可知，從反切上字的系聯上，可看出喻三與匣紐的密切關係。但是反觀群紐與匣紐，或群紐與喻三紐在反切上字的系聯上，則未見此種和喻三與匣組的密切關係。

再者，龍宇純師發現《廣韻》中群母有出現在二等的例子，如蟹韻𦥑：求買切；麥韻趨：求獲切；山韻爟：跪頑切。而《集韻》中群母也有出現在一、二等的。出現在一等的群母例如隊韻轛：巨內切；代韻隑：巨代切；很韻頷：其懇切；勘韻䫈：其闇切；號韻櫃：巨到切。（慧按：曹憲廣雅音卷八中櫃是巨例切，屬祭韻。）出現在二等的群母有蟹韻：求買切；怪韻齹：渠介切，山韻爟：渠鰥切；刪韻趨：巨班切；諫韻趨：求患切；麥韻趨：求獲切等。李榮在一九六五年的《中國語文》第5期中發表了〈從現代方言論古群母有一、二、四等〉一文中說：

> 《切韻》系統群母限於三等，一、二、四等無群母。……我們根據現代方言的對應關係，可以假定《切韻》時代有的方言群母出現的範圍較廣，一、二、四等也有群母。〔註21〕

李氏在文章中舉出了「寒、汗、猴、厚、懸、交」等六個匣母字在閩語方言裡的聲母讀音，和切韻系統不同，認爲它反映著古音，上古屬群母 g 而不是匣母。

如此說來，要將群母古歸匣紐使它們成爲互補似乎便產生了衝突。

最後我們從整個音韻結構上來看，唇音有幫滂並，舌音有端透定，齒音有精清從，唇、舌、齒音都有相當的「全濁塞音」——並、定、從；因此，如果去掉牙音的群母，則見溪便無相當的全濁塞音了，似乎也很特殊。

基於以上的理由，使我覺得仍以王氏喻三古歸匣，擬音爲 ɣ，群母擬爲 g

〔註20〕1935 年北京大學中國文學系畢業論文稿本。（此註錄於羅文之註 1。）

〔註21〕見《音韻存稿》，頁 119。

的說法最爲合適。

四、喻四古歸定的問題

　　對於研究上古聲母，王先生曾說：「最困難的問題是喻四音值的擬測。」他對喻四音值的擬側，有過三次的改變。

　　第一次是在《漢語史稿》和《漢語音韻》中，擬爲〔d〕。《漢語史稿》，頁73～74 中說：

> 三十六字母中所謂喻母，在切韻裏嚴格地分爲兩類，即雲母（喻三）和餘母（喻四）。它們有著完全不同的來源。……從諧聲系統來看，也很明白地看出這兩大類。餘母的字，絕大部分和端透定相諧，小部分和邪母等相諧，可見它的上古音是 d。……上古的 d 到中古失落了，剩下來是些以半元音 j 起頭的字例如「怡」，dǐə→jěi，「陽」dǐaŋ→jǐaŋ。按漢語的情況來說，不送氣的破裂音比較容易失落，例如現代廣東台山方言的「刀」是 tou→ou，雲南玉溪方言的「高」是kau→au。

慧按：像王力所舉的 tou→ou，kau→au 例子，在方言中很少，我查閱《漢語方音字彙》也找不到一個例子。況且這些例子並不能證明喻四歸定，因爲喻四上古是濁聲母，而王力所舉的例子都是清聲母。

　　第二次是在《詩經韻讀》和《楚辭韻讀》中擬爲〔j〕。《王力文集》第六卷，頁 45《詩經韻讀》總論中說：

> 喻母四等字的上古音讀最難確定，以前有人把它一律讀入定母，未免太簡單化了，我曾把它擬成定母的不送氣（d），也很勉強。高本漢把喻四的上古音分爲 d、z 兩類，也缺乏可信的根據。現在姑且擬成一個 j，這個 j 只代表一個未定的輔音，以待進一步的研究。

第三次是在《同源字典》和《漢語語音史》中擬爲〔ʎ〕。《同源字典》，頁 70～71 中說：

> 最困難的問題是喻四音值的擬測。高本漢定爲不送氣的 d（定母定爲送氣的 d‘），我在漢語史稿中採用了高本漢的說法。其實是不合理的。語言有它的系統性，牙音、齒音、唇音濁母都沒有送氣不送

氣的對立，惟獨舌音濁母有送氣不送氣的對立，這是不可思議的。
我現在認爲，濁母送氣不送氣是任意的（跟現代吳語一樣），喻母的
上古音不可能是 d。我初步認爲它是個 ʎ，因爲喻四實際上是三等
字，應該與照系三等同類，照系三等的上古音是ȶ，ȶ‘，ȡ，ȵ，ɕ，z，
那麼，喻四的上古音應該是與ȵ同發音部位的ʎ。

在《漢語語音史》，頁 23 中說：

> 現在我有新的擬測，〔ʎ〕。這是與〔ȶ〕、〔ȶ‘〕、〔ȡ〕同發音部位的邊
> 音，即古代法語所謂軟化的 l（l mouill´e）。法語在 fille（女子），
> bouillon（肉湯），tailler（剪裁）等詞中，l 本是軟化的 l，後來變爲
> 半元音〔j〕（Fille=〔fi:j〕，bouillon=〔bu´ɔ〕，tailler=〔ta´je〕）。漢
> 語喻母四等也一樣，在上古時代是個〔ʎ〕，到中古時代變爲半元音
> 〔j〕。

王力對於喻四的來源，並沒有一個很確切的結論，他在〈黃侃古音學述評〉[註22]
一文中說：

> 至於喻四歸定，就只能了解爲近似，不能了解爲相同。……也可能
> 不止一個來源。

近人尋仲臣〈喻四來源的再探索〉[註23] 一文中認爲：

> 喻四歸定之說，卻至今還存在不同的看法。陸志韋認爲：喻四歸定
> 說是只知其一，不知其二（《古音說略》）。史存直認爲喻四歸定說：
> 可能有以偏概全的危險，還不足以視爲定論（《漢語語音史綱要》）
> 張世祿認爲：喻四與定母的關係則尚須討論（《音韻學入門》）這說
> 明關於喻四（以母）的來源問題，還有必要作進一步的探討。

尋氏爲進一步探討喻四的來源，便由諧聲、又讀（反切異文），經籍異文等不同
的方面來溯查喻四的來源。從諧聲方面來看，尋氏說：

> 茲據喻世長摘引的姜忠奎著《說文聲轉表》中以母跟其他母互轉的
> 統計數，列表如下：

〔註22〕見於《王力文集》第十七卷，及《龍蟲並雕齋文集》第三集。
〔註23〕見《齊魯學刊》1990 年第 3 期。

音　　類	舌		音			喉牙音		齒音（齒頭）		其他
字　　母	端	透	定	徹	澄	見	匣	心	邪	
以母諧其他母	6	38	58	13	35	27	21	33	26	85
其他母諧以母	7	5	11	5	4	24	10	4	9	78
互轉總數次	13	43	69	18	39	51	31	37	35	163

表中「其他」包括以母跟照審禪日三等母及以母跟來母泥母的互轉次數。照審禪日三等母後出，不在上古音之列；泥來兩母可能牽扯複聲問題，故均不列入下面的百分比。

尋先生整理《廣韻》以母的諧聲情況如下表：

聲　　類	舌		音				喉牙音						齒音（齒頭）				
字母	端	透	定	知	徹	澄	見	溪	群	曉	匣	于	精	清	從	心	邪
諧聲字數	16	53	74	5	16	35	33	9	4	11	17	1	4	3	5	25	31
聲類諧聲字數和百分比	199 佔 58%						57 佔 22%						68 佔 20%				

他說：

> 從上表統計看，……這和《說文》的以母諧聲情況是基本一致的。這一事實有力地說明，中古以母的來源主要是三方面：第一是上古的舌音端系，第二是上古的喉牙音曉見二系，第三是上古的齒音精系。

尋氏又從《廣韻》中的又讀材料上去探索，其結論亦是：「中古以母來源於上古的端見精等系。」

此外尋氏也從經籍異文來看以母的來源，並舉出三類的例子。Ａ：端系與以母。Ｂ：見系與以母。Ｃ：精系與以母。並且從他所舉的例子中證明以母與上古端系、見系、精系之聲相通。尋先生最後的結論是：

> 中古以母不只是來自定母，喻四歸定說是不全面的。以母的上古來源主要是舌音端系，其次是喉牙音曉見二系，再次是齒音精系（主要是心母）。

的確，我們對於曾運乾〈喻母古讀考〉一文中提出的「喻三古隸匣母，喻四古隸定母」的這兩句話，似乎應分開去了解。「喻三古歸匣」在本論文第三章第一節（3）中已說明過，而且也已被當代多數音韻學家所接受。但喻四古歸定，則

不是全面的。從音韻的結構上來說，定母出現在一等、四等，澄四出現在二等、三等，這一點已成定論，喻四不能把澄母的位置擠掉，所以實在是找不出其他的語音條件可以解釋喻四和定的分化。王力在《中國語言學史》，頁 178 中也說：〔註24〕

　　不是喻四歸定，只是喻四在上古接近定母。

那麼，喻四的音值究竟要如何擬定？茲列出以下數家之看法。

　　1. 高本漢認為定母在上古為*d'，喻四在上古分為兩類，一類為*d，另一類為*z。

　　關於擬為*d 這一點，王力在《同源字典》與《漢語語音史》中，已從語言的系統性上來批評高氏的擬音不當（見前文）。潘悟雲也批評高氏的擬音，他說：

　　如把喻四擬作*d，則很難解釋它和來母（高擬作*l），心母，邪母，審母的諧聲、假借關係。從借詞譯音和親屬語的比較材料來看，喻四也決不是*d。〔註25〕

　　2. 王力認為喻四來自上古的*ʎ。潘悟雲批評他說：

　　這個擬音顯然比高本漢要好，因為它是響音，屬於次濁一類，對於向中古 j 的演變可以作出合理的解釋。但是，它的缺點是不能解釋跟塞音聲母定、透、澄、徹之類的諧聲、假借現象。〔註26〕

　　3. 李方桂把喻四擬作*ɤ。他認為喻四應當很近似英文 ladder 或者 latter 中間的舌尖閃音。〔註27〕

　　4. 周法高師將喻四和舌齒音相通的那一部分，擬作*ri；喻四和喉牙音相通的那一部分，擬為*ɤri。〔註28〕又說：喻以紐* r→r→i，第一步是和喉牙音發生關係的喻以紐字失去了 ɤ，就和另一大部份喻以紐字合併為 r，第二步 r 顎化逐漸變成擦音。〔註29〕周師的擬音，基本上與李方桂擬音的道理是一樣的。

〔註24〕見 1987 年谷風出版社出版。

〔註25〕見其〈非喻四歸定說〉。《溫州師專學報》（社會科學版）1984 年第 1 期。

〔註26〕同註 25。

〔註27〕見《上古音研究》，頁 14。

〔註28〕見《中國音韻學論文集》，頁 132。

〔註29〕同註 28，頁 137。

5. 包擬古、蒲立本和鄭張尙芳根據古代的借詞、譯音和親屬語的比較材料，把李方桂系統中來和喻四的上古擬音換了一下，認爲喻四爲*l，來母爲*r。潘悟雲、龔煌城亦贊同他們的看法。〔註30〕

李方桂將喻四擬爲〔r〕的意義，就是認爲它在上古只有一個來源，〔r〕可解釋因爲它們的發音部位相同，且同屬濁音，所以它和端系諧聲的關係，並可說明和心、邪亦是發音部位相同而有諧聲的關係，至於和見系諧聲者，則擬爲複輔音〔gr〕。因此，喻四如擬爲李方桂所說的〔r〕，似乎好處較多。因爲〔r〕既可當作聲母，也可當二等的介音，並且〔r〕既能解決它跟舌尖音諧聲的問題，也能用〔gr〕來解決它跟舌根音諧音的問題。至於〔r〕與〔d〕的發音部位雖然相同，但是〔d〕除了可當聲母外，卻不能當介音使用。而且有如王力與龔氏所提出之缺點。王先生並在〈上古音學術討論會上的發言〉。〔註31〕中說：

> 李先生（慧按：指李方桂）把喻母四等擬成 r 一類的東西，對此我也很高興，因爲那個喻母四等我一直沒法子處理。我前幾年寫的文章假定它還是中古那個音，還是一個 j，到了最近一兩年我才改變了，我把它擬成 ʎ，這個 ʎ 和 r 非常接近。可見我們是所見略同。

竺家寧也在其所著《聲韻學》，頁 594 中說：

> 李方桂把喻四擬爲〔r〕，很有道理。這樣，在上古單聲母中就具備了一對流音〔l〕和〔r〕。喻四和其他聲母的接觸，都可以由〔r〕所構成的複聲母得到合理的解釋，因爲流音通常總是作爲複聲母的第二成分，例如 br＞r、gr＞r。

基於以上之理由，喻四之擬音以李方桂的辦法擬爲〔r〕爲適。因爲如用王力的擬音〔ʎ〕，則不能解釋喻四與其它聲母的諧聲與假借現象。

五、照二歸精系；照三歸端系的問題

王力在〈黃侃古音學述評〉中說：

> 照系二等和三等分立，本來是陳澧所證明了的，黃氏進一步從實際材料中證明照系三等和古端系爲一類，二等和精系爲一類，這是合

〔註30〕同註25。

〔註31〕見《語言學論叢》第十四輯，頁 14。

乎科學方法的。

黃氏古紐學說遠勝其師，⋯⋯尤其值得稱讚的是他把照系三等歸到古端系，照系二等歸到古精系。⋯⋯從諧聲偏旁看，照系二等字和精系字關係很深。⋯⋯當然，照系三等古音是否完全與端系相同，二等古音是否完全與精系相同，還須進一步考慮，但是照系三等與端系相近，照系二等與精系相近，則是可以肯定的。因此，在一定程度上，黃侃對照系的看法是正確的。⋯⋯（慧按：王先生認為在上古聲母方面，有兩種情況，一種是聲母相同，韻母不同。另一種情況是聲母相似而不相同。）例如照穿神審禪日在上古就不可能是，t，th，d，n，否則它們與知徹澄浪就沒有分別了（因為大家都是三等），我想它們在上古可能是 tj，thj，dj，sj，zj，nj。又如莊初床疏，上文說過黃氏把它們歸到精系一類去是對的。但是莊初床疏在上古也不可能讀 ts，tsh，dz，s，因為在某些古韻部中，莊系與精系同時在 ĭ，ĭw 前面出現（如之部的「事」、「字」，魚部的「俎」，「初」）。

在王力的《同源字典》，頁 72～73 中，他說：

我們知道，語音的一切變化都是制約性的變化。這就是說，必須在完全相同的條件下，才能有同樣的發展。反過來說，在完全相同的條件下，不可能有不同的發展，也就是不可能有分化。這是歷史比較法的一個最重要的原則，我們不應該違反這個原則。⋯⋯莊初床山是二等字，實際上有些是假二等，真三等；精清從心是一四等字，實際上有些是假四等，真三等。如果合併，「章、莊」同音，「昌、創」同音，「商、霜」同音，「止、滓」同音，「熾、廁」同音，等等，就沒有分化的條件了。高本漢不合併，他是對的。

王力又在《漢語語音史》，頁 20～21 中說：

關於正齒二等莊初床山四母，在陳澧以前，沒有人知道它們和正齒三等照穿神審禪是不同發音部位的。章炳麟也不懂這個區別。黃侃懂得這個區別，同時他把莊初床山併入上古的精清從心。他合併得頗有理由。從聯綿字看，「蕭瑟」、「蕭疏」、「蕭森」、「瀟灑」等，都可以證明精莊兩系相通。我之所以躊躇未肯把莊系併入精系，只是

由於一些假二等字和三等字發生矛盾，如「私」與「師」、「史」與「始」等。留待詳考。

由上述可知，王力雖然承認照二與精系、照三與端系的讀音是很相近，但是基於歷史比較法的原則，如果上古照二歸精系，照三歸端系的話，後來與精或知就沒有分化的條件了。慧按：從王力所舉的兩個例子「私」與「師」、「史」與「始」來看，似乎「始」應改為四等的「枲」字。但是如果用龍宇純師的說法，〔註32〕韻圖排在一、二、三、四等者，分別便是一、二、三、四等韻，那麼就無所謂真假二、四等，並且因為一、二、三、四等的介音不同，便可解決困擾王力的「分化條件」的問題了。

至於王力所說的「關於正齒二等莊初床山四母，在陳澧以前，沒有人知道它們和正齒三等照穿神審禪是不同發音的部位的。」這話，李葆嘉在《漢語語音史·先秦音系補苴》一文〔註33〕中評論說：

事實上，在陳澧以前，清儒中有人知道正齒二、三等發音有別且來源不同。

李氏逐一敘述江永、錢大昕、李元、夏燮、鄒漢勛對此問題之討論與主張，最後的結論是：

上述諸儒，江永、錢大昕、李元都比陳澧早得多，夏燮、鄒漢勛與陳澧同時而略早，但成書在前。陳氏是否受前儒影響啟發不能遽然而定，但《切韻考》中引江永《音學辨微》，卻為我們提供根據，可推斷陳氏正齒二分可能受江永啟發。陳氏所考立足今音，成就斐然。但從古音學角度釐定正齒二分，既有今音分，〔註34〕又有古音之合，〔註35〕實完成於鄒氏漢勛，治古音學者不可不知。

上古的照系二等字莊、初、床、疏等母，古讀如齒頭音精、清、從、心等母，這是夏燮首先提出來的。

〔註32〕見龍師〈論照穿床審四母兩類上字讀音〉。

〔註33〕見《古漢語研究》1989 年第 1 期。

〔註34〕慧按：此處當指正齒二、三等明確劃分。

〔註35〕慧按：此處當指照與瑞知合，穿與透徹合，神禪與定澄合，審與曉合，𪏪（慧按即莊二）與精合，切與清合，床與從合，所與心合。

　　周長楫在〈「莊」歸「精」說再證〉一文中，〔註36〕用了大量的諧聲系統，反切異文等材料做了統計並得出照二歸精的結論。更從連綿詞通假字來證明照二歸精說。

　　至於照二系的音值擬定有許多種說法，李方桂在《上古音研究》，頁14至15中說：

中古的知 ṭ，徹 ṭh，澄 ḍ，娘 ṇ，照二 tṣ，穿二 ṭsh，床二 dẓ，審二 ṣ 等捲舌聲母，在二等韻母的前面，一般都以爲是受二等韻母元音的影響，從舌尖音變來的。但是這些聲母也在三等韻母前出現。三等韻母是有介音 j 的，他只應當顎化前面的聲母，不應當捲舌化。……因此我想這些聲母後面一定另有一套介音可以使他捲舌化，前面我們已經擬一個*r 聲母，這個*r 正可以當作這些聲母後的介音。

這個介音*r 不但可以在舌尖音後出現，也可以在任何別的聲母後出現，也可以在介音*j 的前面出現。

周法高師在〈論上古音和切韻音〉中說：

關於 tṣ 系的來源問題，他們在諧聲上和 ts 系互諧。一、四等韻又有 ts 系，二等韻只有 tṣ 系，假定他們的來源 tṣ←*ts，是沒有問題的。而三等中既有 ts 系 tṣ 系，高本漢對此也無法解釋。董同龢先生曾經想出一個解決的辦法來：

$$*ts, *ts`, *dz, *s, *z \begin{cases} *一、三、四等韻 \rightarrow ts, ts`, dz`, s, z。 \\ *二等韻 \rightarrow tṣ, tṣ`, dẓ`, ṣ, (ẓ)。 \end{cases}$$

　　陸志韋在《古音說略》中認爲照二與精系都是 ts，只不過兩者在介音上有 i 和 I 的區別。

　　周長楫在〈莊歸精說再證〉一文中也提出了解決的方法。他說：

在中古音系的洪音系統裏，精組只出現在一等韻，莊組只出現二等韻，互不搭界。……中古細音出現精莊組並存不悖的現象是有條件

<hr>

〔註36〕見《廈門大學學報》1991 年第 1 期。

的，這就大凡內轉的韻攝，也就是沒有獨立二等韻的韻攝裏，三等韻（細音）才有精莊兩組並存而對立的現象，而在外轉的韻攝裏，也就是有獨立二等韻的韻攝，三等韻（細音）只有精組而沒有莊組，這時候，莊組是出現在韻攝的二等韻裏，而該韻攝的二等韻卻無精組存在。……我們認爲，三等韻裏的莊組，實際上是洪音裏二等的聲母，只是由於這些韻攝裏沒有二等韻才寄放在三等韻細音裏。

並且他還從客方言大埔話、閩南方言廈門話中發現，三等韻裏並存的精莊章組讀音不同，精、章組讀細音，莊組讀洪音。因此他的結論是「上述方言材料，對我們推斷的三等裏莊組字是洪音的觀點是一個有力的支持。因此精莊組互補的格局是可以成立的。

因爲精莊兩組可以互補，我以爲李方桂的擬音：

　　精、清、從、心、ts、tsh、dz、s

　　莊、初、床、山、tsr、tshr、dzr、sr

應該算是很理想了。因爲：ts〈 ts(一) tsr → tʃe(二) tsi(四) 所以我認爲照二歸精應該是沒有問題的。

關於照三歸端說，用傳統方法加以證明的有唐文的〈論章系歸端〉，[註37] 該文材料豐富，用力很勤。而余心樂〈照三歸端證〉[註38] 也舉了四十二個例子，並詳細的加以說明。

李方桂將照三、穿三、床三、審三、禪三，之上古音擬爲 tj，thj，dj，sthj，dj。即

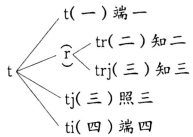

基本上，這種用介音〔j〕來說明分化的條件是滿理想的。王力在西元 1978

〔註37〕見《語言文字研究專輯》（上），吳文祺主編，1982 年。

〔註38〕見《江西師院學報》1979 年第 4 期。

年〈黃侃古音學述評〉中也曾說：

> 例如照穿神審禪日在上古就不可能是 t，th、d、n，否則它們與知徹
> 澄娘就沒有分別了（因爲大家都是三等），我想它們在上古可能是
> tj，thj、dj，sj，zj，nj。

可見王力也想出用介音〔j〕來說明照三系與知系分化的條件，只是王力過於謹
愼從事，所以一直到《漢語語音史》爲止，在擬音方面都還是照二、照三獨立
而不歸精系與端系。但是，對這個問題還是照二古歸精系，照三古歸端系的說
法較好。

六、古音無邪紐的問題

王力從一九五七至一九五八年的《漢語史稿》一直到一九八五年的《漢語
語音史》的上古聲母表中皆有列邪母，並擬其音值爲〔z〕。

李方桂則認爲上古無邪母，他在《上古音研究》，頁 14 中說：

> 跟喻母四等很相似的有邪母，這個聲母也常跟舌尖塞音及喻母四等
> 互諧，一個字又往往有邪母和喻母四等的兩讀，如羊 jiang，又讀作
> 祥 zjang，……。其實邪母和喻母四等的諧聲狀況很相似，如余 jiwo：
> 徐 zjwo：途 duo，……所以我以爲邪母也是從上古*r 來的，後面有
> 個三等介音 j 而已。因此我們可得下面的兩條演變律：
>
> 上古*r＞中古 ji（喻四等）
>
> 上古*r＋j＞中古 zj（邪）。

吳文棋對李氏的說法，批評說：

> 李氏所舉例子以及上古無邪母的說法是正確的，但我們對於他所說
> 的兩條演變律，覺得還值得商榷。〔註39〕

這個問題，首先我們再來回顧李氏的兩條演變律：

> 上古*r＞中古 ji（喻四等）
>
> 上古*r＋j＞中古 zj（邪）。

由上可知，李氏是用介音〔j〕來做爲*r 到了中古分化爲喻四與邪之條件，確實

〔註39〕見「上古音中的幾個問題」收錄於《語言文字研究專輯》（下）。

無法說明它們到中古是如何分化的。因為從第一條演變律而言，上古*r 無 j，到了中古如何演變出 j 的音來，此點李氏未交待。所以李氏的辦法，表面上雖有分化的條件，卻並不合理。

劉賾在西元 1957 年的〈喻、邪兩紐古讀試探〉一文中，列出了「喻、邪兩紐及其與它紐相通轉表」共 17 頁，並且由表中看出了七項結論。

（1）喻、邪兩紐互相通轉者至多，關係至為密切。

（2）與其他各紐相通轉者，除極少例外，有喻，必有邪，有邪亦必有喻。

（3）兩紐與他紐相通轉最多者為舌頭透、定與舌上徹、澄、照穿神審禪；
其次為喉音為、曉、匣、見及齒音從、心諸紐、而通齒音者，邪尤
多於喻。

（4）兩紐以中古音言之，凡與以上各紐通轉多者，得音理之正，其他通
轉少者，則其變例也。

（5）喻、邪兩紐，蓋同源而異派。喻轉入喉，邪變為齒。其始同源，故
互相通轉，後雖異派，仍互相擾染。

（6）兩紐以上古音言之，隸舌頭者得音理之正，轉入喉齒者又其變例也。

（7）兩紐上古隸舌頭，其為定，為透、抑為端；以及變例為喉，為齒，
俱須貫串音義，按文而施，不可執一以定之也。

周法高師參考了劉賾之文，同時也參考了「廣韻五十一聲類在高本漢修訂
漢文典諧聲通轉的次數」以及「陸志韋廣韻五十一聲母在說文諧聲通轉的次數」
等資料後，他說：

> 現在如果把邪紐和舌齒音相通的那一部分擬為*rj，邪紐和喉牙音相
> 通的那一部分擬作*ɣrj。這便不覺得奇怪了。[註40]
>
> 邪紐由於出現在三等韻 j 介音之前，第一步把和舌根音舌音發生關
> 係的邪紐字*ɣr（j）的 ɣ 失去，而變成*r（j），和另外的邪紐字一樣。
>
> 第二步*r（j）變成擦音 z。[註41]

郭晉稀在〈邪母古讀考〉（參見《甘肅師範大學學報》第 1 期）一文中，共論證
了一百一十三條例子，並得出結論說：

〔註40〕見《中國音韻學論文集》，頁 132 之〈論上古音和切韻音〉。

〔註41〕同註 40，頁 137。

我認爲古代定母字所以今天部分地讀成邪，其發展的經過是：先變爲喻母，再由喻母變爲邪紐。

陳新雄在《古音學發微》，頁 1206～1207 中說：

從喻邪二紐諧聲之關係看來，似乎邪紐亦不能看作單純定〔d'〕。然則其上古音讀奚似，余以爲亦當讀如不送氣濁舌尖塞音〔d〕。易言之，即與喻之上古音同讀爲〔d〕。假若邪紐亦讀如〔d〕，則喻邪二紐演變至中古不同之變化，當如何解釋？我以爲仍可以方言之不同解釋，喻邪二紐在中古皆只出現於三等韻，則皆有介音 j 毫無問題，說〔d〕在介音 j 前先顎化爲〔dʑ〕，再顎化爲〔dʑʑ〕，此在語音演變上乃是極自然者，至變成〔dʑʑ〕後因受不同方音之影響，或失落而變喻爲 0 聲母，或變爲邪爲舌尖濁摩擦音 z。此在語音史上並非不可能者。……則喻邪二紐之演化當如下：

$$〔d〕喻邪 + j \to d\!\!\!/ j \to d\!\!\!/z\!\!\!/ j \begin{cases} \to o(j) \ 喻 \\ \to dz(j) \to z(j) \ 邪 \end{cases}$$

這當然也是一種解釋，如果確實能找出有邪就沒有喻四或是有喻四就沒有邪母的方言，則這個說法便能更臻完美。（例如，「古無舌上音」的說法，從閩南方言中就可證明知系全歸端系。）但是也似乎以能交待其分化條件爲好。至於喻四擬爲〔d〕不如李方桂擬爲〔r〕之理由，已見於本節四，故此不贅述。

以上大家對於古無邪紐的看法，都說得有道理，但也都還有缺陷。

我將廣韻聲系中諧聲偏旁爲邪母的字找出來（如：旬、旋、次、囚、敖、巳、象、彗、采、夕），並統計其被諧字聲母的分布情形。（諧聲偏旁有十個，共諧一四四字）。茲列表於下。

字母	定	溪	群	曉	匣	于	精	心	邪	穿	審	疏	日	喻四	床
諧聲字數	2	1	2	9	7	2	2	25	68	3	3	1	1	16	2
百分比	1	0.6	1	6.3	4.9	1	1	17.3	47.2	2.1	2.1	0.6	0.6	11.1	1

從上表可知，被諧字一四四字中，諧本紐（邪紐）的只有六十八個，佔 47.2％，不到半數，其他的諧聲字，分散在定、溪、群、曉、匣、于、精、心、穿、

審、疏、日、喻四、床、等十四紐。

　　從上表呈現出來的結果，我們先從李方桂將上古邪母擬爲與喻四相同的〔r〕的觀點來看，確實能解釋上表邪母和喻四在不同的發音部位與發音方法下，還能互諧十六次之多。但是李先生的兩條演變律，卻又無法合理的交待它們到了中古的分化條件。

　　但如果從王力認爲上古邪母爲〔z〕的觀點來看，的確可說明上表邪母與心母互諧達二十五次之多，原因是它們的發音部位與發音方法皆同，只有〔s〕（清）、〔z〕（濁）之異。並且也可解釋喻四爲何常和邪母諧音（因爲 r 與 z 的發音部位相同）；另一方面，將邪母擬爲〔z〕，表示邪母與喻四在上古本來就是兩個音，如此就可免去了如李方桂將喻四與邪母同擬爲〔r〕，到了中古時面臨的分化問題。因此，邪母的問題，我是贊同王力擬爲〔z〕的說法。

七、複輔音的問題

王力在《漢語語音史》，頁 23～25 中說：

> 上古漢語有沒有複輔音？這是尚未解決的問題。從諧聲系統看，似乎有複輔音，但是，現代漢語爲什麼沒有複輔的痕跡。人們常常舉「不律爲筆」爲例，但是「不律爲筆」只是一種合音，正如，「如是爲爾」，「而已爲耳」、「不可爲叵」一樣，我們不能以此證明「筆」的上古音就是〔pliet〕（慧按：筆從聿聲，聿作 $\mathbf{\ddagger}$ 象持筆之形，而律從聿聲讀來母，因有 pl 複聲母之想，與如是爲爾，而已爲耳，豈可相提並論。）一般擬測上古的複輔音，都是靠諧聲偏旁作爲證據的。高本漢擬測的複輔音聲母，有下列十九種：（1）gl（2）kl（3）g'l（4）k'l（5）ŋl（6）xl（7）t'l（8）sl（9）ɕl（10）bl（11）pl（12）p'l（13）ml（14）xm（15）t'n（16）sn（17）ʈn（18）ɕn（19）k's（例字省略）其實依照高本漢的原則去發現上古複輔音聲母，遠遠不止十九種。高本漢所承認的諧聲偏旁，應該擬測爲複輔音，而高氏撇開不講的，有彗聲的『慧』（zx），執聲的「勢」（ɕg），薛聲的「孼」（sŋ），旨聲的「詣」（ʈg），支聲的「岐歧伎技芰」（ʈg'），支聲的「跂」（ʈk'），氏聲的「祇衹疧」（zg'）歲聲的「顪鱥噦」（sx），歲聲的「穢」（s?），歲聲的「劌」（sk），等等。至於《說文》所說

的　諧聲字，有高氏所不承認（或者是故意抹殺）的，那就更多。
如谷聲有「俗」（kz），公聲有「松」（ks），（慧按：松：祥容切應屬
邪母。），區聲有「樞」（ʎ‘ȶ‘）丙聲有「更」（pk），號聲有「饕」（ȵt‘），
川聲有訓（ȶ‘x），朔聲有「朔」（ɕŋ），庚聲有「唐」（kd‘），彥聲有
「產」〔ʃŋ〕，多聲有「宜」（tŋ）等，不勝枚舉。上古聲母系統，能
這樣雜亂無章嗎？所以我不能接受高本漢上古複輔音的擬測。

在上古聲母學說中，複輔音似乎是從高本漢提倡以來才漸受重視。而且很多學
者〔註42〕也都認爲上古有複輔音聲母，但是王力對此問題持反對立場，他反對
的理由是在現代漢語裏找不到複輔音的痕跡，再者，他認爲諧聲偏旁在聲母方
面是變化多端的。若按著諧聲擬出複輔音，則會因複輔音過多，而造成上古聲
母的雜亂無章。

　　梅祖麟在〈漢藏語的「歲、越」，「還（旋）、圓」及其相關問題〉一文中引
王力《漢語語音史》，頁17～18說：

　　　關於聲母方面，成績就差多了。一般的根據是漢字的諧聲偏旁，其次
　　　是異文。我們知道，聲符和它所諧的字不一定完全同音。段玉裁說「同
　　　聲必同部」這是指韻部說的。這只是一個原則，還容許有例外。如果
　　　我們說「同聲符者必同聲母」。那就荒謬了。……從諧聲偏旁推測上
　　　古聲母，各人能有不同的結論，而這些結論往往是靠不住的。

接著梅氏就批評王力說：

　　　以上是王先生對諧聲字的一般看法，其中至少有兩點值得商榷。第
　　　一，從《詩經》押韻和諧聲偏旁推測上古韻母，各人也能有不同的
　　　結論；比方說，王先生的系統就跟李方桂先生的不盡相同，這是學

〔註42〕這些重要的學者，已於第二章第一章〈6〉中一一介紹過，此外，杜其容有〈部
　　　分疊韻連綿詞的形成與帶l複聲母之關係〉一文，見香港《聯合書院學報》第7
　　　期（西元1970年），陳新雄曾撰〈酈道元水經注裏所見的語音現象〉，見《中國
　　　學術年刊》第2期，1978年6月。該文就六世紀初的《水經注》中隱含的複聲
　　　母遺跡提出討論。丁邦新曾發表〈論上古音中帶l的複聲母〉1978年，《屈萬里
　　　先生七秩榮慶論文集》，聯經出版公司。竺家寧於1981年完成《古漢語複聲母研
　　　究》一書（慧按：係其博士論文尚未出版），對於上古音複聲母也嘗試作了全面
　　　的擬訂。

術進展正常的現象，不是因爲基本資料不可靠。至於用諧聲字推測
上古聲母而目前得到不同的結論，最好的辦法是添上漢藏比較的資
料，繼續研究，而不是懷疑諧聲字的可靠性。第二，據我們所知，
高本漢（1923、1927）、董同龢（1944）、李方桂（1980）等研究諧
聲字的前輩學者，誰也沒有倡過「凡同聲符必同聲母」之說。

慧按：雖然誰也沒有提倡過「凡同聲符必同聲母」的說法，但凡同聲符者，聲
母總有相近的關係則是不可否認的。若兩個發音部位並不相近，卻常常發生關
係，則不可視爲例外。因此，如果不從複聲母的角度去解釋，恐怕也是不合理
的。而王力在《漢語語音史》，頁18中也說過：

有人引用漢藏語系各族語言的同源詞來證明上古聲母，這應該是比
較可靠的辦法。

可見王力也贊成用漢藏比較的方法，來研究上古聲母的。

余迺永在《上古音系研究》，頁69（二）D複聲母部分說：

王力惑於諧聲偏旁變化多端，復不滿高氏所擬每流形式，於複輔音
不表贊同。

按近年國內，外漢藏語系研究已日趨發達，試略舉今日中國境內各
親屬語言複輔音出現之普遍情況，證上古漢語確存有複輔音。

余氏從藏緬語系、壯侗語族、苗族語族來證明古有複輔音他說：

古藏文（約公元七世紀）複輔音有二合、三合、四合三類，……；
現代藏語唯 dba、mdʑa、ska、rda 一類二合複輔音得以完全保留。凡
此不僅由漢藏語系各語族均具複輔音證知複輔音爲漢藏語系語言所
本有，復由古藏文徵諸今日藏語方言拉薩話與嘉戎語複輔音之多寡
及聲調衍生之有無；足見聲調衍生固因複輔音消失，致音節銳減而
起之語言內部自律補償作用。……是以研究漢語上古音者，如就詩
經協韻謂其時聲調經予形成，並以此爲探討上古漢語自限，即複輔
音問題或可略而不論，倘因漢字不繫音標，其諧聲變化既難以掌握，
遂懷疑複輔音之存在，甚且加以蔑視，實因噎廢食者。

誠如余氏所說，若是因爲諧聲變化難以掌握，而懷疑複輔音之存在，這的確是

值得商榷。王力對於複輔音的問題態度冷淡，這似乎也是一種缺陷。

　　唐作藩〈從同源詞窺測上古漢語的複輔音聲母〉一文，[註43]從漢語的同源詞（不是漢藏語系親屬語之間的同源詞）來探討複聲母的問題。他說：

> 我們發現《同源字典》中有一處承認可能是複聲母，即 253 頁上關於「xek 黑：mek 墨」一組同源字後加按語說「黑的古音可能是 mxək，故與墨 mək 同源」。由此可推知，「黑」與「墨」的古聲母都可能由 m 和 x 兩個輔音構成的。其實，《同源字典》中的一些析爲旁紐或鄰紐的同源字組，其發音方法不同或發音部位相差較大，在上古也可能是複輔音聲母。

　　龍宇純師在〈說文讀記之一〉（1992 年東海學報）頁 44 中舉出了〔sŋ〕的十三個複聲母的例子，如：

（1）屰：五各切，疑母；朔：所角切，疏母（上古照二歸精系）。

（2）屵：魚列切，疑母；屵辛：私列切，心母。

（3）薛：金文作Ｄ辛，以月爲爲聲，月：魚厥切；薛：心母。

（4）埶：魚祭切，疑母；褻鷙：私列切，心母。

（5）彥：魚變切，疑母；產：所簡切，疏母。

（6）魚：疑母；穌：素姑切，心母。

（7）吾：五乎切，疑母；魯：悉姐切，心母。

（8）午：疑古切，疑母；卸：司夜切，心母。

（9）卸：心母；御：牛倨切，疑母。

（10）疋：所菹切，疏母，說文云又爲詩大雅字，雅字五下切・疑母。

（11）太玄之不晏不雅，晏雅同詩韓奕之燕胥，胥：相居切，心母；雅：疑母。

（12）詩女日雞鳴琴瑟在御，阜陽漢簡御字作蘇，蘇穌同音。御：疑母；穌：心母。

（13）荀子議兵蘇刃者死，蘇讀禦若逆，禦御同音，逆音宜戟反，疑母，蘇：心母。

　　由這些例子可看出，〔s〕（心母）是齒音，〔ŋ〕（疑母）是牙音，兩個發音

〔註43〕此文爲 1994 年 8 月我於北京時，唐先生贈予我的。

部位並不相近，卻常常發生關係，如果是偶然接觸一下，或許可視爲例外，但是平行的現象多了就需要解釋了，而兩者發音部位又全不相干，如上述的 s 與 ŋ，不看成 sŋ 的複母，恐怕是不合理的。

其他論及一般複輔音聲母問題的文章有張世祿、楊劍橋的〈論上古帶 r 複輔音聲母〉〔註44〕文中提出了上古音中帶 r 的複輔音聲母的組合類型及它們的四種演變規律。嚴學宭、尉遲治平〈漢語「鼻——塞」複輔音聲母的模式及其流變〉，〔註45〕認爲古漢語中存在鼻——塞複輔音聲母，其結構模式是 N——D，即由鼻冠音和同部位的濁塞音組成。陳潔雯〈上古音複聲母：粵方言一個半音節的字所提供的佐證〉〔註46〕根據粵方言中一個半音節構成的字擬構了「角、結、筆、胳、凡、橫、卷」等七字的複聲母。尚玉河〈「風曰孛纜」和上古漢語輔音聲母的存在〉〔註47〕通過朝鮮語的詞例論證了上古漢語中有複輔音聲母，並論及了它們的四種演變情況。鄧方貴、盤承乾〈從瑤語論證上古漢語複輔音問題〉〔註48〕則從瑤語借詞中加以論證。另外談到幾個特殊複聲母問題的文章如：梅祖麟〈跟見系字諧聲的照三系字〉〔註49〕支持李方桂對跟舌根音諧聲的照三系聲母的*krj 型的構擬，並研究了它們的兩種不同演變。楊劍橋〈論端、知、照三系聲母的上古來源〉〔註50〕認爲所有照三系的字都來源於上古的*klj、k‘lj、glj，而端系、知系也有一部分來源於*kl、*k‘l、*gl。張永言〈關於上古漢語的送氣流音聲母〉〔註51〕從諧聲、異文通假和親屬語言的方言對應論證了上古音有跟 m、n、ȵ、ŋ、l 相對應的 hm、hn、hȵ、hŋ、hl，與李方桂《上古音研究》的有關結論不謀而合，但舉證和說明則與李氏不同。〔註52〕

〔註44〕見《復旦學報》1986 年第 5 期。

〔註45〕見《音韻學研究》第二輯，1986 年。

〔註46〕見《方言》1984 年第 4 期。

〔註47〕見《語言學論叢》第八輯。

〔註48〕見《民族語文論叢》第一集，1984 年。

〔註49〕見《中國語言學報》1982 年第 1 期。

〔註50〕見《語言研究》1986 年第 1 期。

〔註51〕見《音韻學研究》第一輯，1984 年。

〔註52〕以上見馮蒸之〈中國大陸近四十年（西元 1950～1990 年）漢語音韻研究述評〉一文。並感謝他在北京時提供以上之論文供我複印，省去了我許多功夫。

馮蒸〈近十年中國漢語音韻研究述評〉一文中說：〔註53〕

> 復旦大學張洪明的未刊碩士論文〈《詩經》通假字音韻結構初探〉（西元 1984 年）對上古音的構擬頗多新見。這裏介紹他聲母部分的兩個構擬：一個是書母的上古音擬構成*hr，演變律是 hr＋j＞'sj。hr 是清化的 r。這個問題筆者也曾經設想過，因為在李方桂的上古鼻流音系統中，濁音有 m、n、ŋ、ŋw、l、r，清音有 hm、hn、hŋ、hŋw、hl、獨缺 hr。未免奇觚。但我主要是從漢藏比較的角度考慮的。張君根據《詩經》中的以書和書曉相通假的現象作此構擬，填補了李方桂系統的空缺。此外，他把同見系通轉的端系、知系擬作 k-r-，同見系通轉的知三系擬作 k-rj，與楊劍橋的見解近似。

根據形聲字、雙聲疊韻聯綿字、現代漢語方言和親屬語言等各種材料進行全面的綜合研究，竺家寧在《聲韻學》，頁 599～600 中提出從語音的演化趨勢、漢語內部的證據、同族語言的證據等三方面的理由來證明，複聲母應存在於上古漢語中。

從以上諸學者之論證可知，上古應是有複聲母。王力因為在現代漢語裏找不到複輔音的痕跡，以及諧聲偏旁在聲母方面是變化多端等因素，就否定上古有複輔音的存在，這種看法是有待商榷的。至於主張上古有複聲母的人在有那些具體類型、模型上亦有種種不同的意見。竺家寧在《聲韻學》，頁 600 中說：

> 我們不能一見到諧聲中有兩種歧異的聲母，就隨便把它們結合起來，說那是複聲母。決定是否有這類複聲母，必須還要考慮到它在這個語言中是否能和其他複聲母配成一個系統，語音的系統性、整齊性是語言的特徵之一。

竺先生並用了 44 頁的篇幅，介紹了近代學者及外國學者對複聲母的看法與貢獻。並提出了六個擬定複聲母的基本原則。〔註54〕

八、清唇鼻音聲母的問題

王力在《漢語語音史》，頁 20 中說：

〔註53〕見《文字與文化》叢書（二）光明日報出版社，1987 年，頁 62。

〔註54〕見《聲韻學》，頁 648～650。

董同龢提出，上古應該有一個聲母〔m̥〕（〔m〕的清音），這也是從諧聲偏旁推測出來的。例如「悔」從每聲，「墨」從黑聲，「昏」從民聲等。高本漢對於這一類字的聲母則定為複輔音〔xm〕。上文說過，諧聲偏旁不足為上古聲母的確證，所以我們不採用董說或高說。（慧按：董氏的說法，參見本文第二章第一節（7））。

林燾曾批評董氏所提出的清唇鼻音聲母〔m̥〕，他說：

現在董先生給上古音擬出了一個清的唇鼻音 m̥，可是並沒有 ŋ̥、l̥、n̥ 這一類音跟 m̥ 相配，按一般語言的習慣來說，似乎過於特殊。董先生擬 m̥ 的旁證是因為李方桂先生所調查的貴州苗語裏有 m̥。這些材料還沒有發表，可是據我所知道，李先生所調查的苗瑤語裏，只要是有 m̥ 的，一定也有 l̥ 跟 n̥ 之類的音，這是不違背一般語言的習慣的；跟上古僅僅有一個 m̥ 很不相同。

對此問題龍宇純師在〈上古清唇鼻音聲母說檢討〉一文中說：〔註55〕

我自己以前學習的是這個學說。近年來因為注意到另一些現象，使我對於這一學說失去了信心。

龍師認為，僅管有數量不算少的諧聲字，甚至諧聲字中同一字的或體（如蟲與蚊、蠹同字）、明曉二母的間接接觸（如「里」良士切，來母；「埋」莫皆切，明母；「堇」，許竹切，曉母）、同一字有明曉二讀（如「脢」字呼回切，又音莫杯切）、及古文獻中的異文、假借（如甲骨卜辭之「其每」即「其悔」）為例證。他認為〔m̥〕聲母學說能否確立不移，仍然值得深思。因為這個問題並不在於單方面能找出多少曉母與明母有關的實例，更重要的是，這些與明母有關的曉母字是否又同時確然與見系無關？假定是有的話，便表示這個曉母仍然是個不折不扣的 h（或 x）。

龍師分析了「悔、脢、勖、鯢、麾、徽、烡、沬、忽、嘆、講、荒、黑、蒿、釁。」等字，認為：

上文二十九個與明母互諧的曉母字，僅耗、薧、減三字不見與見系有關；不見有關，未必即是無關，憑這三個字就說古有〔m̥〕母，

顯然是不能言之成理的。

龍師並提出：「凡與明母互諧的曉母字，在中古可以說都是合口的」，又說：

> 中古屬開口或無任何圓唇元音成分的曉母字不算少，以說文一書大
> 約計之，醯、儀、欸、娭……共百二十餘字，沒有明曉的互諧。這
> 一現象，與明曉互諧之必涉及合口或類似合口成分者，形成了極端
> 的對立。……過去學者並非沒有發現到明曉的互諧，差不多牽涉到
> 曉母字的合口成分。可能由於少數字如海、黑、釁的擾亂（慧按：
> 龍師文中曾說明三者原亦合口字），而影響到對此的特別注意。又或
> 因看法的不同，如同蘇先師上古音韻表稿只把這合口成分視爲由
> 〔m̥〕變 x 的因素，以致妨礙了把它看作兩者互諧的主因。由今看
> 來，與明母互諧的曉母字既同時又多與見系字連繫，並不以明母爲
> 局限；此等曉母字在中古復有一共同特色，其韻母必含圓唇元音成
> 分，而凡不含圓唇元音成分的曉母字又絕不與明母諧聲。前者說明
> 此等字不得不爲 h，後者亦正足以闡釋明、曉所以互諧之理。

龍師並且提出了一個假設，他說：

> 凡與曉母互諧的明母字本是個 hm，不過這個 hm 不是清唇鼻音，而
> 是個複聲母。因爲 hm 與合口的曉母 hw 或 hu 音近，所以 hw 或 hu
> 一方面與 hm 諧聲，一方面又與見系字發生諧聲、異文，假借等行
> 爲；其後 hm 同化於 m，這便是大家所談的明曉兩母互諧的現象。
> 至於開口的曉母 h 因爲與 hm 音遠，所以不與 hm 相諧。……但也
> 無法不承認終是個寄情於虛無縹緲之間的音標遊戲。

龍師的〈上古清唇鼻音聲母說檢討〉一文，是對此問題少有的專題論述，不但
舉證多分析詳盡，並且明白的指出了問題的關鍵所在，而提出創見。

西元 1992 年，徐莉莉的〈論中古「明」、「曉」二母在上古的關係〉一文中
說：〔註56〕

> 前代學者探索「明」、「曉」上古相通主要通過兩過途徑：對《説文》
> 形聲字聲旁之考察，如董同龢、陸志韋、管燮初等先生；對《廣韻》

〔註56〕見《華東師範大學學報》：哲社版，1992 年 6 月。

一字兩切現象之統計，如陸志韋先生。本文擴大了所考察資料的範圍：一是把對一字又音又切的考察範圍從《廣韻》擴大到《集韻》等書；二是注意到上古時期的歷史語音資料，包括異文、通假及古方音資料。此外，本文還同時考察了唇音聲母幫、滂、並的情況以便對照。

徐氏從第一部分資料得到的結論是：

以上成對的反切材料所切均爲同一字，因此可以斷定明母乃至整個唇音與曉母的關係是不可忽略的語言事實。

徐氏從第二部分資料得到的結論是：

根據上述材料，可以肯定明、曉相通是客觀的語言事實；此外，幫、滂、並與曉母的關係，很可能也是與明、曉相通相關的現象。

徐氏並說：

在現有談及明、曉相通現象的文章中，多數意見認爲上古在明、曉之間存在一個送氣清音〔m̥〕，它是一個獨立音位。我們則認爲，如果確實存在過這樣一個獨立音位，則應在歷史語音材料中具有較多的反映及較整齊的對應關係。而現有材料所揭示的明曉相通情況，仍然只反映爲較個別的、局部的現象。因此，明、曉相通很可能只是上古存在於局部地區的方音轉換。……幫、滂、並母與曉母的通轉在現化方音裏仍可找到不少例證。其中較爲典型的是粵方言、閩南方言和客家方言。……從以上方音材料可看出，幫、滂、並與明母的區分在有些地區並不嚴格而時有轉換，明母則有轉換爲送氣音如〔φ〕（慧按：此乃清的雙唇擦音）〔h〕的情況。因此可以推測，在上古某些方言區曾產生明、曉互轉而以〔φ〕爲渡音的情況，造成了兩者的互通。但明曉互通不如幫、滂、並與曉互通那麼規整。隨著時代推移，明、曉實際音值的差距逐漸增大。在保存古音的部分方言區，必定要造出一個新的切語來區分它們，這就是舊韻書存有一定數量的同字明、曉異切現象的原因。這種方音轉換也在形聲字諧聲關係乃至經典異文、通假及謎語等材料中留下了相應的痕跡。

徐氏更認爲明、曉相通的時代，可追溯到較遠的上古時期了。

張永言在〈關於上古漢語的送氣流音聲母〉一文中認爲：[註57]

> 《說文》諧聲字裏跟 h 通諧的流音聲母除 m 以外還有 n、ṇ、ŋ、l；
> 既然可以根據 m〜h 的現象構擬出 m̥，那麼原則上也就可以從 n〜h
> 的現象構擬出 n̥等。這就是說，上古漢語的清化流音聲母不僅有 m̥，
> 而且有 n̥、ṇ̊、ŋ̊、ḷ 跟它相配，形成一個完整的系統，如同苗瑤語一
> 樣，並不違背一般語言的習慣。

龍宇純師在〈上古清唇鼻音聲母說檢討〉一文之末尾，討論到李方桂的 hn、和
hŋ 兩個清鼻音，則認爲尚有商榷的餘地。

從上面種種材料的分析、論證，我亦傾向於王力所說的上古並無〔m̥〕聲
母的結論。因爲確實有「上古凡與明母互諧曉母字，在中古可以說都是合口的」
的現象，這才是我贊同的理由。而不是像王力所說：「諧聲偏旁不足爲上古聲母
的確證」，而不贊成董氏從諧聲偏旁推測出來的〔m̥〕聲母的說法。

九、濁母字送氣不送氣的問題

王力在《漢語語音史》，頁 19 中說：

> 濁母字送氣不送氣，歷來有爭論。江永、高本漢認爲是送氣的，李
> 榮、陸志韋認爲是不送氣的。我認爲這種爭論是多餘的。古濁母字，
> 今北京話平聲讀成送氣，仄聲讀成不送氣（古入聲字讀入陽平的也
> 不送氣）。廣州話也是平聲送氣，仄聲（上去入）不送氣。長沙話平
> 仄聲一概不送氣，客家話平仄聲一概送氣。在上海話裏，濁母字讀
> 送氣不送氣均可：〔b〕和〔b'〕是互換音位，〔d〕和〔d'〕是互換
> 音位，等等。從音位觀點看，濁音送氣不送氣在漢語裏是互換音位，
> 所以我對濁母一概不加送氣符號。

李榮在《切韻音系》一書中，用了近 3 頁的篇幅來批評高本漢的送氣濁音。並
從梵文字母對音、龍州僮語、漢語借字、廣西傜歌等材料來證明「濁母不送氣」。

陸志韋在《古音說略》一書中說：

〔註57〕見《語文學論集》（張永言著）1992 年，頁 90〜99。張氏於 1956 年，題爲〈上古
漢語有送氣流音聲母說〉。又於 1984 年收入《音韻學研究》第一輯。

所當注意的，一則在《切韻》時代，每一個方言裏只有一套濁音，
有了不送氣的，就沒有送氣的。二則憑諧聲的材料，我們不能從中
古的任何方言的一套濁音，推考出任何古方言的兩套濁音來。三則
上古方言混合起來所產生的諧聲字明明顯出濁音近乎不送氣的清
音，最不近乎送氣的清音。至少在大多數古方言裏，那些濁音是不
送氣的。在少數方言裏，他們可能是送氣的。四則假若為上古音選
擇符號，也像推訂《切韻》音一樣，必得為濁音選一套最有代表性
的符號，就不得不採取不送氣的，斷不能採取送氣的。

陸氏的一、二點，所言屬實，但是第三、四點則非絕對。我查閱《廣韻聲系》
發現諧聲偏旁為並紐的字，同時有諧幫、滂兩母的字。其餘如諧聲偏旁為定、
群等濁母字之情況亦然。因此用一種並非絕對的比例數字來判定「濁音近乎不
送氣的清音，最不近乎送氣的清音」，仍有待商榷。

　　其次根據龍宇純師上課時舉的例子，似乎是濁母字送氣較為合理。如「跋
扈」相當於《詩經》裏的「畔換」，而二字之間聲韻母不具任何音韻關係，如擬
跋為送氣的〔b〕，其送氣成分受全濁聲母的影響，變為濁的氣流，便具有與匣
母扈相同的成分而成為聲母「部分重疊」的「雙聲詞」。又如諧聲方面：訓（曉
母）從川聲（穿三），烹（滂母）從亨（曉母）聲，饎（穿三）從喜（曉母）聲，
郝（曉母）從赤（穿三）聲，處（穿三）從虍（以虎頭為虎字，曉母）聲，絺
（徹母）從希（曉母）聲，瘓（透母）從奐（曉母）聲，咍（曉母）從台（透
母）聲，敊（曉母）從丑（徹母）聲，它們聲母的發音部位並不相近卻能諧聲，
是否就因為兩者都有送氣成分？再如一字兩讀方面：龍師舉了「落魄」、「土苴」
兩個例子，其中「魄」與「土」皆有「ph、th」兩讀，其中〔p〕、〔t〕發音部
位一個唇音，一個是舌音，並不相近，但是它們卻有一個相同點，就是都有送
氣成分，其他的例子如：喙有曉穿二讀，畜有透曉二讀，赤赫一語、葩花、芳
香（清）、團圓（濁）一語，郋從自聲讀同奚（胡雞切），縠從㱿聲，相傳有兩
滂母音及兩溪母音，釷從乇聲音土盍切或徒盍切，欂從㿟聲讀若薄，亳從乇（本
讀丑格切，慧按：清、承培元《廣說文答問疏證》中說：「乇即甲坼之坼」坼（墌）：
丑格切）聲音傍各切等。其中涉及清音送氣的，也許可以反映出全濁聲母原本
也是送氣的說法。因此，我們對於陸志韋與李榮的說法，似乎也還無法加以肯

定。

至於王力的說法，認爲濁母送氣與不送氣在漢語裏是互換音位的。換句話說，就是隨意的，不具別義作用，就如同中古的並母到了現代方言，有的唸同不送氣的幫母、有的唸同送氣的滂母，雖然也有分化條件，並看不出其先是送氣的，或是不送氣的。可以說王力這樣的處理問題，也自有可取之點。

十、俟母之有無的問題

王力在《漢語史稿》，頁 65～68 中，將上古聲母大致可以分爲六類三十二母，其中並無俟母。

但在《漢語語音史》，頁 21 中他說：

> 三十六字母中沒有俟母。俟母是依照李榮的考證增加的。證據確鑿，使我不能不相信。而且，從語言的系統性來看，莊初床山俟五母和精清從心邪五母，照穿神審禪五母相配，形成整齊的局面，是合理的。

由上可知王力在《漢語史稿》中尚不認爲上古應有一個俟母，而到西元 1980 年左右《詩經韻讀》、《楚辭韻讀》、《漢語語音史》才增加了一個俟母。

李榮《切韻音系》，頁 92～93 中說：

俟類只有兩個小韻：

	切　三	宋跋本	廣　韻
漦	俟之反	俟淄反	俟甾切
俟	漦史反	漦史反	床史切

切三，宋跋本都不跟崇類系聯，廣韻就給系聯上了。通志七音略，切韻指掌圖，四聲等子都把「漦、俟」放在禪二等的位置，韻鏡把俟放在禪二等的位置，沒有漦字。依廣韻反切，漦、俟兩字歸崇類，漦和茌對立，俟和士對立。

歐陽國泰的〈《切韻》俟母質疑〉一文中說：[註58]

> 清代陳澧《切韻考》，用反切系聯法考求《切韻》的聲母系統，沒發現《切韻》有一個俟母。和《切韻》同時代的《玉篇》、《博雅音》、《經典釋文》等南人所作字書韻書中，也沒有俟母。原本玉篇床部

〔註58〕見《廈門大學學報》（哲社版）1987 年第 3 期。

有一個床字，助雜反，注云字書或俟字也。是俟字屬崇母。《博雅音》
和《經典釋文》，俟漦兩字也都屬崇母。唯有王仁煦《刊謬補缺切韻》
（以下簡稱《切韻》）俟漦兩字互為反切上字，跟其他聲母系聯不上。
於是有人就為這兩個小韻單獨立了一個俟母，認為它是正齒莊組的
一個濁擦音〔3〕。但是這樣做除了跟上述幾部書相矛盾以外，還有
如下兩個困難：其一《切韻》一個聲母至少要管幾十個小韻船母字
最少，也管了二十一個小韻，……而俟母只管之類平聲和上聲兩個
小韻，而且平聲只漦一個字。據此而單獨給立了一個聲母，不符合
《切韻》音系的體例，也不符合劃分音位的一般原則。其二既然「俟
漦」兩個小韻跟其他聲母系聯不上，那麼憑什麼說它們是莊組的濁
擦音呢？

　　王力當初是從語言的系統性來看，所以獨立俟母而與精系五母相配，目的
是為了形成整齊的局面。但是本節（5）中已討論過照二歸精在上古是可以成立
的，如此一來上古根本就無獨立的莊初床山四母，又何需加上俟母而與精系五
母相配？更從《廣雅音》、《經典釋文》、《廣韻》等書之反切看來，「俟、漦」兩
字都可與崇類系聯。因此，在上古聲母系統中，似乎沒有「俟母」獨立的需要。

第二節　上古韻母部分

壹、王力上古韻母系統之鳥瞰

　　根據前人對於上古韻部的研究，王力認為詩經韻文和諧聲偏旁是相當可靠
的材料，二者相互佐證，便可得出先秦韻部的梗概。在《漢語史稿》，頁60中
他說：

　　　　清代學者對於先秦古韻的研究有卓越的成就。他們是怎樣研究出上
　　　古的韻部來的呢？主要是靠兩種材料：第一是先秦的韻文，特別是
　　　詩經裏的韻腳；第二是漢字的諧聲偏旁（聲符）。在古代，除了少數
　　　語文學者外，一般人都不知道語音是會發展的，以為先秦古音和後
　　　代的語音相同。……這顯然是一種誤解。……如果按照先秦的語言
　　　系統來讀詩經，每一個韻腳都自然諧和，就用不著協音了。
　　　　段玉裁等人又發見一件重要的事實，就是諧聲偏旁和讀經韻腳的一

致性。段玉裁說：「同聲必同部」。意思是說，凡同一諧聲偏旁的字，一定同屬一個韻部，也一定和詩經的韻腳相符，因爲先秦的韻部是由詩經的韻腳概括出來的。……有了諧聲偏旁這一個有力的佐證，先秦的韻部更研究得嚴密了。

王力在《漢語語音史》，頁 35～41 中分別檢討評介前人對古韻分部的結果。他說：

鄭庠由宋代語音系統推測先秦語音系統，只知合併，不知分析，所以分韻雖寬，按之《詩韻》，仍有出韻。

清初顧炎武開始離析唐韻。……顧氏的功績在於他把支麻庚尤四韻拆開，各分屬兩部。

江永把古韻分爲十三部，他也是離析唐韻。江氏另分入聲爲八部。江氏看見了入聲的獨立性，入聲另立韻部，那是很合理的。但是他分析還不夠細。屋部應分爲屋覺兩部，質部應分爲質物兩部，鐸部應分爲鐸沃兩部。

段玉裁分古韻爲十七部，比江永多四部。……段氏的最大功績是把支脂之分爲三部。……至於眞文分立、幽侯分立，段氏也是正確的。

孔廣森分古韻爲十八部，比段玉裁多了一部。……孔氏的功績在於發現了一個獨立的冬部。……孔氏首創「陰陽對轉」的學說。（陰：指元音收尾的韻部，陽：指鼻音收尾的韻部。）孔氏認爲古無入聲，卻又認爲古有一個入聲韻部——緝部，這是自相矛盾。而且他的緝部應該分爲緝盍兩部，緝侵對轉，盍談對轉。而他沒有這樣做，這是他不夠精密的地方。

戴震把古韻分爲九類二十五部。……他的功績是發現一個祭部。至於侯幽合併、眞文合併，則是錯誤的。戴氏以陰陽入三聲相配，這個原則是很好的。但是，他對具體韻部的陰陽入相配，則有很多錯誤。

王念孫把古韻分爲二十一部，比段玉裁多四部。……王氏的功績在於他發現了質部（至部）。

江有誥把古韻分爲二十一部，基本上和王念孫相同，只是他採用了

孔廣森的冬部，不接受王念孫的質部（至部）。

章炳麟分古韻爲二十三部，他接受王念孫江有誥的古韻分部，另從脂部分出一個隊部。章炳麟的功績在於發現一個隊部。

黃氏分古韻爲二十八部，比章炳麟多五部。……黃氏的功績是陰陽入三分。入聲完全獨立。……可惜的是，他拘泥於「古本韻」學說，沒有把沃覺兩部分立。

至於王力古韻分部的結果，是建立在從顧炎武算起，積累三百多年音韻學家的研究成果再加上自己的見解，他分先秦古韻爲二十九部，戰國時代三十部。這三十部比黃侃多了覺、微兩部。茲將王先生之古韻分部表錄於下：

陰　聲		入　聲		陽　聲	
無韻尾	之部 ə	韻尾 -k	職部 ək	韻尾 -ŋ	蒸部 əŋ
	支部 e		錫部 ek		耕部 eŋ
	魚部 a		鐸部 ak		陽部 aŋ
	侯部 ɔ		屋部 ɔk		東部 ɔŋ
	宵部 o		沃部 ok		
	幽部 u		覺部 uk		冬部 uŋ
韻尾 -i	微部 əi	韻尾 -t	物部 ət	韻尾 -n	文部 ən
	脂部 ei		質部 et		眞部 en
	歌部 ai		月部 at		元部 an
		韻尾 -p	緝部 əp	韻尾 -m	侵部 əm
			盍部 ap		談部 am

著作（年代）＼韻部	漢語史稿（1957～58）	上古漢語入聲和陰和的分野及其收音（1960）	漢語音韻（1963）	同源字論（1978）	楚辭韻讀（1980）	音韻學初步（1980）	詩經韻讀（1980）	同源字典（1982）	漢語語音史（1985）
之	ə	（哈）ə	ə	ə	ə	ə	ə	ə	ə
職	ək	（德）ək	ək	ək	ək	ək	ək	ək	ək
蒸	əŋ	（登）əŋ	əŋ	əŋ	əŋ	əŋ	əŋ	əŋ	əŋ
幽	əu	əu	əu	u	u	u	u	u	u
覺	əuk	əuk	əuk	uk	uk	uk	uk	uk	uk
宵	au	au	au	ô	ô	o	ô	ô	o

（藥）沃	auk	auk	auk	ôk	ôk	ok	ôk	ôk	ok
侯	o	o	o	o	o	ɔ	o	o	ɔ
屋	ok	ok	ok	ok	ok	ɔk	ok	ok	ɔk
東	oŋ	oŋ	oŋ	oŋ	oŋ	ɔŋ	oŋ	oŋ	ɔŋ
魚	ɑ	a	a	a	a	a	a	a	a
鐸	ɑk	ak	ak	ak	ak	ak	ak	ak	ak
陽	ɑŋ	aŋ	aŋ	aŋ	aŋ	aŋ	aŋ	aŋ	aŋ
支	e	（住）e	e	e	e	e	e	e	e
錫	ek	ek	ek	ek	ek	ek	ek	ek	ek
耕	eŋ	eŋ	eŋ	eŋ	eŋ	eŋ	eŋ	eŋ	eŋ
歌	a	a	ai	ai	ai	ai	ai	ai	ai
月	at	at	at	at	at	at	at	at	at
元	an	an	an	an	an	an	an	an	an
脂	ei	ei	ei	ei	ei	ei	ei	ei	ei
質	et	et	et	et	et	et	et	et	et
眞	en	en	en	en	en	en	en	en	en
微	əi	əi	əi	əi	əi	əi	əi	əi	əi
物	ət	ət	ət	ət	ət	ət	ət	ət	ət
文	ən	ən	ən	ən	ən	ən	ən	ən	ən
緝	əp	əp	əp	əp	əp	əp	əp	əp	əp
侵	əm	əm	əm	əm	əm	əm	əm	əm	əm
盍	əp	əp	əp	əp	əp	əp	əp	əp	əp
談	am	am	am	am	am	am	am	am	am
（冬）				uŋ	uŋ	uŋ			uŋ

　　在上古韻部音值的擬定上，王力前後有不同的意見，茲錄「王力歷來上古韻部音值異同表」於前頁。〔註59〕

　　由上表可知，王力在上古韻部方面，幽、宵、侯、魚、歌等部的前後擬音不同。但是應該以西元 1985 年出版的《漢語語音史》的擬音，為王力的最後定論才是。

　　王力除了將上古韻部分為二十九（三十）部外，並擬定音值，而且做了「先秦二十九韻部例字表」，見於《漢語語音史》，頁51～60。

　　了解了王力在上古韻部之分類與音值的擬定以後，接下來就要看看，他檢

〔註59〕見吳世畯碩士論文〈王力上古音學說述評〉，頁245～247。慧按：吳世畯原來完全依照王力先生之原文音標，例如在〈上古漢語入聲和陰聲的分野及其收音〉、〈同源字論〉、〈詩經韻讀〉、〈楚辭韻讀〉、〈同源字典〉中將 ŋ 標為 ng，其餘在《漢語史稿》、《漢語音韻》、《音韻學初步》、《漢語語音史》中則標為 ŋ。今則將其統一，凡 ng 處，一律標為 ŋ。

討分析前人古韻母學說所得之最後結果是否合理。

貳、問題之檢討

一、冬侵合部的問題

王力在《詩》韻總論中說：〔註60〕

> 我早年是考古派，把古韻分為二十三部（脂微分立，冬侵合併），後
> 來是審音派，把古韻分為二十九部。最近我又認為：《詩經》的韻部
> 應分二十九部，但戰國時代古韻應分為三十部。……嚴可均曾把冬
> 部併入侵部，章氏晚年亦從此說。我認為：從《詩經》用韻的情況
> 看，冬侵合併是合乎事實的，所以《詩經》韻部應該是二十九部；
> 後來由於語音演變，冬部由侵部分化出來，所以戰國時代的韻部應
> 該是三十部。

同上，頁 15〜16 又說：

> 冬部原是侵部分化出來的，分化的條件是合口呼。冬部原是侵部的
> 合口呼，後來由於異化作用（韻頭是圓唇的 u，iu，韻尾是唇音 m，
> 由此導致異化），韻尾-m 轉化為-ng。

照王力所言，則幽是否配侵？幽之入聲覺與緝又何以分為二部？分化的條件為
何？都要形成問題。根據李添富〈詩經例外押韻現象之分析〉（輔仁學誌，西元
1979 年）一文得知，詩經中幽緝只有一次合韻，而且如果據韓詩，則為幽覺合
韻，詩經中便無幽緝合韻的例。因此，在《詩經》系統中，冬侵是否該合為一
部？更是基本問題。我覺得，判斷韻部的分合，最好的方法還是在客觀可靠的
韻腳圈定的基礎上，考察它們彼此之間合韻和分韻次數的比率，然後衡量。

以下就用此方法來考察。

1. 冬部自相押韻的有十三處，茲錄於下：

（1）「采蘩」三章；p.166；中、宮。〔註61〕

（2）「草蟲」一章；p.167；蟲、螽、忡、降。

〔註60〕見《王力文集》卷六之《詩經韻讀》，頁 10〜11。

〔註61〕「采蘩」指詩經之篇名。「三」指其詩的第三章；「p166」指《王力文集》卷六《詩
　　　經韻讀》之頁數。以下皆同。

（3）「擊鼓」二章；p.178；仲、宋、忡。

（4）「谷風」六章；p.182；冬、窮。

（5）「式微」二章；p.183；躬、中。

（6）「桑中」一、二、三章；p.191至p.192；中、宮。

（7）「定之方中」一章；p.192；中、宮。

（8）「出車」五章；p.282；蟲、螽、忡、降、戎。

（9）「蓼蕭」四章；p.287；濃、忡。

（10）「旱麓」二章；p.366；中、降。

（11）「既醉」三章；p.380；融、終。

（12）「鳧鷖」四章；p.382；潨、宗、宗、降、崇。

（13）「雲漢」二章；p.403；蟲、宮、宗。

2. 侵部自相押韻的有三十六處，茲錄於下：

（1）「兔罝」三章；p.163；林、心。

（2）「摽有梅」二章；p.171；三、今。

（3）「綠衣」四章；p.175；風、心。

（4）「燕燕」三章；p.176；音、南、心。

（5）「凱風」一章；p.179；南、心。

（6）「凱風」四章；p.179；音、心。

（7）「雄雉」二章；p.180；音、心。

（8）「谷風」一章；p.181；風、心。

（9）「氓」三章；p.200；葚、耽。

（10）「子矜」一章；p.221；衿、心、音。

（11）「晨風」一章；p.250；風、林、欽。

（12）「株林」一章；p.257；林、南、林、南。

（13）「匪風」三章；p.260；鬵、音。

（14）「鹿鳴」三章；p.273；芩、琴、琴、湛、心。

（15）「四牡」五章；p.274；駸、諗。

（16）「常棣」七章；p.276；琴、湛。

（17）「白駒」四章；p.299；音、心。

（18）「斯干」六章；p.302；簟、寢。

（19）「何人斯」四章；p.302-321；風、南、心。

（20）「巷伯」一章；p.321；錦、甚。

（21）「鼓鐘」四章；p.332；欽、琴、音、南、僭。

（22）「車舝」五章；p.344；琴、心。

（23）「賓之初筵」二章；p.346；林、湛。

（24）「白華」六章；p.355；林、心。

（25）「白華」四章；p.355；煁、心。

（26）「思齊」一章；p.367；；任、音、男。

（27）「生民」八章；p.378；歆、今。

（28）「卷阿」一章；p.386；南、音。

（29）「抑」九章；p.397；僭、心。

（30）「桑柔」六章；p.401；風、心。

（31）「桑柔」九章；p.402；林、譖。

（32）「烝民」八章；p.409；風、心。

（33）「瞻卬」七章；p.418；深、今。

（34）「泮水」八章；p.437；林、音、琛、金。

（35）「泮水」六章；p.436；心、南。

（36）「泮水」八章；p.437；琛、金。

3. 冬侵互押的有六處；茲錄於下。

（1）「一戎」二章；P.247；中（冬部）、驂（侵部）。

（2）「七月」八章；P.266；沖（冬部）、陰（侵部）。

（3）「公劉」四章；P.385；飲（侵部）、宗（冬部）。

（4）「蕩」一章；P.393；諶（侵部）、終（冬部）。

（5）「雲漢」二章；P.404；宮、宗、躬（冬部），臨（侵部）。

（6）「思齊」三章；P.367；宮（冬部）、臨（侵部）。

其中互押部分「小戎」二章「四牡孔阜，六轡在手。騏駵是中，騧驪是驂。龍盾之合，鋈以觼軜。言念君子，溫其在邑。方何為期？胡然我念之？」，「中」與「驂」或只是文意的自然連用，「驂」與「合、軜、邑」平、入（侵、緝）合

韻，「中」字本不入韻，所以此韻例不可據。「思齊」三章，「雝雝在宮，肅肅在廟。不顯亦臨，無射亦保」裏，「宮」、「臨」兩字見於一、三兩句，奇句是否必得爲韻，不無可疑。段玉裁便以爲無韻。因此這個韻例也不可靠。實際冬侵互押只有四處。

然則，冬侵自押的共四九處，通押的只有四處，佔全部的 7.5％。即便加上「小戎」、「思齊」，比例也不過爲 10.9％，顯而易見，他們的通押是處於支流的地位；而它們的各自獨立，自相押韻，那才是主流。王先生根據 7.5％的通押，就決定併冬於侵；相對於脂、微兩部，通押高達 25％以上（詳下），王先生則認爲它們該分韻，這點實在很叫人不解。

向熹在〈《詩經》裏的通韻和合韻〉一文中說：〔註62〕

> 王力先生據嚴可均說，以冬部字歸侵部合口，後來受 u 介音影響，韻尾-m 變成-ŋ。從音理上說，這是有道理的。我們這裏把冬部獨立出來，因爲在《詩經》裏冬侵兩部已有了明顯的分用趨勢。……冬蒸合韻、東冬合韻也表明冬部收-ŋ 尾而不是收-m 尾。

劉寶俊在〈冬部歸向的時代和地域特點與上古楚方音〉一文中說：〔註63〕

> 王力爲了突出冬侵之間的關係，僅從出現次數較少的冬部來對比冬侵合韻的次數，而不計出現次數較多的侵，他《漢語史稿》說：「我們認爲冬侵合一是對的，冬部的字那樣少，而《詩經》裏冬侵合韻達五次（慧按：應爲四次）之多。」這樣一來，冬侵合韻自然顯得突兀。但是既然考察冬侵兩部的關係，理應把它們合用的次數放在它們分用、合用的總數中來比較，如此方能看出眞相，怎能取一棄一，取其少而棄其多？如果我們僅從侵部的角度來看它與冬部的關係，豈不是又能得出完全相反的結論？所以從整體上看，冬侵無疑應當分爲兩部。如果再進一步考察，可以發現《詩》中所有冬侵合韻的現象都發生在《秦風》、《豳風》、《小雅》、《大雅》中。古代秦、豳的區域即今陝西、甘肅一帶，《小雅》、《大雅》大都是王朝士大夫的作品，大多數產於西周和東周的首都地區鎬京和洛邑。因此可以

〔註62〕見《四川大學學報》叢刊第二十七輯 1985 年。

〔註63〕見《中南民族學院學報》1990 年第 5 期。

斷定，冬侵相通是周秦時代的西北方音。在這個方言區、冬侵兩部
是非常接近的。

郭雲生在〈論《詩經》韻部系統的性質〉一文中說：〔註64〕

王力先生《詩經韻讀》中既把冬部併入侵部，擬爲收-m韻尾，又把
冬排在東蒸之間，這種自相矛盾正是由於王先生不承認上古存在方
音。……冬部並非如王先生所說的那樣是侵部的合口呼，而是蒸部
的合口呼。

假如像王力先生那樣把冬部擬成了uəm，那麼冬部與蒸的əng怎麼能
通押的呢？這豈不是證明了高本漢的那句話，所謂上古詩人常常押一
些「馬馬虎虎」的韻嗎？再者，上古冬部還常與東部通押，如果說上
古詩人常常把uəm與ong通押，豈不是更「馬馬虎虎」了嗎？總之，
冬侵通押是上古西部方音中的特殊現象。之所以產生這種現象，是因
爲侵部在這些方音中收-ng，從而與蒸部相混。又因爲冬部在這些方
音中還是蒸部的合口乎，所以就常常與蒸部及侵部通押或通假。

依郭氏所言，冬、侵固然處分，但認爲冬部是蒸部的合口呼，而非王力所說是
侵部的合口呼，則值得商榷。因爲冬部果爲蒸部的合口呼，那麼職部（蒸部之
入聲）原來的合口呼如「域」字爲何未歸入冬部呢？

　　由以上諸位先生所言，看法雖非一致，但是不贊同併冬於侵是相同的。由
詩經用韻的實際統計，冬、侵分用之數據高達百分之九十二點五，似乎冬部應
有其獨立性。況且，從上古音的結構來看，冬、侵如合一，詩經幽部便無相配
的陽聲韻，若冬、侵分爲兩部，上古韻部的間架才能平衡。因此王力在古韻分
部併冬於侵之做法，是值得商榷的。

二、脂、微分部的問題

王力在〈上古韻母系統研究〉一文中說：〔註65〕

因爲受了《文始》與《南北朝詩人用韻考》的啓示，我就試把脂微分
部。（慧按：陳新雄在〈戴震答段若膺論韻書對王力脂微分部的啓示〉

〔註64〕見《安徽大學學報》1983年第4期。
〔註65〕見《王力文集》第十七卷，頁182～189。

一文中說：「王力談到脂微分部的緣起，明白的指出是受了章太炎的文始與他自己南北朝詩人用韻考的啓示，沒有提到戴震，但是我近年研究古音學時發現，王力應該會受戴震的影響，而王力卻沒有指明，不知是什麼道理？因此本文的目的，就想從種種蛛絲馬跡的跡象，指出這層影響的關係。我們知道戴震陰陽入三分的古韻分部說，對王力的影響是很大的。……我們要知道的，就是王力寫脂微分部的理由時，他有沒有看過戴震的答段若膺論韻書？肯定是看過了的，王力在講脂微分部的理由的第四節脂微分部的解釋時，就引了戴震答段若膺論韻書裏的話說：『審音非一類，而古人之文偶有相涉，始可以五方之音不同，斷爲合韻。』由此可知，王力是看過了的。）

中古音系雖不就是上古音系，然而中古音系裏頭能有上古音系的痕跡。譬如上古甲韻一部分的字在中古變入乙韻，但它們是「全族遷徙」，到了乙韻仍舊「聚族而居」。因此，關於脂微分部，我們用不著每字估價，只須依《廣韻》的系統細加分析，考定某系的字在上古當屬某部就行了。今考定脂微分部的標準如下：

（甲）《廣韻》的齊韻字，屬於江有誥的脂部者，今仍認爲脂部。

（乙）《廣韻》的微灰咍三韻字，屬於江有誥的脂部者，今改稱微部。

（丙）《廣韻》的脂皆兩韻是上古脂微兩部雜居之地；脂皆的開口呼在上古屬脂部，脂皆的合口呼在上古屬微部。

上古脂微兩部與《廣韻》系統的異同如下：

（表中之韻，皆舉平聲以包括上去聲）〔註66〕

廣韻系統	齊　韻	脂皆韻		微　韻	灰韻	咍韻
等呼	開合口	開口	合口	開合口	合口	開口
上古韻部	脂部			微部		
例字	鷖衹黎迷奚體濟（瞇）稽替妻繼弟犀啓棣䁤	皆彝鴟司喈遟示私伊二尸比飢利師眉夷脂資	淮惟巋懷遺毀壞蘁唯追悲雛衰眭	衣祈韋肥依頎歸微睎威鬼尾幾翬非豈徽飛	虺摧回推嵬雷傀隤敦	哀開凱

〔註66〕見〈上古韻母系統研究〉後收入《龍蟲並雕齋文集》第一冊，頁143。

接著王力舉出三項證據，來支持他脂、微分部的說法。

> 脂微分部起初只是一個假設，等到拿《詩經》來比對，然後得到確
> 實的證明。
>
> …………
>
> 以上共一百一十個例子，可認爲脂微分用者八十四個，約占全數四
> 分之三，可認爲脂微合韻者二十六個，不及全數四分之一。（慧按：
> 此乃證據一）。若更以段氏《群經韻分十七部表》爲證，在三十四個
> 例子當中，可認爲脂微分用者二十七個，約占全數五分之四，可認
> 爲脂微合韻者僅有七個，約占全數五分之一。（慧按：此乃證據二）。
> 最可注意的，是長篇用韻不雜的例子。例如《板》五章協「懠毗迷
> 尸屎葵師資」共八韻，《大東》一章協「匕砥矢履視涕」共六韻。……
> 都不雜微部一字。又如《晉語》國人誦改葬共世子協「懷歸違哀微
> 依妃」共七韻，《詩經‧雲漢》協「推雷遺遺畏摧」共六韻，《南山》
> 一章協「崔綏歸歸懷」，共五韻，不雜脂部一字。這些都不能認爲偶
> 然的現象。（慧按：此乃證據三）。

但是，由上面的證據一、二可知，脂微合韻的例子，仍不在少數。王力對此的
解釋是：

> 由上面的證據看來，脂微固然有分用的痕跡，然而合韻的例子也不
> 少，我們該怎樣解釋呢？我想，最合理的解答乃是：脂微兩部的主
> 要元音在上古時代並非完全相同。所以能有分用的痕跡；然而它們
> 的音值一定非常相近，所以脂微合韻比其他各部合韻的情形更爲常
> 見。
>
> 然而我們不能不承認脂微合韻的情形比其他合韻的情形多些，如果
> 談古音者主張遵用王氏或章氏的古韻學說，不把脂微分開，我並不
> 反對。我所堅持的一點，乃在乎上古脂微兩部的韻母並不相同。假
> 使說完全相同的話，那麼，「飢」之與「機」，「几」之與「幾」，「祁」
> 之與「祈」，「伊」之與「衣」，其音將完全相等，我們對於後世的脂
> 微分韻就沒法子解釋。

嚴格地說，上古韻部與上古韻母系統不能混爲一談。凡韻母相近者，就能押韻；然而我們不能說，凡押韻的字，其韻母必完全相同，或其主要元音相同。因此，我們可以斷定，脂微在上古，雖也可以認爲同韻部，卻絕對不能認爲韻母系統相同。

對此，十分贊同王力將上古韻部與上古韻母系統分別對待的看法。

董同龢在《上古音韻表稿》，頁68中說：

王先生更把他的學說求證於詩經韻。結果，在全體 108（慧按：應爲110）個韻例之中，可認爲脂微分用者有82（慧按：應爲84）個，應視作脂微合用者仍有26處韻。因爲合韻的情形到底是多，王先生只歸結到說，兩部的元音雖不同而相近，並不堅持一定要分部。

那麼脂與微究竟能不能分部呢？我覺得詩韻與諧聲對於上古韻母系統的觀測是有同等重要價值的。並且，往往有一些現象就詩經韻看來是不夠清楚的，一加上諧聲作對照，便得豁然開朗。最顯著的就是東中分部問題。……職是之故，我也把王先生的建議拿到諧聲字裏試驗過一下。

董氏試驗過的結論是：

現在總起來看，分別脂部與微部確實是可以的。不過是因爲加了材料，王先生的兩項標準（慧按：參見本文頁 139）須要稍微改正一下。我們不能說脂皆的開口字全屬脂部而合口字全屬微部。事實上脂皆兩韻的確是上古脂微兩部的雜居之地，他們的開口音與合口音之中同時兼有脂微兩部之字。

董氏由諧聲字的試驗，得出了比王力更精密的結論。

羅常培、周祖謨在《漢魏晉南北朝韻部演變研究》（第一分冊）頁29中說：

凡在諧聲上和「夷伊師私耆犀眉皆齊妻西尼稽氏比米次利几美矢死履兕旨弟豐癸示至致利二自四棄戾細計惠季貳」等字有關係的都屬於脂部。

凡在諧聲上和「依希幾斤祈非飛肥妃微歸韋軍威委開哀枚追隹靃雷哀鬼魂回畏乖褱豈尾畾罪毀火帥气既毅鼻畀類䜌卒遂崇位費未貴卉

胃尉欷棣愛肆冀退內隊配對」等字有關係的都屬於微部。

以上是但就諧聲來分的。在《詩經》裏雖然分別的不大嚴格，有時脂微通協，但是兩部分用的例子還是佔多數，其間仍然有分野。在群經《楚辭》裏也是如此。另外應當指出的一種現象，就是微部和歌部有時在一起押韻，但是脂部和歌部押韻的幾乎沒有。從這一點也可以看出它們之間的讀音多少是有區別的。

對於羅、周兩位最後所指出的微部和歌部有時在一起押韻，但是脂部和歌部押韻的幾乎沒有的現象。顯然也是支持脂、微分部的理由之一。

周法高師在〈論上古音和切韻音〉一文中說：〔註67〕

根據我統計江舉謙詩經韻譜的韻腳數目，脂部平聲30，上聲22；微部平聲54，上聲12，共118條；可以看出脂微平上聲合韻約佔總數四分之一（慧按：周師前有說明合韻的：「共二十八條，合乎王力所謂『確宜認爲脂微合韻者』的標準」）。脂部去聲12，微部去聲23，脂微去聲合韻11，可以看出脂微去聲合韻約佔總數四分之一。我們知道：脂部去聲相當於王念孫至部的去聲，高本漢的第十一組；微部去聲相當於章炳麟隊部的去聲，高本漢的第六組。高本漢把脂微平上聲合爲第七組，是和王念孫的辦法一樣的。現在如果能夠說明詩經押韻脂微平上聲合韻佔脂微平上聲總數約四分之一，脂微去聲合韻佔脂微去聲總數約四分之一，不就是說明了脂微部平上聲和去聲都應該各分隸二部了嗎？不過有一點要說明的是：脂部微部的平上聲和去聲通押的很少，祭部恰巧沒有平上聲，那麼收舌尖韻的三部的去聲確實有點特別。不過既然用聲調來表示區別，脂部微部的去聲就不必像高本漢那樣擬一個和平上聲不同的韻尾了。

可見周師的看法亦同於其師羅常培，認爲上古脂微應分部。

向熹在〈《詩經》裏的通韻和合韻〉一文中說：〔註68〕

脂、微兩部，清代古音學家都認爲只是一部，王力先生才把微部從

〔註67〕見《中國音韻論文集》，頁151。
〔註68〕見《四川大學學報叢刊》第二十七輯。

脂部分出來，與物、文兩部相配，這是有根據的。在《詩經》裏，
脂、微兩部分用的例子仍占多數，尤其是有些長篇用韻，而兩部互
不相雜的例子。……如果脂、微只是一部，這種分用就沒有理由。
不過脂、微兩部合韻的例子達全部用韻的三分之一以上。（慧按：應
是約在四分之一左右），表明這兩部的讀者確實比較接近。

向氏一如王力所言（參見頁 141 之證據三），詩經裏有些長篇用韻，脂、微分部，
互不相雜的例子，的確是支持脂、微分部的證據。

陳紹棠在〈古韻分部定論商榷〉一文中則說：〔註69〕

王氏的脂、微分立，事實上不過表示他與其他的古韻學家們同門異
戶、自爲一家之言，在古韻學上，他的脂、微分立之說是未有足夠
的證據，去支持的。

我認爲陳氏對王力的這種批評，是有待商榷的。因爲關於脂、微分部的這個問
題，王力所舉的脂、微分部的三項證據，及他對脂、微合韻例子的解釋說明；
加上董氏從諧聲字去試驗，所得出之結論都是脂、微應分部。再者，陳新雄在
〈戴震答段若膺論韻書對王力脂微分部的啓示〉一文中，引了〈戴震答段若膺
論韻書〉裏頭的一段話。戴氏說：

昔人以質、術、櫛、物、迄、月、沒、曷、末、黠、鎋、屑、薛隸
眞、諄、臻、文、殷、元、魂、痕、寒、桓、刪、山、先、仙，今
獨質、櫛、屑其舊，餘吕隸脂、微、齊、皆、灰，而謂諄、文至山、
仙同入。是諄、文至山、仙與脂、微、齊、皆、灰相配亦得矣，特
彼分二部，此僅一部，分合未當。又六術韻字，不足配脂，合質、
櫛與術始足相配，其平聲亦合眞、臻、諄始足相配，屑配齊者也，
其平聲則先、齊相配。今不能別出六脂韻字配眞、臻、質、櫛者合
齊配先、屑爲一部，且別出脂韻字配諄、術者，合微配文、殷、物、
迄、灰配魂、痕、沒爲一部。廢配元、月，秦配寒、桓、曷、末，
皆配刪、黠，夬配山、鎋，祭配仙，薛爲一部。而以質、櫛、屑隸
舊有入之韻，或分或合，或隸彼，或隸此，尚宜詳審。

〔註69〕見《新亞學術年刊》第 6 期。

陳先生接著說：

> 戴氏這一段話，我們應分幾部分來分析，為了使觀念清晰，我先把
> 廣韻收舌尖鼻音-n 的十四韻與收舌尖塞音-t 的十三韻，與陰聲各韻
> 相配的關係，各按開合等第排列於後，然後再加以解說。

陽聲韻	入聲韻	陰聲韻
先開合四	屑開合四	齊開合四
臻開二	櫛開二	皆開二
眞開三	質開三	脂開三
諄合三	術合三	脂合三
文合三	物合三	微合三
殷開三	迄開三	微開三
魂合一	沒合一	灰合一
痕開一	（麧）開一	咍開一
元開合三	月開合三	廢開合三
寒開一	曷開一	泰開一
桓合一	末合一	泰合一
刪開合二	黠開合二	怪開合二
山開合二	鎋開合二	夬開合二
仙開合三	薛開合三	祭開合三

　　陳先生從陰陽入三分分配得整不整齊，結構完不完整兩大方面，經過詳細
的分析與論證，亦認為脂、微應分為兩部。所以從上古音的結構而言（例如：
微物文、脂質眞相配），也應可看出脂、微應分為兩部為宜。

三、祭部獨立的問題

　　王力認為戰國時代冬部和侵部分開，於是他承認先秦有三十個韻部，而他
跟一般主張三十一部學者的差異，主要是祭部未予獨立。在上古聲調方面，他
贊成段玉裁的古無去聲說，所以把祭部取消，祭部的字都併入月部，並且把各
陰聲韻部中多數的去聲字都分別歸入相配的入聲，少數歸入平、上聲。

李葆瑞在〈讀王力先生《詩經韻讀》〉一文〔註70〕中認爲祭部的存在與否，是決定於對先秦聲調的看法，並且批評王先生的上古聲調說：

> 祭部的存在與否又決定於對先秦聲調的看法。……按王力先生的說法，長短是古漢語聲調中最本質的東西，而音高的變化反倒不如長短重要。這就使人不能理解後來音高變化能夠起重要作用，是怎樣形成的了。如果古代沒有這種現象，後代的變化就成了無源之水了。用長短來區別詞義是如何過渡到用音的高低、升降、曲直來區別詞義的？這也是不好理解的。

既然他對王力的上古聲調說提出質疑，自然便不會同意其祭部的處理方式。同文中，李氏又說：

> 據姜亮夫先生《瀛涯敦煌韻輯》的統計，《廣韻》中的去聲有 5472 字，如果把同一個詞的異體字去掉，我數了一下還有 5119 字。王力先生曾經發表過〈古無去聲例證〉一文，……其中列舉《廣韻》中去聲字共 283 個。根據先秦韻文中跟這些字押韻的字的聲調來證明《廣韻》中這些去聲字在先秦都不是去聲，後來才轉成去聲。即使這 283 個字原來都不是去聲，它們只占《廣韻》中去聲總數的百分之五，餘下的百分之九十五中固然可能有些是後起的，不全是從先秦傳下來的，但這總是少數，大多數字是從先秦傳下來的。這些多數字還不能證明原來也都不是去聲字，而是後來從其他聲調轉成去聲的。這樣大量的非去聲字是怎樣轉成去聲的？轉化的條件是什麼？這些問題都不好解決。……總之，我主張在先秦古音中，保留祭部。把之、幽、宵、侯、魚、支、脂、微等陰聲字中的去聲字仍劃歸陰聲各部，不劃歸跟它們相配的入聲。

李氏認爲上古應就存在去聲了，所以主張祭部應脫離入聲月部而獨立出來。

李毅夫在〈上古韻祭月是一個還是兩個韻部〉一文中，〔註71〕根據他的統計，認爲祭、月分爲兩部是不成問題的。他說：

〔註70〕見《中國語文》1984 年第 4 期。

〔註71〕見《音韻學研究》第一輯。

認爲祭月爲二的，用的基本上是統計方法。……。現在把上面對各個時代祭月用韻考察的結果並列於下：

時　　代	陰聲韻段	入聲韻段	通協韻段
西周和春秋〔註72〕	41.43％	40.00％	18.57％
戰國	56.25％	37.50％	6.25％
西漢	65.28％	30.55％	4.17％
東漢	46.00％	39.00％	15.00％
三國	52.38％	25.40％	22.22％
西晉	50.98％	34.19％	14.83％
北朝	41.46％	51.22％	7.32％

考察的時代若是之長，獨用的韻段若是之多，統計的結果若是之一致，祭月爲二似乎是不成問題了。

羅常培、周祖謨在《漢魏晉南北朝韻部演變研究》（第一分冊）頁31中對祭部應不應獨立表示意見說：

> 《詩經》韻類中祭部和脂部殷氏《六書音均表》立爲一部，戴震、王念孫、江有誥都分爲兩部，這是很正確的。這一部沒有平聲字和上聲字。王念孫《古韻譜》裏所列的《詩經》韻字有去聲，又有入聲，去入兩聲是合寫在一起的。事實上去聲獨用的例子很多，應當跟入聲分開。王氏（慧按：指王念孫）最初受段玉裁的影響認爲古無去聲，等到晚年確定古有去聲以後，才把這一部的去聲稱之爲「祭」，這一部的入聲稱之爲「月」。……凡在諧聲上和「大兌貝外會帶蠆屬賴祭蓋乂艾敝害介匃曷萬執罽世曳列制折筮半刀契市最盇夬臽歲喙竄發拜毳敝彗芮衛吠裔泰」等字有關係的都在這一部。兩漢韻文和《詩經》的字類完全相同。

羅、周兩位先生，也認爲祭部要從入聲月部中獨立出來。

現在不妨從音韻結構上來看，如果把歌部和祭部加在一起，然後再與月、

〔註72〕慧按：李氏考察所用的材料是西周和春秋根據《詩經》；戰國根據《楚辭》；兩漢根據《漢魏晉南北朝韻部演變研究》第一分冊；三國、西晉、北朝根據丁福保所輯《全漢三國晉南北朝詩》和嚴可均所輯《全上古三代秦漢三國六朝文》。

・107・

元相配，似乎可行。因為祭部無平、上聲只有去聲，而歌部在詩經韻字中百分之九十五，都是平上聲，只有三個字屬去聲，如「賀、佐、罜」〔註73〕而龍師對這三個字，也有如下的解釋，認為它們不是去聲。他說：

> （1）儀禮士喪禮「賀之結于後」，鄭注賀，加也。覲禮「予一人嘉之」，鄭注今文嘉作賀。方言七：「賀，儋也」與何同。說文何，儋也。《詩經・下武》四方來賀（可解為來嘉），協不遐有佐。
>
> 因此，賀疑本有平、上二讀；後來讀去聲，可能是濁上之變。
>
> （2）佐由左轉注，去聲疑是後來的破讀，在《詩經・下武》中，屈萬里先生讀佐為左，古但有左字。
>
> （3）罜字的歸部，無直接協韻資料可證，中古入寘韻，可以視為原不在歌部，而在佳部。

經過龍師對此三字之解釋後，則歌部在詩經用韻字（不包括諧聲字）中百分之百都是平上聲，所以把祭部與歌部相加後再與月、元相配似乎較為合理。但詩經用韻中，歌祭的分用，也是事實。王力歌、月、元相配的做法，或許是早於詩經時期的現象。換句話說，在詩經以前，歌、祭兩部實為一部。所以在這個問題上，如果將歌、祭相加而與月、元相配，認為是詩經以前之語音現象，至詩經時代，歌、祭二分，中古歌與祭韻母的差異，正是由此而來。這樣的看法也許才是合理的。

四、陰、陽、入三分的問題

王力在西元 1937 年〈上古韻母系統研究〉一文中說：〔註74〕

> 我對於古韻分部的結論：如果依審音派的說法，陰陽入三分，古韻應得廿九部，……；如果依考古派的說法，古韻應得廿三部，……上面說過，德、覺、沃、屋、鐸、錫都不能獨立成部。所以我採取後一說，定古韻為廿三部。

由上可知，王力在早年時的主張是傾向於考古派，將古韻分為廿三部。但在二

〔註73〕見《問學集》中頁 238 之〈詩經韻字表〉歌部。根據我統計的結果，屬平、上聲的有六十八字，去聲的有三字。（慧按：「罜」字無直接協韻的資料可證。）

〔註74〕見註 66，頁 82～83。

十三年後，王力改變了他對古韻分部的看法了。他在〈上古漢語入聲和陰聲的分野及收音〉一文中說：[註75]

> 二十年前，我對於上古漢語的韻母主張二十三部的說法，那就是大致依照章炳麟的二十三部，從他的脂部分出一個微部，再合併他晚年所主張合併的冬侵兩部。前年我講授漢語史，在擬測上古韻母音值的時候遭到了困難。我不願意把之幽宵侯魚支等部一律擬成閉口音節，那樣是違反中國傳統音韻學，而且是不合理的；同時我又不能像章炳麟想得那樣簡單，一律擬成開口章節；假使上古的藥覺職德沃屋燭鐸陌錫諸韻不收-k尾，它們在中古的-k尾是怎樣產生出來的呢？講話音發展不能不講分化條件，否則就違反了歷史語言學的根本原則。在這時候我才覺悟到戴震陰陽入三分的學說的合理，於是我採取了戴震陰陽入三分的學說的合理，於是我採取了戴震和黃侃的學說的合理部分，定爲十一類二十九部，比黃侃多了一個微部和一個覺部，少了一個冬部（併入於侵）。這樣，入聲韻的職覺藥屋鐸錫收音於-k，和開口音節的陰聲韻並行不悖，各得其所，而分化條件也非常明顯了。在入聲和陰陽關係的問題上，段玉裁和戴震形成兩大派別，可以稱爲考古派和審音派。……
>
> 總起來說，中國傳統音韻學對待陰聲和入聲的關係有兩種不同的看法：在考古派看來，陰聲和入聲的分野並不十分清楚，特別是對於之幽宵侯魚支六部，入聲只當做一種聲調看待，不作爲帶有-k尾看待，因此，在他們的眼光中，這六部都是陰聲，其中的入聲字只是讀得比較短一點，並不構成閉口音節；在審音派看來，陰聲和入聲的分野特別清楚，因爲在他們眼光中，陰聲是開口音節，入聲是閉口音節。二十年前我傾向於考古派，目前我傾向於審音派。

以上王力說明了爲什麼由二十年前的主張考古派，進而於二十年後卻又主張審音派的理由。（慧按：黃侃的陰陽入三分對王力晚年的古韻分部之修正有所啓發。）

[註75] 見《語言學刊研究與批判》第二輯，1960年。後收入《王力文集》卷十七，頁201～202、211。

王力在《漢語音韻》（西元 1963 年）頁 175～176 中，更進一步的闡明說：

> 陰陽兩分法和陰陽入三分法的根本分歧，是由於前者是純然依照先
> 秦韻文來作客觀的歸納，後者則是在前者的基礎上，再按照語音系
> 統進行判斷。這裏應該把韻部和韻母系統區別開來。韻部以能互相
> 押韻爲標準，所以只依照先秦韻文作客觀歸納就夠了；韻母系統則
> 必須有它的系統性（任何語言都有它的系統性），所以研究古音的人
> 必須從語音的系統性著眼，而不能專憑材料。

王力並且詳細的說明了職、覺、藥、屋、鐸、錫應該獨立出來的理由。他說：
〔註76〕

> 具體說來，兩派的主要分歧表現在職覺藥屋鐸錫六部是否獨立。這
> 六部都是收音於-k 的入聲字。如果併入了陰聲，我們怎樣了解陰聲
> 呢？如果說陰聲之幽宵侯魚支六部既以元音收尾，又以清塞音-k 收
> 尾，那麼，顯然不是同一性質的韻部，何不讓它們分開呢？況且，
> 收音於-p 的緝盍、收音於-t 的質物月都獨立起來了，只有收音於-k
> 的不讓它們獨立，在理論上也講不通。既然認爲同部，必須認爲收
> 音是相同的。要末就像孔廣森那樣，否認上古有收-k 的入聲（慧按：
> 原註 1：孔氏同時還否認上古有收-t 的入聲。），要末就西洋某些漢
> 學家所爲，連之幽宵侯魚支六部都認爲也是收輔音的。我們認爲兩
> 種做法都不對：如果像孔廣森那樣，否定了上古的-k 尾，那麼中古
> 的-k 尾是怎樣發展來的呢？如果像某些漢學家那樣，連之幽宵侯魚
> 支六部都收塞音（或擦音），那麼，上古漢語的開口音節那樣貧乏，
> 也是不能想像的。王力之所以放棄了早年的主張，採用了陰陽入三
> 聲分立的說法，就是這個緣故。

的確，從音韻結構的系統性來說，收音-p、-t 的入聲韻部皆獨立出來了，理應
該收音-k 的韻部也獨立起來；再從演變到中古來講，如果否定了上古的-k 尾，
那麼中古的-k 尾又是怎樣發展來的呢？因此，如果採用了陰陽入三分的說法，
較容易說明，但陰陽入三分，並不代表陰入、陽入、陰陽三者的關係是平行一

〔註76〕見《漢語音韻》，頁 176。

致的，在《詩經》等先秦韻文中，入聲韻常同陰聲韻通押，在《說文》諧聲系統中，入聲字也常和陰聲字發生關係，陰入往來遠較陽入、陰陽關係密切。據李添富〈詩經例外押韻現象之分析〉一文中之統計，詩經例外押韻二部合韻的情形，是陰聲韻與陽聲韻部合韻的有 13 例，陰聲韻部與入聲韻部合韻的有 70 例，陽聲韻部與入聲韻部合韻的有 4 例，據此可知，詩經之例外押韻，以陰聲韻部與入聲韻部之合韻，爲數最多，而以陽聲韻部與入聲韻部之合韻最少。又多數例外押韻是爲二部合韻，僅極少數是爲三部合韻（共有五個例子，陰入合韻：3 例，陽入合韻：1 例，陰陽入三部合韻：1 例）。

陰、陽、入三分（古韻分 30、31、32 部等），從音值上說，代表三種不同的音，卻無法表示出三者彼此間的親疏關係。反觀，陰入、陽二分（古韻分 22 部、23 部等），從音值上說，一方面仍可表示三種不同的音，另一方面從彼此的關係上來看，又可表示出陰入關係密切，完全符合詩經押韻之情形。從這層主要意義上，又顯示出入聲塞而不裂之現象，所以它能常與陰聲相諧。可見王先生早年主張古韻分二十三部之說法，似乎較晚年之二十九（三十）部爲適。

五、介音的問題

在談論王力介音擬測之前，先表列其先後擬音之異同。

開口		a	b	c	合口		a	b	c
	一等	無韻頭	無韻頭	無韻頭		一等	u	u	u
	二等	e	e	e		二等	o	o	o
	三等	ǐ	i	i̯		三等	ǐw	iu	iu
	四等	i	y	I		四等	iw	yu	i̯u

（慧按：「a」代表《漢語史稿》之擬音；

「b」代表《詩經韻讀》之擬音；

「c」代表《漢語語音史》之擬音。）

王力在《漢語史稿》中，開口二等的介音是「e」，三等爲「ǐ」（實際上就是 j，只是寫法上的不同），四等作「i」；合口一等是「u」，二等是「o」，三四等之 w 與 ǐ、i 組成 ǐw、iw 共七類。到了《詩經韻讀》中，開口三等介音改用 i，四等用 y；合口三等、四等之 w 音素取消，沿用一等之音 u，所以與 i，y 組成 iu、yu。到了《漢語語音史》時，王力說：「我們認爲：開口一等無韻頭，

二等韻頭 e（或全韻為 e）三等韻頭 i̯，四等韻 i；合口一等韻頭 u，二等韻頭 o，三等韻頭 i̯u，四等韻頭 iu。」〔註77〕

　　在〈先秦古韻擬測問題〉一文中，王力對開口二等介音〔e〕與合口二等介音〔o〕，有加以解釋，他說：

　　介音 e 不是不可能的。英語 shame（羞恥）來自古英語 sceamu;shoe（鞋）來自古英語 sceōh。這顯然是上升的複合元音，強元音在 a 或 ō，弱元音在 e，後來 e 在發展中消失了。我認為中古漢語的二等字在上古也是有介音 e 的，到了中古，介音 e 消失了，於是「家」從 ke 變 ka，「間」從 kean 變 kan 等。現化北方話「家」「間」等字有介音 i，可能不是由於元音 a 的分裂，而是直接從介音 e 演變而來。即 kea＞kia＞tɕia、kean＞tɕian，沒有經過 ka、kan 的階段。

　　介音 O 也不是不可能的。越南語既有 tùa（拾），又有 tòa（座），既有 lúa（稻，穀），又有 lóa（閃眼），既有 thua（輸），又有 thoa（抹，擦），既有 hùa（搞陰謀），又有 hòa（和），等等。雖然現代越南語在主要元音 a 上的讀法有分別（在 u 後面讀〔a〕，在 o 後面讀〔a〕，但是既然是文字上都寫成 a，我們可以設想二者原先都是同一的〔a〕，而分別只在介音上。法國語言學家 Roudet 曾經指出，法語在文字上寫成 oi 的地方，有人讀成〔ua〕，也有人讀成〔oa〕。現在我把上古漢語擬成既有 ua 等，又有 oa 等。其實我所擬的介音很接近高本漢所擬的介音 w，只是為了跟開口呼的介音 e 相應，才擬成了 o。

　　再看看其他學者的意見：高本漢、董同龢的介音系統基本上一樣。董氏在《漢語音韻學》，頁 270～271 中說：

　　各韻部的字變至中古，差不多都有開合與等第的分別，我們既把韻部看作上古的韻攝，就假定開合與等第的分別原來也存在於上古。並且，除非詩韻與諧聲另有不同的表現，我們暫以為：

　　（a）中古的開口字上古原來也是開口，合口字原來也是合口；

　　（b）變入中古一等韻與二等韻的字，上古原來也沒有介音 i；

〔註77〕見《漢語語音史》，頁 50。

（c）變入中古三等韻的字，上古原來也有輔音性的介音 j；

（d）變入中古四等韻的字，上古原來也有元音性的介音 i。

董氏二等無介音，如此就得增加上古元音的數量，或者靠元音的長短鬆緊來解決問題，結果，上古的一個韻部就不只是一個主要元音，而是某一個類的主要元音。

李方桂的上古介音系統，在二等韻有一個使舌尖音捲舌化的介音 r，這個介音不但可以在舌尖音聲母後出現，也可以在唇音、舌根音聲母後出現，並且也可以在三等介音 j 的前面出現。三等韻有一個使聲母發生顎化作用的 j 介音，這個介音大部分還保留在現代方言裏。四等韻沒有介音，但應當有一個 i 元音，李氏認爲高本漢構擬的四等 i 介音顯然是個元音。

李氏並認爲上古沒有合口介音，唇音的開合在中古已不能分辨清楚，在上古也沒有分開合的必要，在上古只有一套圓唇舌根音 kw、khw、gw、ngw、hw，及 w，中古的合口介音大部分是從這套圓唇舌根音變來的。他在〈論開合口——古音研究之一〉一文末尾中說：

> 現在我試把上面的分析總結一下，看看合口成分也就是圓唇介音的來源（1）從圓唇舌根喉音聲母來的。（2）從 u 元音在舌尖音韻尾前演變出來的。（3）其他合口沒有跟他對立的開口字的時候都是在特殊情形下後起的。有的很早就發生了，有的在切韻時代的後期。如果接受上面的分析，可認爲古音時代沒有合口介音。〔註78〕

唐作藩認爲李氏以上的見解，對我們很有啓發，但也提出了幾點質疑，他說：

> 首先，《切韻》的唇音字不分開口，我的理解是開合不對立，（慧按：灰咍兩韻有對立）而不是唇音母後面沒有合口介音。從李先生擬測的例字來看，中古唇音聲母後面也是有的有 w 或 u 介音，有的沒有。
>
> 現在的問題是：李先生的上古唇音一律作開口，條件相同，那麼爲什麼到了中古，有的跟後面元音相配合而產生了合口 w 介音（如 52 頁「敗」*pradh、bradh＞pwai，bwai）；有的同樣是唇音聲母和後面元音相配合卻沒有變爲合口（如 53 頁「罷」*bradx＞baɪ）？
>
> 其次，中古牙喉音後面的合口介音 w 或 u，李先生解釋爲是受上古

圓唇舌根音的影響而來的。但這個圓唇符別（如「國」*kwək）和 w
介音似乎沒有實質上的不同。漢字諧聲，開合口的界限基本上是清
楚的，特別是牙喉音字。開合互諧的字是少數（如「弦」從玄聲），
可以看作是古今音的變化。正如同《切韻》音到現代也發生開合不
一致的變化一樣。上古舌齒音聲母後面，李先生不否定有合口字，
如「鶉」*truat（51 頁）、「坐」*dzuarx、「墮」*duarx（53 頁）、「段」
*duanh（54 頁）、「纂」*tshruanh（55 頁），但李先生不承認其中的
u 是介音，而認爲這個 u 和後面的 a 是複合元音。這也跟一般的理
解不相同。特別是，李先生又同意《切韻》音系中合口的介音除了
w，還有 u。〔註79〕

唐氏所提出的問題，也正是我心中的疑惑。如果從李氏所擬的複合元音〔ua〕
（慧按：李先生共有三種複合元音：iə,ia,ua。）來看，只要認爲上古有合口，
則可取消圓唇聲母的說法。再者，從王力脂、微；眞、文分部的情形來看，它
們是因爲開合的不同而分部；如果照李先生的擬音，則變成了因爲聲母的展圓
不同而分部，似乎也是不宜的。

　　所以，基本上，我認爲王力對上古介音系統的看法，也就是上古介音仍分
開合之觀點是正確的。至於音值之擬定，則是開口一等無韻頭，二、三、四等
有 r,j,i 不同之介音，合口部分除了多一個 u 介音外，餘皆與開口所擬之介音相
同。二等介音之擬定，王力擬爲〔e〕似乎不如李方桂所擬的〔r〕爲佳，擬爲
〔r〕可說明許多上古聲母分化的問題。

六、主要元音的問題

王力在「上古音學術討論會的發言」上說：〔註80〕

　　搞古音擬測，各人搞出來不一樣，沒有一個人和另外的人完全相同
　　的。（幾十年前，李方桂先生就跟高本漢辯論過古音問題。）但是，
　　也不是完全不同，有些地方還是相同的，或者說相同的地方還相當
　　多。……至少有兩點我跟李先生（慧按：指李方桂先生）是一樣的。

〔註79〕見《語言學論叢》第十四輯，頁 35〈對上古音構擬的幾點質疑〉。

〔註80〕見《語言學論叢》第十四輯，頁 13～14。

第一點是最重要的一點，就是說上古的同韻部的字，不管一二三四等，一定要同元音。高本漢和董同龢就不是這樣，高本漢把一二三四等搞成不同的元音，他的一等字要是後 a，二等字就要變成前 a，三四等還有別的不同元音。元音不同，《詩經》怎麼押韻呢？元音一定要相同。元音不同，應該說是錯誤的。高本漢認爲古代同一韻部到後代已經分爲不同的元音了，那麼原來也一定是元音不同。這一點我們的看法跟他不一樣。我們認爲，以前同元音，後來不同元音，這是自然的分化趨向，是完全可能的。我認爲李先生在這一點上做得對，我一看他的文章講到這裏就不禁拍案稱快，我說這下兒好了，有個和我意見一致的了。但是這樣一來，上古音還有沒有「等」呢？還有沒有一二三四等呢？如果說上古音沒有一二三四等，那麼是錯誤的，前人說上古的「姑」字讀如「家」，如果「姑」「家」完全同音，那麼後來又依什麼條件分化了呢？「姑」和「家」在上古的讀音一定是有差別的，這種差別就表現爲韻頭的不同。這樣看來，上古音還是有「等」的，我們說同韻的字一定同元音，所不同者就在於存在著一二三四等以及開口合口的差別。……同韻部必同元音，這一點李先生和我是一致的，跟高本漢是大不相同的，這大不相同我認爲很重要。（慧按：第二點就是李方桂先生把喻四擬成 r，而王力擬成 ʎ，但這個 ʎ 與 r 非常接近，可謂所見略同。）

王力把高氏用元音分等的作法改爲依介音分等，的確是上古元音研究中的一個大躍進。

基於這樣的理念，王力所構擬的上古元音系統如下表：

	ə	ɔ	o	u	e	a
φ，k，ŋ -i，-t，-n -p，-m	之職蒸微物文緝侵	侯屋東	宵藥	幽覺（冬）	支錫耕脂質眞	魚鐸陽歌月寒葉談

（錄自余迺永《上古音系研究》，頁 34）

慧按：王力的 ɔ、o、u 三類元音，只出現一類相配的韻部（只跟舌根輔音相配），在音韻結構方面，似乎不是很完美。

為了能更清楚瞭解王力擬構上的意義，現將高本漢與董同龢兩的「上古元音系統表」錄出，以資比較。

其一，高表：

	一 等	二 等	三 等	四 等
之，蒸（-g -k -ŋ）	ə	ε	ə,ŭ	
幽，中（-g -k -ŋ）	ô	ô	ô	ô
宵（-g -k）	o,å̇	ŏ	o	o
侯，東（-g -k -ŋ）	u	ŭ	u	
魚，陽（-g -k -ŋ）	â	ă	a,ă	
佳，耕（-g -k -ŋ）		ě	ě	e
歌（ɸ）	â	a	a,ă	
祭，元（-d -t -n）	â	a,ă	a,ă	a
脂，眞（-r -d -t -n）			ě	e
微，文（-r -d -t -n）	ə	ε	ə,ε	e
葉，談（-b -p -m）	â	a,ă	a,ă	a

（錄自董同龢《上古音韻表稿》，頁72～73。董氏歸納高本漢西元1944年以前的古音系統）

其二，董表：

	一 等	二 等	三 等	四 等
之，蒸（-g -k -ŋ）	ə̂, ə̬̂	ə	ə,ə̬	
幽，中（-g -k -ŋ）	ô	o	o,ŏ	o
宵（-g -k）	ɔ̂	ɔ	ɔ,ɔ̬	ɔ
侯，東（-g -k -ŋ）	û	u	u	
魚，陽（-g -k -ŋ）	â	a,ă	a,ă	
佳，耕（-g -k -ŋ）		e	e,ě	e
歌（ɸ）	â	a	a	
祭，元（-d -t -n）	â	a,ä	a,â,ä	ä
脂，眞（-r -d -t -n）	ə̂	ə	ə,ə̬	ə
微，文（-r -d -t -n）	e	e	e	e
葉，談（-b -p -m）	â,ê	a,ɐ	a,ă,ɐ	ɐ
緝，侵（-b -p -m）	ə̂	ə	ə	ə

（錄自董同龢《上古音韻表稿》，頁116。董氏歸納其所構擬的上古音元音系統。）

　　鄭張尚芳在〈上古韻母系統和四等、介音、聲調的發源問題〉一文〔註 81〕中批評高、董二氏說：

> 高本漢的系統所擬元音有 15 個，其中除 i 只作介音外，能作主元音的爲 14 個（即使不計其中 e a o u 四個長短對立，也是十元音系統）。擬的元音雖多，但較亂，ŭ 既出現在「之蒸」類三等，又出現於「侯東」類二等，更是自壞其韻例。董同龢提出的修訂將其齊整化，更增～20 個主元音（如不計其中 e ə e̯ co co ɔ 五對緊鬆對立，也爲 15 元音系統）。他的辦法是按「等」加標籤，如 ə ə̯ co e̯ u a è t 個元音遇一等全加「ʌ」帽，整齊是整齊了，可是具體怎麼唸，跟不加「帽」的如何一一分辨得開，更難以明白。

相對於高董兩氏的擬音，王力的系統顯然有其簡單明白的好處。現在來看其六個主要元音的適切性如何。

　　（1）之部，王力擬其元音爲〔ə〕。鄭張尚芳認爲「在漢藏親屬語言中，ə 都較後起。古漢語的 ə 原來也應作 ɯ，ə 是從 ɯ 變來的。」〔註 82〕丁邦新則說：

> 元音 ə。大部分都有元音 ə（慧按：指各家擬音），鄭張寫作 ɯ，Baxter 寫作 ɨ，他們都承認只有一個央元者，另外並沒有跟 ɯ 或 ɨ 對立的 ə。……我們可以認爲 ɨ 是之蒸部諧聲時代的元音，到詩經時代已經變成 ə 了。〔註 83〕

　　（2）支部，王力擬爲〔e〕。丁邦新說：

> 先看脂眞支（耕）四部的情形，……這四部共同的特點是變到中古音沒有一等韻，如果我們相信中古一等韻應該是一個偏後的低元音，再參考這些韻在現代方言的讀法，認爲這幾部具有一個前高元音 i，正如李先生擬測的一樣，大概是極可能的結論。如果要給這幾部擬測 e 之類的前元音，亦無不可。……同時脂眞支耕假設是 e 元音，那麼別的韻部就不能再擬 e 元音。〔註 84〕

〔註 81〕見《溫州師範學院學報》1987 年，第 4 期。

〔註 82〕同註 81。

〔註 83〕見〈漢語上古音的元音問題〉。

〔註 84〕同註 83。

由上可知，丁氏認爲此四部應擬音爲〔i〕。我覺得，這四部演變到中古音，雖然沒有一等韻，但是卻有二等韻，如擬爲〔i〕（前高元音），對於說明其演變到中古的二等韻是否恰當？例如李氏擬眞部陽聲韻*rin＞山二開 ăn 元音從上古的高元音 i 一變而爲中古的低元音 ă，是否好說明？王力的上古元音系統中，除了脂質眞、支錫耕的元音爲 e 外，其他韻部皆非 e 元音，此亦可解丁氏之疑慮。

陳復華、何九盈在《古韻通曉》，頁 418 中說：

> 段玉裁說：「脂微齊皆灰音與諄文元寒近，支佳與歌戈近，實韻理分
> 擘之大耑」〔註85〕他的《六書音均表》把「脂支歌」緊緊排在一起，
> 是十五、十六、十七的關係。江有誥的《諧聲表》也把「歌、支」
> 排在一塊，說明這兩部的元音決不能相差得太遠，所以，如果依丁
> 邦新先生的看法，認爲脂眞支耕四部具有一個前高元音 i，而李方桂
> 先生把歌、元、擬爲最低元音 a，如此，距離似乎太大了一些。

支部擬爲〔e〕，似較〔i〕爲適切。

（3）魚部，王力擬爲〔a〕。各家擬音都有元音 a，包括魚鐸陽；歌（祭）、月、元；談盍等部。它演變到中古的過程是元音逐步高化，由 a→ɔ→u。然後停止下來，因爲高化到頂了。〔註86〕王力並在〈先秦古韻擬測問題〉中說：

> 這裡有必要談一談魚部的擬測問題。很早就有人講到中國人以"浮
> 圖"或"浮屠"翻譯 Buddha 是上古魚部讀 a 的證據。當然，單靠
> 一兩個翻譯的例子是不夠的，但是，加上諧聲偏旁、一字兩讀和聲
> 訓的證據，就完全能夠說明問題。先講魚鐸對應。固聲有涸，廔聲
> 有劇，專聲有博等，都是諧聲的證據。一字兩讀則有"著""惡"等。

（4）侯部，王力擬爲〔ɔ〕。《漢語史稿》中原擬爲〔o〕，並說：「侯部在上古應該是一個後元者，因爲它和東部〔oŋ〕對轉。這個韻部比較簡單，只有 o 和 ǐwo。這個〔o〕是很閉口的。接近於 u。」但是在《詩經韻讀》中，王力說侯東屋的侯部〔o〕，是開口的〔o〕，國際音標寫作〔ɔ〕。（慧按：〔ɔ〕也是一個後元音，只是比〔o〕稍低一點）。

〔註85〕見《寄戴東原先生書》。

〔註86〕見《漢語語音史》，頁 531。

（5）宵部，王力在《漢語史稿》中將其擬爲〔au〕，在《詩經韻讀》中將其擬爲ô，並且認爲〔ô〕是閉口的〔o〕，國際音標寫作〔o〕，因此在《漢語語音史》中就改擬爲〔o〕。

（6）幽部，在《漢語史稿》王力將其擬爲〔əu〕，但最後改爲單元音的〔u〕。原因見後述。

關於侯、宵、幽三部主要元首之擬測，陳復華與何九盈在《古韻通曉》，頁428～430中有詩論。他們說：

> 侯屋東、幽覺、宵藥冬、以上是三個元音不同的大類，爲什麼要放在一起來討論呢？請先看下面四個擬音方案。

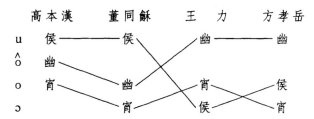

> 爲了解決這些分歧，我們很有必要對這三大類的元音擬測進行系統的全面的考慮。怎麼考慮呢，先把擬測這三大類元音的一些基本原則確立下來。
>
> 1. 之幽關係很近，考慮幽部的元音時，要注意不能距離之部太遠。
>
> 2. 侯魚關係很近，考慮侯部的元音時，要注意不能距離魚部太遠。
>
> 3. 幽宵關係很近，考慮這兩個部的元音時，既要注意相近的這一面，又要注意它們畢竟是兩個不同的部，它們的元意應該是音位的不同。
>
> 4. 江永幽宵分部，侯魚分部的根據是弇侈對立，所謂弇，就是舌位高一點；所謂侈，就是舌位低一點。這也是確定幽宵舌位的根據。
>
> 5. 從它們向中古音演變的條件考察，侯部變爲一等侯韻，三等虞韻（部分）。幽宵二部不僅有一等、三等，還有四等，據此也可以推斷它們的上古音的舌位高低。
>
> 據第 1、2.項原則，幽與之近，侯與魚近推斷，幽部的元音應高于侯部。

據第 4.項原則推斷，幽與宵有弇侈之別，幽應高於宵部，因爲幽屬
弇，宵屬侈。侯高於魚部，理由同上。

據第 5.項原則推斷，幽宵二部有四等，應高於侯部。所謂"一等洪大，
二等次大，三四皆細，而四尤細"的原則，在這裏完全用得上。結論：
王力先生的幽宵侯排列法是三種排列法當中最好的一種排列法，這
雖然不是王力先生的創見（江有誥的《諧聲表》就糾正了段玉裁的
宵幽侯排列法而改爲以幽宵侯爲序），但也説明高、董二人對幽宵侯
的排列法認識不深，他們在表面上也是這麼排的，而到擬音的時候，
又把侯提到幽宵之上，結果，實際上否認了幽宵侯排列法的科學性。

由上可知，他們是贊同王力對侯、宵、幽三部的上古元音之擬定。陳新雄《古
音學發微》「古韻三十二部音讀之假定」中，經過詳細論證，認爲侯部元音當爲
〔ɔ〕，與王力同。

丁邦新曾臚列了八家上古音元音系統的擬音（八家包括：李方桂、周法高
師、張琨、余迺永、王力、鄭張尚芳、白一平、蒲立本）並將其分爲三類。他
說：

以上八家的擬音可以分成三類：一類以李先生的音系爲標準，陰聲
字具有韻尾。各家在元音的擬測上稍作增減，個別韻部的韻母略有
不同，大的間架並沒有顯著的差異，這一類包括李、周、張、余四
家。一類以王力的音系爲標準，陰聲字都沒有韻尾。鄭張和 Baxter
（白一平）各自研究的結果有許多相同的地方，尤其在離析韻部方
面，看法非常一致，而兩人的論據卻不相同，很值得重視。另一類
只是 pulley blank 一家，他的元音只有 ə，a 兩種，韻尾卻有許多種
類。我（1975：32）曾指出一般語言的基本元音是 i、u、a 三個，
如果一個語言沒有 i、u 是很不容易取信於人的。〔註87〕

王力的古元音系統中恰好就無 i 元音。現在我們從二方面來探討：一是用已擬
好的元音，看它與其他各部合韻的情形；二是從音變的角度，來觀察它從上古
到中古的演變情形是否合理。

〔註87〕同註 83。

第一方面：陳新雄在〈李方桂先生《上古音研究》的幾點質疑〉一文（見西元 1994 年《文字聲韻論叢》）說：

> 我先把李先生的四元音系統，與各部的搭配列表於下，然後再作說明：

韻尾 / 元音	-g	-k	-ng	-d	-t	-n	-r	-b	-p	-m	-gw	-kw	-ngw
i	ig 支陰	ik 支入	ing 耕	id 脂陰	it 脂入	in 眞	ir ○	ib ○	ip ○	im ○	igw ○	ikw ○	ingw ○
u	ug 侯陰	uk 侯入	ung 東	ud ○	ut ○	un ○	ur ○	ub ○	up ○	um ○	ugw ○	ukw ○	ungw ○
ə	əg 之陰	ək 之入	əng 蒸	əd 微陰	ət 微入	ən 文	ər 微陰	əb 緝陰	əp 緝入	əm 侵	əgw 幽陰	əkw 幽入	əngw 冬
a	ag 魚陰	ak 魚入	ang 陽	ad 祭陰	at 祭入	an 元	ar 歌	ab 葉陰	ap 葉入	am 談	agw 宵陰	akw 宵入	angw ○

> 從上表看起來，李先生 i 類元音與 u 類元音兩行，都留下了許多的空白，使人看起來，在音韻結構上，非常不嚴謹。這且不管，我們以這張元音與韻母的搭配表，來看看《詩經》的押韻是怎麼樣的情形，根據王念孫《古韻譜》，《詩經》的合韻現象是這樣的，歌脂合韻：《玄鳥》協祁、宜、何。歌支合韻：《斯干》協地、裼、瓦、儀、議、罹。歌侯合韻：《桑柔》協寇、可、罟、歌。歌支宵合韻：《君子偕老》協翟、髢、揥、晳、帝。祭脂合韻：《正月》協結、厲、滅、威。祭侯合韻：《載芟》協穀、活、達、傑。元脂支合韻：《新臺》協泚、瀰、鮮。元眞合韻：《生民》協民、嫄。支侯合韻：《正月》協局、蹐、脊、蜴。耕陽合韻：《抑》協王、刑。魚侯合韻：《賓之初筵》協鼓、奏、祖。侯宵合韻：《常棣》協豆、飫、具、孺。據以上例外合輯之例，歌脂合韻、歌支合韻，主要元音為 a 與 i 之別；祭侯合韻、魚侯合韻，主要元音為 a 與 u 之別，支侯合韻，則主要元音為 i 與 u 之別，如此一來，則元音之三極端均可在一起押韻，

聽覺上是否和諧？

第二方面：我們看李方桂將上古脂眞支耕四部主要元音擬爲 i，但是這個 i 元音演變到中古時，卻只在脂部出現了二個 i 元音，*jid＞脂三開 ji（i）；*（w）jid＞脂三合 wi（見《上古音研究》），然而眞部主要元音卻不是 i 而是 ě，所以脂部的這二個 i 元音可能也是有問題的。

從以上兩方面觀察的結果，上古是否非要有 i 來做主要元音，可能尚值得商榷。

但是王力的上古元音系統是否就屬周密？且看王力在《漢語語音史》，頁50 中說：

先秦古韻元部的音值是：

開一寒	an	合一桓	uan
開二刪山	ean	合二刪山	oan
開三元仙	i̯an	合三元仙	i̯uan
開四先	ian	合四先	iuan

刪山本是一韻，元仙本是一韻，所以不必加以區別。其餘各部照此類推。

我們曉得一個韻是不可以無條件分化爲兩個韻的。如果上古刪山同部，則爲何中古會分爲兩韻？其分化的條件爲何？卻未見王力交待。

周法高師曾批評王力之上古擬音說：

至於他假定上古二等韻有介音 e 和 o，可以簡化元音系統；但是如果某部三等有兩個韻類，王氏往往假定其中一個是不規則的例外字，而不替他另外擬音，似乎太隨便了一點。〔註88〕

鄭張尚芳也批評了王力之上古擬音，他說：

王氏在《漢語史稿》十三至十五節說上古韻母的發展時，列了數十條不規則變化（初印本53條，修訂本36條），其實當中極大部分還是構擬上的問題，並非眞是不規則。⋯⋯更重要的是擬音上迴避了

〔註88〕見〈論上古音〉。

至關緊要的「重紐」問題，如「珉民」都擬ǐen，「弁便」都擬ǐan，「喬翹」都擬ǐau。他的系統就不能解釋這類重紐字中古為什麼會產生不同等切的問題。

王力在〈先秦古韻擬測問題〉中說：

十年以來，我一直反複考慮古音擬測的問題。有些地方我自以為有把握，另有些地方我還沒有把握。

的確，上古音擬測的工作是非常艱困的。但是王力也說過：

古音的擬測是以音標來說明古音的系統。這些音標只是近理的假設，並不是真的把古音「重建」起來。但是，即使是假定也要做得合理。（同上文）

然而，擬音的工作要達到「合理」，也是非常不容易的。

至於上古元音系統中有沒有複合元音？在高本漢、董同龢的系統中都沒有複合元音；王力、李方桂都有複合元音。高、董因為已經擬出了那麼多的單元音，並且還有一套陰聲韻的輔音韻尾，因此似乎就不需要考慮複合元音的問題了。反觀，王力則不然，他的主要元音只有六個，又把高本漢給陰聲韻加上的輔音韻尾都去掉了，因此，如果沒有複合元音，他的之部和微部、支部和脂部、魚部和歌部就會發生衝突了。所以王力給微、脂、歌三部擬了複合元音，解決了這個矛盾。

從王力在不同時期所發表的著作來看，他對複合元音的看法是不斷發展的。五十年代出版的《漢語史稿》幽覺、宵沃都是複合元音，分別為əu、au。另外兩個複合元音是脂部的 ei、微部的 əi。而歌部卻不是複合元音，是一個單元音 ɑ。到六十年代初期出版的《漢語音韻》，其他幾個複合元音都未變，只有歌部由單元音 a 變成了複之音 ai 了。因為在《漢語史稿》中，他是把「魚鐸陽」和「歌月元」分為兩個大類的，「魚、陽」的主要元音是 ɑ，「歌、元」的主要元音為 a，二者互不相干，無衝突可言。在《漢語音韻》中他把「魚鐸陽」的主要元音改成了 a，與「歌月元」的主要元音相同，這樣，「陽」、「元」之間，「鐸」、「月」之間的界限可以靠韻尾不同來區別，而「魚」、「歌」之間要怎樣區別？於是他給歌詝也加上 i 尾，使成為複合元音。如此一來，不僅可節省一個音位，並且與收-t 尾相應的陰聲韻都變成了 i 尾韻了。這樣不但就格局來顯

得完整，就音理來說也顯得和諧。到了七十年代後期發表《同源字論》時，關於複合元音有一個重要的改動就是把幽〔əu〕、宵〔au〕的複合元音改爲單之音的〔u〕、〔o〕了。他改掉這兩個複合元音的理由何在？陳復華、何九盈在《古韻通曉》中說：

> 王力先生在《漢語史稿》、《漢語音韻》中將宵部擬爲 au，幽部擬爲 əu，在一定程度上是受了李方桂的影響。但王力要改爲複合元音，使這兩個部都收 u 尾，這是從他自己的元音系統來考慮的。因爲ə、a 這兩元音，前者已用於之職等部，後者已用於魚鐸等部，如不加上 u 尾，就把幽冬和之蒸、微文、緝侵都打通了，把宵藥和魚陽、歌元、葉談也打通了，李方桂正是這麼通著的。對李氏來說，這樣通著，不會發生衝突，因爲他有韻尾的不同來補救，……而對王氏的系統來說，之職與幽覺都作ə、ək，魚鐸與宵藥都作a、ak，這四個部就變得兩兩重疊無法區別了。所以非得加上 u 尾不可。王力先生對這個方案並不滿意，終於在《同源字論》中把這兩個複合元音取消了，幽部的主要元音改成了〔u〕，宵部的主要元音改成了〔o〕，這樣的改動是很必要的。……李方桂的上古元音系統也有三個複合之音，iə、ia、ua。李氏的複合元音無論從結構還是從作用來說，都與王氏的複合元音不一樣。李氏的複合元音只用於四等韻，其中的 i、u 實際上具有介音的特點。如果說，王氏的複合元音是爲了解決部與部之間的衝突，那麼，李氏的複合元音就是爲了解決「等」與「等」之間的衝突。從他們的元音系統來說，這的確也是一個機智的辦法。

總的來說，王力所主張由一部多元音改爲一部只有一個主元音，看來是大勢所趨。至於某一部的主元音到底是什麼，意見雖不盡相同，然而這些都是中國古音學者幾十年努力探討的結果。王力對上古音之擬音，雖然有些地方尚欠周密，但是他的成果是值得肯定的。我們只需抱著積極謹慎的態度，去粗取精，那麼上古音的構擬工作必將日臻完善的。

七、韻尾的問題

依照王力的上古二十九韻部表（戰國時代三十部），可知其韻尾有三種，見

下表：

陰聲		入聲		陽聲	
無韻尾	之部 ə	韻尾　-k	職部 ək	韻尾　-ŋ	蒸部 əŋ
	支部 e		錫部 ek		耕部 eŋ
	魚部 a		鐸部 ak		陽部 aŋ
	侯部 ɔ		屋部 ɔk		東部 ɔŋ
	宵部 o		沃部 ok		
	幽部 u		覺部 uk		冬部 uŋ
韻尾-i	微部 əi	韻尾　-t	物部 ət	韻尾　-n	文部 ən
	脂部 ei		質部 et		眞部 en
	歌部 ai		月部 at		元部 an
		韻尾-p	緝部 əp	韻尾　-m	侵部 əm
			盍部 ap		談部 am

　　一是收-m、-n、-ŋ 的陽聲韻尾，如蒸、耕、陽、東、（冬）、文、眞、元、侵、談等韻部；二是數-p、-t、-k 的入聲韻尾，如職、錫、鐸、屋、沃、覺、物、質、月、緝、盍等韻部；三是陰聲韻部，如之、支魚、侯、宵、幽、微、脂、歌等部。對於陽聲韻尾和入聲韻尾的擬音，學者們基本上是意見相仿。但在陰聲韻尾的擬測方面，則至今尚無定論。大致說來，有兩種看法。一是元音韻尾派，二是輔音韻尾派。元音韻尾派在主張陰陽入三分的前提下，將陰聲韻尾擬為開口音節，入聲韻尾擬為清塞音；如錢玄同、王力、龍宇純師、陳新雄等人屬於這派。輔音韻尾派的主張則是把陰聲韻尾擬測為有塞音韻尾，如高本漢、西門華德、李方桂、董同龢、周法高師、丁邦新等人屬於這派。

　　王力在〈上古漢語入聲和陰聲的分野及收音〉一文中說：

　　　中國傳統音韻學，自戴震以後，即將上古漢語的韻部明確地分爲陰陽入三聲。……若依西洋的說法，陰聲韻就是所謂開口音節，陽聲韻和入聲韻就是所謂閉口音節。

高本漢對於上古韻部的音值擬定，打開了一個新的局面，錄見於下：

〔註89〕

〔註89〕見王先生《漢語語音史》，頁 44～45。

1	元部	ɑn	18	魚部乙（鐸部去聲）	ɑg
2	月部甲（入聲）	ɑt	19	之部甲（職部入聲）	ək
3	月部乙（去聲）	ɑd	20	之部乙（我們的之部及職去）	əg
4	文部	ən	21	蒸部	əŋ
5	物部甲（入聲）	ət	22	耕部	eŋ
6	物部乙（去聲）	əd	23	支部甲（錫部入聲）	ek
7	脂部（包括我們的脂微兩部）	ər	24	支部乙（我們的支部及錫去）	eg
8	歌部甲（果、火、妥、綏、衰、毀、委、此、弭、爾等字）	ar	25	宵部甲（沃部入聲）	ok
			26	宵部乙（我們的宵部及沃去）	og
9	眞部	en	27	幽部甲（覺部入聲）	ôk
10	質部甲（入聲）	et	28	幽部乙（我們的幽及覺去）	ôg
11	質部乙（去聲）	ed	29	冬部	ôŋ
12	談部	ɑm	30	侯部甲（屋部入聲）	uk
13	盍部	ɑp	31	侯部乙（屋部去聲）	ug
14	侵部	əm	32	東部	uŋ
15	緝部	əp	33	魚部丙（我們的魚部）	o
16	陽部	ɑŋ	34	侯部丙（我們的侯部）	u
17	魚部甲（鐸部入聲）	ɑk	35	歌部乙（我們的歌部）	ɑ

　　王力在《漢語語音史》，頁46～48 中批評高氏的陰聲韻部的擬音，他說：

　　高本漢另有一種巧妙的擬測，他把之支宵幽四部的字都擬成入聲字，平上去聲擬測爲-g，入聲擬測爲-k。我們知道，漢語音韻所謂入聲字，是收塞音韻尾的，無論是-k、-g、-t、-d、-p、-b，都該認爲是入聲字。這樣，高本漢不但不同於審音派，而且不同於考古派。考古派不承認這四部入聲獨立成部，甚至不承認這四部有入聲，而高本漢正相反，他把這四部全都歸到入聲韻部裏去，這在傳統音韻學是格格不入的，而且是不合理的。

　　高本漢魚侯兩部各分爲三類。……陸志韋、董同龢都批評了高本漢的不徹底，他們把高本漢的魚部甲乙兩部併爲一部，一律擬測爲ag，侯部甲乙兩部併爲一部，一律擬測爲 ug。徹底是徹底了，但是更加不合理了。據我所知，世界各種語言一般都有開音節（元音收尾）和閉音節（輔音收尾）。個別語言（如哈尼語）只有開音節，沒

有閉音節；但是我們沒有看見過只有閉音節。沒有開音節的語言。如果把先秦古韻一律擬測成爲閉音節，那將是一種虛構的語言。高本漢之所以不徹底，也許是爲了保留少收開音節。但是他的閉音節已經是夠多的了，仍舊可以認爲是虛構的語言。

高氏以爲脂微既收尾於-r，歌部甲也應收尾-r。這些論據都是很脆弱的。現在我們把脂微歌三部擬測爲-i 尾，-i 是舌面元音，不是也可以和舌面-n 尾對轉嗎？

王力在〈上古漢語入聲和陰聲的分野及收音〉一文中更是詳盡的批評了高本漢所擬的上古音值。並且對西門的上古擬音亦有所評，他說：

> 西門的主要觀點和高本漢相同，但是他比高本漢更徹底。在他的〈關於上古漢語輔音韻尾的重建〉裏，他不但把之幽宵支脂微等部都重建成爲入聲韻部，而且連魚侯歌三部也重建爲入聲了，於是造成了「古無開口音節」。西所擬的上古入聲韻尾是-ɣ、-ð、-β 和-g、-d、-b 對立，他否認上古漢語和中古漢語有清塞音韻尾-k、-t、-p。

王力認爲，高本漢的-g、-d 學說有個很大的缺點，就是破壞了陰陽入三分的傳統學說。他在〈上古漢語入聲和陰聲的分野及收音〉一文中更將他的看法，總結爲四個要點：

> （1）在上古漢語裏，每一個陰聲韻和它的入聲韻部的關係都應該是一樣的，我們不能像高本漢那樣，把它們割裂爲四個類型。〔註90〕……從史料上看，這是沒有根據的。

> （2）如果依照高本漢的原則，凡陰聲和入聲在諧聲和押韻上稍有牽連，即將陰聲字改爲閉口音節，那麼邏輯的結論不應該是高本漢自己所得的結論，而應該是西門所得的結論或類似的結論，這就是說，完全否定上古漢語的開口音節。……語言必須具有開口音節，這是從世界語言概括出來的結論，也就是客觀存在著的語言本質的特點之一。

〔註90〕第一類是之幽宵支四部及其入聲，一律收塞音（-g、-k），第二類是魚侯兩部及其入聲，一半收元音，一半收塞音（-o、-u、-g、-k），第二類是指微兩部及其入聲，收顫音和塞音（-r、-d、-t），第四類是歌部及其入聲，一大半收元音，一小半數顫音（-a、-ar）。

（3）從整個語言系統來看，上古漢語的陰陽入三聲是有機地帶關係
著的，同時又是互相區別的。在史料上，陰陽入的通轉體現著有機
聯係的一方面；但是，我們並不能因此泯滅了它們之間的界限。我
們必須辨證地處理諧聲和押韻的問題，區別一般和特殊，然後不至
於在紛繁的史料中迷失方向。

（4）漢語韻尾-p、-t、-k 是唯閉音，不但現代閩粵等方言如此，中
古和上古也莫不如此。它們和西洋語言閉口音節的-p、-t、-k 不同。
西洋語言閉口音節的濁尾-b、-d、-g 和清尾-p、-t、-k 由於完整的破
裂音，所以清濁兩套能同時存在而且互相區別；漢語閉口音節的清
尾-p、-t、-k 由於是唯閉音（不破裂），所以不可能另有濁尾-b、-d、
-g 和它們對立，即使清尾和濁尾同時存在也只是互換的，不是對立
的。因此，高本漢所構擬的清尾和濁尾對立的上古漢語是一種虛構
的語言，不是實際上可能存在的語言。

根據丁邦新〈上古漢語的音節結構〉一文中說，Pulley-blank 曾指出老 Mon 語
沒有開尾音節，但是有人懷疑；據李方桂和李壬癸的調查，邵語在語音上是沒
有開尾音節，元音之後總有一個喉塞音，只是在音位上可以不必辨認而已。再
如藏語只有一套-b、-d、-g 韻尾，而無-p、-t、-k。因此，它們可說是同一音位，
-b、-d、-g 便相當於-p、-t、-k。所以如果能找到像漢語一樣有-p、-t、-k 和-b、
-d、-g 清濁對立的語言，才能再深入探討此問題。

王力總結的這四點，確實是詳盡而有說服力的分析與批評。

李方桂在《上古音研究》，頁 33 中說：

古韻學家往往把古韻分爲三類：陰陽入三類，其實陰陽韻就是跟入
聲相配爲一個韻部的平上去聲的字。這類的字大多數我們也都認爲
有韻尾輔音的，這類的韻尾輔音我們可以寫作*-b、*-d、*-g 等。但
是這種輔音是否是眞的濁音，我們實在沒有什麼很好的證據去解決
他。現在我們既然承認上古有聲調，那我們只需要標調類而不必分
辨這種輔音是清是濁了。

由上，可見出李先生在這個問題上似乎有些搖擺，因爲只要標調類，是否
意味 g/k、d/t、b/p 可以爲一？但何以後來平、上、去則變爲開尾？可見這也是

行不通的，仍當以陰聲原本便是開尾的好。

　　唐作藩在〈對上古音構擬的幾點質疑〉〔註91〕一文中批評李方桂，在擬測上古韻尾時未十分考慮「音韻至諧」和漢語的實際，他說：

> 李先生構擬的上古音節結構中，除了聲母和介音，韻尾更爲複雜，陰聲韻各部也全都帶有塞音韻尾，和陸志韋先生一樣，比高本漢還有所發展。例字中沒有一個是元音收尾的。這是我們學習起來感到最難理解的。李先生在構擬上古元音系統時，特別注意考慮「應該互相押韻」，「可以解釋押現象」，這就是説，要重視漢語的實際，要注意詩歌押韻的特點。在擬測上古韻尾的時候，李先生似乎並沒有十分考慮「音韻至諧」和漢語的實際。

鄭張尙芳在〈上古音構擬小議〉一文中，〔註92〕也批評了李方桂上古陰聲韻尾之擬音，他說：

> 李先生的韻尾系統較爲複雜，認爲陰聲韻不是開尾韻，也有輔音韻尾，用濁塞尾作爲陰聲韻的標記，跟收清塞尾的入聲相對。……連感嘆「烏乎哀哉」都要 ag、hag、əd、tsəg 一路頓促説，不鬆暢是使人懷疑的。尤其漢語的塞尾是唯閉音，並不爆發，b：p，d：t，g：k，等尾在那麼短暫的持阻中又能有多少差別呢。……我認爲……像王力先生那樣改爲元音或半元音的好。

董同龢之陰聲韻除了歌部外，其餘也都有輔音韻尾。他在《漢語音韻學》，頁268～269 中說：

> 現在大家都同意，暫且假定切韻時代收-t 的入聲字在先秦原來就收 *-t，和他們押韻或諧聲的祭微脂諸部的陰聲字，大致都收*-d；切韻時代收-k 的入聲字，在先秦原來就收*-k，和他們押韻或諧聲的之幽宵侯魚佳諸部的陰聲字部都收*-g。*-d 與*-g 到後代或消失、或因前面元音的影響變爲-i 尾複元音的 i，或-u 尾複元音的-u，*-t 與*-k 則仍舊。所以如此，就是因爲從一般的語言演變通例看，濁輔音韻尾

〔註91〕見《語言學論叢》第十四輯，頁 35～36。
〔註92〕見註91，頁 40。

·129·

容易消失或變元音，清輔音韻尾則容易保持不變。……切韻收-p 的入聲字，在古代韻語裏都自成一個系統。……凡與-p 尾入聲字接觸的陰聲字，最初還有一個脣音韻尾，今擬作**-b。……**-b、-d、-g 之外，古韻語裏還有一個舌尖韻尾的痕跡。……那個韻尾現在訂作 *-r，在語音史中，-r 完全失落的例子是很多的。

陳復華、何九盈在《古韻通曉》一書頁 457 中說：

古代漢語陰、陽、入三種韻尾，經過幾千年的演變，-m、-n、-ŋ 和 -p、-t、-k 現在都能找到痕跡，而且有的方言還完整地保存著，爲什麼唯獨-b、-d、-g 尾就沒有留下任痕跡呢？高本漢和董同龢有過一個解釋：那就是所謂「濁輔音韻尾容易消失或變元音，清輔音韻尾則容易保持不變」。高本漢還舉出他瑞典的方言 bed 變 be，而 bet 始終讀 bet 爲例。在我們看來，這種解釋也不一定可靠。因爲-b、-d、-g 是濁輔音，-m、-n、-ŋ 也應算濁輔音，爲什麼-m、-n、-ŋ 又不容易消失呢？

陳、何兩氏所提的問題，「-m、-n、-ŋ 也應算濁輔音，爲什麼-m、-n、-ŋ 又不容易消失？」這似乎不是一個好的反證，因爲-m、-n、-ŋ 是次濁音，並且屬於舒聲，它很少丟掉，只有-m 變爲-n，或變爲鼻化元音。而-b、-d、-g 則是全濁的促聲，因此用這種例子來說明，並不合適。

周法高師在〈論上古音〉中曾說：

王力的擬音可以說是別具一格的，是具有革命性的。……首先，他反對-d 尾和-g 尾的假定，認爲上古音的開尾韻不應該這樣貧乏是有其道理的，而且-d 尾和-g 尾對於中國人未免太不習慣了。

可見周師對王力這一點，基本上是贊同的。

王力的陰聲韻尾擬爲元音韻尾，最受人批評的就是如周法高師所說：

他（慧按：指王力）把之部標作 ə，而和職部的 ək 在詩經和諧聲系統中可以通用，並且和蒸部的 əŋ 爲陰陽對轉。我們要問：ə 爲甚麼不和緝部的 əp 通用，並且不和侵部的 əm 對轉呢？ [註93]

〔註93〕見《論上古音》。

丁邦新在〈上古漢語音節結構〉一文中，〔註94〕亦批評王力的開尾韻說：

> 王力的系統最特別，陰聲字全部是開尾韻。他認爲「同類的韻部由
> 於主要元音相同，可以互相通轉。」這一句話是他最重要的論點，
> 我認爲有三個反面的理由使人無法接受這一種觀念。第一、什麼是
> 同類的韻部？在 ə、ək、ət、əp 之中有什麼語音上的根據，可以證明
> ə 跟 ək 同類？而不跟 ət，əp 同類？第二、即使承認 ə 跟 ək 同類，
> 主要元音相同是否能通轉是一個問題；能通轉是否就能押韻又是另
> 一個問題。第三、純從語音上來說，如果 ə 眞可以跟 ək 押韻，實在
> 找不出任何理由說 ə 不可以跟 ət、əp 押韻。

關於這類問題，王力在〈上古漢語入聲和陰聲的分野及收音〉一文中曾談過，
他說：

> 爲什麼 ə（之部）有時候和 ək（職）押韻，但是從來不和 əi，ət（微、
> 隊）押韻呢？那也很容易了解：之部 ə 的發音部位和微部的 ə 的發
> 音部位有所不同。前者發音部位較低，較後（可能是個 ɜ，所以有
> 時候和 a（魚部）押韻；後者發音部位較高、較前，所以有時候和
> ei、et（脂、至）押韻。

丁邦新在〈上古陰聲字具輔音韻尾說補證〉一文中說：

> 東漢以前陰聲字跟-k 尾和-t 尾的入聲都有押韻的關係，但魏晉以後
> 跟-k 尾入聲字押韻的現象完全消失，只有「脂祭皆泰」各部的去聲
> 字還有-t 尾入聲有相當密切的來往，因此認爲上古陰聲字都具有
> 輔音韻尾，這些韻尾的消失有先有後，最晚的部分去聲字的-d 尾，
> 到南北朝時代還跟-t 尾字押韻。

倘如丁氏所言，陰聲字的輔音韻尾消失有先有後，則爲何其元音皆爲相同？反
觀中古的入聲韻尾消失變爲國語韻母時，它的主要元音皆因韻尾的消失而改
變。（慧按：胡安順〈長入說質疑〉一文中曾指出。參見本論文之頁 209）由此
可知丁氏此種說法仍非圓滿無缺。

　　龍宇純師在〈上古陰聲字具輔音韻尾說檢討〉一文 〔註 95〕 後記中有更詳盡

〔註94〕 見《史語所集刊》第五十本，頁 727。

的解釋，龍師說：

> 至於說何以 ə 只與 ək 押韻而不韻 əp、ət，很可能是由於發 ə 音時口
> 腔通道或口型近於 ək 而不近於 əp，ət。但更重要的是千萬不可忽略，
> ə 所以與 ək 協韻，不是因為兩者間具有當然協韻的主要條件，而是
> 因為去聲的 ə 與 ək 可能又具備了調值相同的次要協韻條件，以致形
> 成了表面上是 ə 與 ək 的協韻，骨子裏卻可說並不包括讀 ə 的平上聲
> （請注意中古的平上聲之和差不多是去聲的三倍）。所以如只就韻母
> 本身而言，不涉及調值的同異，即但論協調的主要條件，不論其次
> 要條件，ə 與 ək 的相協，本非當然現象，嚴格說應該借用清人所創
> 的「通韻」一詞來稱述，這也是同仁所顧慮的像 əi、ət、ai、at 能否
> 構成良好押韻的地方。再說 əp、ət 之所以不與 ə 協，我的了解應該
> 不是因為其間不具協韻條件，「不協」的內涵可能只是「不見協」，
> 不具當然協韻條件的而不見其協韻，自不宜以此相責；且如魚部的
> 陰聲字，既同時與 ak 及 ap 諧聲協韻，在此一問題上，豈不正是足
> 以讓我們釋然於心的？

龍師用發 ə 音時，口腔通道或口型近於 ək，而不近於 əp、ət，來作為解釋「十
數年前洋人指責王力擬音者」〔註96〕的理由之一，確實令人耳目一新。

陳新雄在《古音學發微》一書頁 984～985 中亦申明了他不贊成陰聲諸部有
-b、-d、-g 韻尾。他說：

> 本篇分古韻為三十二部，即將入聲與陰聲韻部截然分開，所以分開
> 之理，全篇中已不止一次申述之矣，而最大原因亦即不主張陰聲諸
> 部有-b、-d、-g 之韻尾。因為陰聲諸部若收濁塞音韻尾-b、-d、-g，
> 則與收清塞音-p、-t、-k 韻尾之入聲相異，不過清濁之間，則其相差
> 實在細微，簡直可將陰聲視為入聲，如此則陰入之關係當更密切，
> 其密切之程度當有如聲母之端 t 透 t'定 d'，見 k 溪 k'群 g'，幫 p 滂
> p'並 b'之視作古雙聲之可互相諧聲，然而不然，陰入的關係並不如
> 此密切，廣韻陰聲之去聲，為古韻入聲部所發展而成，關係密切除

〔註95〕見《史語所集刊》第五十本第四分，1979 年。

〔註96〕見註 95。

外，廣韻陰聲之平上聲與入聲之關係，實微不足道。若陰聲收有-b、
-d、-g 韻尾，平上去與入之關係當平衡發展，相差不至如此之大，
易言之，即陰聲之平上聲與入之關係亦當如去入之密切。今既不然，
可見收-b、-d、-g 韻尾一說，尚難置信。

龍宇純師在〈上古陰聲字具輔音韻尾說檢討〉一文中，說明陳先生的這個論點
「極具巧思」。龍師此文發表於西元 1979 年，可說是繼王力西元 1960 年發表的
〈上古漢語入聲和陰聲的分野及收音〉一文後，關於陰聲韻不具輔音韻尾說最
詳盡的專文討論。茲擇要敘述如下：

（1）從根本上講，個人以為上古陰聲字具輔音韻尾之說，只是導源
於對中古音的不正確了解。……蓋其先誤認中古入聲獨配陽聲，不
配陰聲。及見上古入聲與陰聲有關，以為現象特殊，而又未能分辨
此所謂陰聲其實多是去聲，涉及平上聲的為數甚少。……究其實，
陰聲字具輔音韻尾說，並無任何屬於上古時代的直接證據，而中古
入聲亦非配陽聲不配陰聲。

（2）假令陰聲字具有-b、-d、-g 尾，則與收-p、-t、-k 的入聲韻母過
於相近，具備了當然協韻的主要條件，其去聲固因調值同於入聲而多
協，其平上二聲與入聲間亦因調值差異不甚構成協韻的阻力，而應當
出現近乎去與入協韻的實例。……今既平上去三聲與入聲間韻例形成
絕對差異，此說所包含的重大缺陷，便已明若觀火，無法掩飾。反之，
陰聲字無輔音尾，則與入聲韻有開塞之異，不具當然協韻的主要條
件，雖然非不可協韻，終當屬不經見的特殊現象。但亦假定去與入同
調值，則去入間因又具次要協韻條件與平上二聲不同，便可以形成去
與入獨多協韻的情況，而正可以解釋平上去三聲與入聲間韻例之所以
多寡懸殊。是故以陰聲字具不具輔音尾兩說相較，顯是後者有足以稱
道的地方。其次從可以音轉者而言：陰、入聲字既可以在某種固定範
圍內互轉，則實際語言中由於時空因素的影響即使在上古時期，一字
同時兼具陰入二讀的可能是不容置疑的，情況特不若後世之複雜廣泛
耳。更由於切韻之音不過是陸法言等人捃選的「精切」，被其削除的
「疏緩」正不知凡幾。以經典釋文較廣韻，一字在釋文中具陰入二讀

而不爲廣韻兼收備蓄的，或恐不勝枚舉。……因此，自切韻看來爲陰入通協的韻例，未必不是陰或入聲的自爲韻。

（3）古書中有一些所謂「徐言有二，疾言有一」的雙音節詞合音爲單音節詞的現象，也可以幫助我們辨認-b、-d、-g尾說的優劣是非。假定上古陰聲字帶-b、-d、-g尾，爲-p、-t、-k之濁音，其發聲之用力程度較-p、-t、-k爲強，亦即其阻塞作用較-p、-t、-k爲甚，更難使一二兩音節結合發展而爲單音。此雖不敢說便是上古陰聲字不具-b、-d、-g尾的鐵證，至少說上古陰聲字不具-b、-d、-g尾較具-b、-d、-g尾之說爲有利。-b、-d、-g尾之爲物，既純然爲一假設，便沒有堅持的理由。

（4）各陰聲部若附以不同的輔音韻尾，即等於桎梏了一個陰聲部可以同時和一個以上不同韻尾的陽或入聲相轉的能力……。因爲收-d的陰聲自然只能配收-n的陽聲和收-t的入聲，沒有理由又可以和收-m收-ŋ的陽聲或收-p收-k的入聲相配。同理，收-g的陰聲也只能與收-ŋ的陽聲和收-k的入聲相配，而不可能又配收-m收-n或收-p收-t的陽、入聲。反倒是不帶任何輔音尾的陰聲，因爲是中性的，只要在元音相同或極近的條件下，既可以配甲又可以配乙，而沒有一定的限制……。

龍師的以上四點看法，都有著堅強的例證支持（本文中省略了）。雖然王力首先修正了高本漢陰聲韻部具有輔音韻尾的說法，這確實是功不可沒；然而龍師詳贍的闡發，更是充實與堅定了王力的說法。

郭錫良在〈也談上古韻尾的構擬問題〉一文中說：〔註97〕

高本漢要把陰聲韻擬成帶有*-b、*-d、*-g、*-r，正是因爲看到了陰聲韻與入聲韻（或陽聲韻）通押的情況。他以爲*-b、*-d、*-g和*-p、*-t、*-k相押（或者*-r與*-n相押）會和諧一些。正如王力先生所指出的，這樣一來，有兩點說不通：一是上古漢語的開音節太少了，這是不合語言的一般事實的；二晃漢語中沒有留下一點*-b、*-d、*-g

---

〔註97〕見註91，頁23～24。

的痕跡，這也是不可思議的（慧按：據龍宇純師告知，集韻屋韻渠竹切收株、菜、裘三字，義與其平聲讀法相同，主張-b、-d、-g尾的學者如果見到，也許會用來證明其平讀原為-g尾，或者說此讀從-g尾變來，或甚至說仍是-g尾讀法，而隨近歸入-k尾，但無論如何，都有其缺陷在，或產生不利-b、-d、-g尾說的問題，實際並不能作這樣的解釋。）其實，還應該指出：漢語的入聲韻尾*-p、*-t、*-k是一種唯閉音，只在元音之後構成這種發音的姿勢，並不破裂。*muk（唯閉音）與*bju相押並不見得比*muk與*bju相押更不合理。就算*-uk與-ug相押比唯閉音的*-uk與-u相押更和諧一點，可是正如我們上面已經指出的，還有*-ŋ、*-n相押，*-ŋ、*-m相押，*-k、*-p相押，*-t、*-p相押，那不是更不合理嗎？高本漢勉強解決了陰入通押的矛盾，可是卻忘記或者忽視了其他的通押現象。

當然，高本漢還可以提出一個理由：陰入通押的現象很普遍，而其他通押的例證很少。只就陰入通押的情況來看，高本漢也是把問題搞混亂了。因為他是把平上去三聲的字同入聲相對立。正如王力先生指出的「根據段玉裁古無去聲的學說，十分之九以上的去聲字都應該屬於上古入聲（閉口音節），那麼入聲和陰聲押韻的情況就很少了。

關於陰入通韻的問題，何九盈在〈上古音節的結構問題〉一文〔註98〕中有將之、幽、魚、宵、支、侯等六部分別做過統計。總計這六部的入聲字為249個，陰入通韻的入聲字為74個字，占33.6%。這個陰入通韻的比例看似很大，但何氏亦有他的解釋與論證，茲擇要錄於下：

陰入通韻的入聲字占到三分之一，比例的確不小，這種現象應當怎麼解釋呢？陰入通韻的實際情形是否有如此嚴重呢？我覺得這要從多方面來找原因：

第一：有的陰聲字原本有可能是入聲字。……

第二：有的入聲字可能有兩讀。……

第三：還有的陰入通韻涉及到歸字和韻例的問題。……

〔註98〕見註91，頁30～32。

看來，徹底弄清詩韻中陰入通韻的情形，的確是研究上古音節結構的癥結所在。

又陳復華、何九盈在《古韻通曉》，頁 456～458 中，對此問題，亦提出他們的看法與理由。他們說：

把上古漢語陰聲韻中那些人為的輔音尾巴砍掉，既是古音構擬中的一場革命，同時又是還上古漢語以本來面目，我們贊同這一派的主張。

茲將其理由擇要摘錄於下：

（1）沒有開口音節的語言是不可思議的語言。……拿漢語本身來說，從《切韻》音系到現在各地的方言，有哪一個音系的韻母是完全沒有開口音節的呢？這樣一種特殊的語言偏偏在上古漢語裏存在，豈不是大大的怪事一樁嗎？其實這種常識性的問題，人們並不是不知道，可是到了實際做的時候，有的人卻往往要走違心的路。如陸志韋先生……用他自己的話說，「我們的結論盡管是不近情的，然而這樣的材料只可以教人得這樣的結果。」這裏，人們不妨要問，這樣的研究，到底是為了說明什麼呢？

研究上古音，固然應從諧聲與詩文押韻入手，但也不可不論實際的語言情形。

（2）我們絲毫不反對在研究漢語的上古語音時，利用和漢語有同源關係的少數民族語音材料，的確，這些材料是值得重視的。但是，我們也認為，研究漢語的歷史語音，少數民族語音材料只能作為旁證，決不能喧賓奪主。否則，就會像西門華德一樣，把大家公認的上古入聲收清塞音-p、-t、-k尾（考古派例外），而偏要別出心裁的用藏語來證明它們是收濁塞音-b、-d、-g 尾。根據這條理由，我們覺得輔音韻尾派用以證明上古漢語陰聲韻是輔音韻尾的論據是不可靠的。實踐是檢驗真理的唯一標準，大家只要把輔音韻尾派構擬的那些-b、-d、-g、-r尾字，拿到全國各地漢語方言裏去檢驗一下，看看哪一種方言留下過這種痕跡，就很清楚了。

李方桂在《上古音研究》，頁 36 中說：

現在我再簡單的談談唇音韻尾*-b 等。從詩經的用韻看起來葉部緝部等收*-p 的字已沒有與收*-b 字的字押韻的現象，所以收*-b 的字都是從諧聲偏旁擬定的。其中確有不可置疑的字，如入 nʹzʹjəp：納 nap：內 nuai 等。這不僅是諧聲字而且是語源上有關的字。但是在詩經的用韻上內字已跟舌尖韻尾的字押韻了，如大雅抑，四章寐 mi：內 nuai，因此我們可以說諧聲字代表較古的現象，到了詩經時期*-b 已經都變成*-d 了（也許有少數變*-g 的例子存疑）。

董同龢在《漢語音韻學》，頁 269 中說：

> 現在大家都承認，諧聲字表現的現象，一般比詩韻表現的要早，所以我們說**-b 尾只存在於諧聲時代，到詩經時代變爲*-d。關於「內」，我們更假定他由**nuəb→nuəd 是**-b 受〔u〕的異化作用的結果。

由上可知李、董兩位先，對於**-b 尾的看法大致相同。

張清常〈中國上古*-b 聲尾的遺跡〉一文中，[註99] 依次敘述了高本漢、羅常培、西門華德三位對上古音應該有*-b 尾的說法，並且舉出了二十條例證，再將這些例證匯列標音，用來證明上古有*-b 尾的說法。

龍宇純師在〈上古陰聲字具輔音韻尾說檢討〉一文中說：

> 內立二字兼具陰入二讀，意義相關而並不相等，內字二讀聲母相同，立字二讀則聲母無關，結合這幾點來看，內字的二讀極可能由於音轉，即不帶輔音韻尾的陰聲轉成了收-p 的入聲，或是收-p 的入聲轉而爲不帶輔音韻尾的陰聲，而意義上又略有變化；或者即爲了意義的改變而改讀陰聲爲入聲，而其所以收音爲-p，此則爲偶然約定現象，也可能與入聲字的讀音有關，其詳不可得說。立字的二讀，如果不向複聲母去附會，便當與月夕、帚婦等相同，由同一符號代表意義相關的兩個語言，本不屬聲韻學上的問題；後來陰聲的一讀加上人旁而形成累增的位字。至於世與枼，兩者聲母雖不同，但相關，諧聲字如式與弋、始與台都可爲說明，意義又復相等，其情況極可

〔註99〕見其《語言學論文集》，頁 1～35。

能亦爲音轉；而其後入聲一讀增加意符木或竹形成繁體（即累增字）的枻、笹，詩經的葉字則可能是同音通假，也仍可能是累增字。

總之，從內、立、世等字實際情況看來，-b尾之說既不能解釋任何現象，且處處碰壁，可見這是幾種輔音尾假說中包含問題最充分的一個。

龍師又於〈再論上古音-b尾說〉一文〔註100〕中補充前篇〔註101〕之說法，並且更深入的討論這個問題。他說：

> 考-b尾之說，本是-g尾-d尾的延伸，如其先沒有-g尾-d尾說的構想，-b尾的構想恐怕無自而生。今-g尾-d尾說既大有可商，而與緝、葉兩部字諧聲者，除緝、葉、侵、談之字外，不僅不以脂微祭三部陰聲字爲限，且不以陰聲字爲限，-b尾之說非但於上古音韻結構上不能有所建樹，反使原本並無問題的局面形成無端的困擾。而學者所憑以建立-b尾說的依據，有的或並非諧聲字，或雖爲諧聲字其時代則不在詩經之前，又且不得如內、立之字可作如上的解釋，有的甚至涉及錯誤的說解或錯誤的寫法，在在顯示-b尾說之不切實際。

龍師並在文中，將說文中所有緝、葉兩部與緝葉、侵談以外各部相互諧聲之字完全列出，然後加以檢討，共計有翊、昱、喂、濇、納、軜、眔、褱、罧、鰥、摯、埶、鋈、轚、鷙、鷔、埶、瞽、摯、習、瞀、嚳、枼、媟、揲、渫、荔、珕、瘱、瘞、盍、蓋、狧、肽、翬、簫等三十六字。龍師對這三十六字皆有詳細精湛的分析、解釋。

總之，由諧聲字言-b尾，實際一無積極證據或堅強理由可以支持此說，卻有不少有力的反證。過去學者只是偶然接觸到往來於-p、〔d〕之間的諧聲行爲，以爲情況特殊必須解釋，於是蒐集了一些表面看來爲平行現象的字例，便提出了詩經以前諧聲時代曾有-b尾的學說。殊不知與-p尾字發生諧聲行爲的特殊現象，原不以〔-d〕尾字爲限，既別有-p與-k、-t的互諧，依一般了解且有-p與〔-g〕的互諧，顯然應與-p、〔-d〕的接觸連結一起，作通盤考察，然後庶幾可望獲知其眞實背景。然而學者所注意到的不僅只是屬於p與〔-d〕交往的諧聲

〔註100〕見《台大中文學報》創刊號，1985年。
〔註101〕指〈上古陰聲字具輔音韻尾說檢討〉一文。

字，即此諧聲之字亦只是依據說文，而不曾深入探討，以瞭解各別字的實際情況。如此這般的-b 尾，自是不具客觀基礎。最後總結一句，古漢語曾否有過-b尾的問題，渺遠難稽，無從回答。但如果說說文若干諧聲字表示諧聲時代有過-b 尾，在我看來，實在一無憑證。

總結上文，對此問題（指陰聲韻韻尾問題）的不同兩派說法（即元音韻尾派與輔音韻尾派），都各有根據，並能自成一家之言。但是詳細的比較與深思後，不論從音理來看，或從實際的語言來考慮，（慧按：陳新雄說：「原先王力在《漢語音韻》裡加上兩個元音韻尾-i 和-u，連歌部也認為有-i 韻尾，是否也照顧到了陰聲韻有輔音韻尾說的特質。」陳先生並進一步的分析說：「從高本漢的-g跟西門華德的-ɤ 是同樣的發音部位，別的人用的是-w，與-ɤ 也很相近，是濁的半元音之類，到了王力先生變為位置相近的-u，所以用元音的-u 來代替-g 有何不可；再者高本漢的-d 與西門華德的 ð 都是舌尖濁擦音，而-j 也是舌面中的濁擦音（半元音），再變為王力先生的-i，所以用元音-i 來代替-d。-u、-i 具備了-g、-d 之功用，而無-g、-d 之缺點與矛盾。況且-g、-d 又與我們的-k、-t 衝突。西藏只有一套-b、-d、-g，我們只有一套-p、-t、-k，所以有入聲的人只有一套。」）都對王力的去掉陰聲韻輔音韻尾的看法認為是革命性的創見，值得在漢語語音史研究的歷史上大書而特書。

第三節　上古聲調部分

一、王力對前人上古聲調說之批評

在《漢語語音史》，頁 68 中，王力曾批評了八種前人有關先秦聲調的說法，並提出了自己的看法，現在就逐一地節錄如下：

（1）陳第的古無四聲說

陳第說：「四聲之辨，古人未有」。這種議論是站不住腳的。《詩經》一般都是以平協平，以上協上，以入協入。偶然以平上相協，那只是平上通押，像元曲和今天的曲藝一樣。

（2）顧炎武的四聲一貫說

所謂四聲一貫，就是四聲通押。通押的說法是可以成立的，但是我們得承認

古有四聲，並且得承認在《詩經》裏，以同聲相押爲常規，以異調相押（通押）爲變格。（慧按：顧氏的四聲一貫，實際上是主張字無定調，所以一個字可以根據需要讀成幾個聲調，並且主張四聲可以通轉。）

（3）江永、江有誥的古有四聲說

此說和四聲一貫說不同。它不強調通押，而強調常規。江永說：「四聲雖起江左，按之實有其聲。平自韻平，上去入自韻上去入者，恆也。亦看一章兩聲或三、四聲者，隨其章諷誦詠歌，亦自諧適，不必皆出一聲。」江有誥起初也認爲古無四聲，後來他走另一個極端，不但承認古有四聲，而且基本上否認通押。他以爲，《詩經》除兩處外，用韻都是同調相協，絕對沒有異調通押的情況。……江有誥關於古四聲的議論是錯誤的，是不合邏輯的。他不是用歸納的方法，而是用演繹的方法考古四聲。他先假設一個大前提：上古韻必須同調相協，然後得出結論說，如果用今音讀來不是同調相協，那麼必然是那字在古代另有某調。他的大前提是站不住腳的（上古韻文可以有異調通押的情況），他的整個結論都將被推翻。按照他的原則來推斷古聲調，那就有很大的偶然性：假如他們根據的材料少，一字數調的情況就會少；假如他所根據的材料多，一字數調的情況就會多，怎能得出正確的結論呢？……江有誥舉了許多一字三聲的字，差不多等於四聲一貫，表面上承認古有四聲，實際上是說每字古無定聲。

（4）孔廣森的古無入聲說

孔廣森是曲阜人，爲方音所囿，以致斥入聲爲吳音，此說顯然是不合理的，不必詳加討論。

（5）段玉裁的古無去聲說

在諸家之說中，段玉裁古無去聲說最有價值。……可以認爲是不刊之論。只是需要補充一點，就是上古有兩種入聲，即長入和短入。

（6）黃侃的古無上去兩聲說

黃侃的論據並不充分。段玉裁《詩經韻分十七部表》中，有六部是有上聲的。確鑿可據。黃侃說上古只有平入兩聲，等於否認有聲調，因爲入聲字和平聲字的差別只是有無塞音韻尾的差別，並不就是聲調的差別。古無上去兩聲的

說法是不能成立的。

（7）王國維的五聲說

王氏把韻類與調類混為一談是不對的。陽聲與陰聲是韻類，平上去入是調類，不能混為一談。（慧按：王國維曰：「古音有五聲。陽類一，與陰類之平上去入四，是也。」）

（8）陸志韋的長去短去說

陸氏的結論和我的結論有很相似的地方。他把去聲分為兩類：一類是促音（短去），來自入聲；另一類是舒聲（通平上聲），來自平上聲。這是完全正確的。但是他的結論和我的結論也有不同之點。第一，他認為上古有兩種去聲（長去、短去），我認為上古沒有去聲（依段玉裁說）；第二，他認為上古短去聲通入聲是因為音量相像，我的意見正相反，我認為上古入聲有兩種，一種是長入，其音較長，後來變為去聲；另一種是短入，其音較短，直到今天許多方言裏還保存這種促音。

王力是在總結前人研究成果的基礎上得出新的結論，他贊成段玉裁「古無去聲」的說法，並將其說譽為「不刊之論」，並且認為上古也有四個調類，但和中古的平、上、去、入四聲不同。

二、王力對上古聲調之看法

王力在《漢語史稿》中〔註102〕談到他對於上古聲調區分的理論根據是這樣說的：

> （1）依照段玉裁的說法，古音平上為一類，去入為一類。從詩韻和諧聲看，平上常相通，去入常相通。這就是聲調本分舒促兩大類的緣故。

> （2）中古詩人把聲調分為平仄兩類，在詩句裏平仄交替，實際上像西洋的「長短律」和「短長律」。由此可知古代聲調有音長的音素在內。

在《漢語史稿》第十六節裏（頁 102～103），王力談到中古的去聲字有兩個來源，他說：

〔註102〕見第十一節上古的語音系統，頁 65。

第一類是由入聲變來的，例如「歲」字，依廣韻該讀去聲，但是詩
經豳風七月協「發、烈、褐、歲」……可見「歲」字本是一個收-t
的字，屬入聲……。第二類的去聲是由平聲和上聲變來的，特別是
上聲變去聲的字多些；上聲之中，特別是濁音上聲的字多些。……
試舉「濟」字為例，直到第五世紀，「濟」字還只有上聲一讀，廣韻
裏變為上去兩讀了，後來更變為有去無上了。又試舉「慶」字為例。
詩經裏凡用為韻腳的「慶」字沒有一個不是和平聲字押韻的。……

在《漢語音韻》（西元 1963 年）頁 179～180 中，他對上古聲調的結論是：

上古陰陽入各有兩個聲調，一長一短（慧按：王力原文註 1 中說：「這
裏強調了長短，並不是說上古聲調就沒有高低的差別了。」）陰陽的
長調到後代成為平聲，短調到後代成為上聲；入聲的長調到後代成
為去聲（由於元音較長，韻尾的塞音逐漸失落了），短調到後代仍為
入聲。

李葆瑞在〈讀王力先生的《詩經韻讀》〉一文〔註 103〕中曾針對王力以上的說法
（慧按：指《漢語音韻》，頁 179～180，王力對上古聲調的結論），提出批評說：

他認為先秦只有長入、短入、沒有去聲。他所說的「長入」跟一般
所說的去聲有本質的不同。一般所說的去聲是陰陽或陽聲，即沒有
韻尾或有元音韻尾的以及有鼻音韻尾的音節，去聲跟平、上的差別
只是音高的變化不同，不是音節結構的不同。「長入」是附有塞聲韻
尾的音節。「長入」和「短入」音節結構相同，二者只是音長的不同
而已。王力把「長入」、「短入」合在一起不加區別，原因就是他認
為二者本質相同。……按王力先生的說法，長短是古漢語聲中最本
質的東西，而音高的變化反倒不如長短重要。這就使人不能理解後
來音高變化能夠起重要作用，是怎樣形成的了。如果古代沒有這種
現象，後代的變化就成了無源之水了。用長短來區別詞義是如何過
渡到用音的高低、升降、曲直來區別詞義的？這也是不好理解的。

王力在〈《詩經韻讀》答疑〉一文〔註 104〕中回應李葆瑞說：

〔註 103〕見《中國語文》1984 年第 4 期。
〔註 104〕見《中國語文》1985 年第 1 期。

這話（慧按：指前引《漢語音韻》，頁 179～180 的那段話）有個漏洞，仿佛是說上古聲調的本質是長短，而不是高低升降。那麼，後代聲調的高低升降是怎樣發展出來的呢？我在三年前寫的《漢語語音史》（在印刷中）補塞了這個漏洞，我說明上古聲調仍以高低反降爲特徵，不過入聲除了高低升降之外，還以長短爲區別而已。至於平聲是長調、上聲是短調的說法，由於證據不足，我在《漢語語音史》中已經放棄了。

但是在西元 1985 年出版的《漢語語音史》中，他並未放棄平聲是長調、上聲是短調的說法，只是做了點補訂，就是將長調、短調，改爲高長調和低短調。強調了上古的聲調，除了有音長的分別，也具有音高的差異，否則後代聲調以音高爲主要特徵則無從而來。

王力於西元 1986 年辭世，因此在《漢語語音史》，頁 73～81 中所提出對上古聲調之看法，就成爲最後的定論了。他說：

我認爲上古有四個聲調，分爲舒促兩類，即：

上古四聲不但有音高的分別，而且有音長（音量）的分別。必須是有音高的分別的，否則後代聲調以音高爲主要特徵無從而來；又必須是有音長的分別的，因爲長入聲的字正是由於讀音較長，然後把韻尾塞音丟失，變爲第三種舒聲（去聲）了。所謂高調、低調，不一定是平調。高調可能是高升調或高降調，低調可能是低升調或低降調。年代久遠，我們不可能作太具體的擬測。《公羊傳・莊公二十八年》：「春秋伐者爲客，伐者爲主」。何休注：「伐人者爲客、讀伐長言之，齊人語也；見伐者爲主，讀伐短言之，齊人語也。」長言之就是長入，短言之就是短入。「伐」字本有長入、短入兩讀。……由「伐」字類推，許多入聲字都可以有去入兩讀，也就是長入、短

入兩讀。（慧按：王力舉了七十個例子）……以上諸例，絕大多數都是去聲與入聲等呼相同，甚至整個字音相同，只是音量（長短）不同，足以證明段玉裁「去入同一類」的說法。……的確，從諧聲系統看，去聲字和入聲字的關係最爲密切。（慧按：王力舉了聲符爲入聲，所諧的字爲去聲者的例子共四十六組；聲符爲去聲，所諧的字爲入聲者共十七組）……由此可見，中古去聲與入聲發生關係的字，在上古就是入聲字。我所訂的上古聲調系統，和段玉裁所訂的上古聲調系統基本一致。段氏所謂平上爲一類，就是我所謂舒聲；所謂去入爲一類，就是我所謂促聲。只有我把入聲分爲長短兩類，和段氏稍有不同。爲什麼上古入聲應該分爲兩類呢？這是因爲，假如上古入聲沒有兩類，後來就沒有分化的條件了。

既然長入、短入有所不同，所以《詩經》長入、短入分用的情況占百分之九十四，合用的情況只占百分之六。長入、短入合用，和平上合用的情況是一樣的。現在把《詩經》長入獨用的情況例舉如下：（慧按：王力舉了四十九個例子）……由此可見，長入（去聲）是有它的獨立性的。長入與短入既有關係，又有分別。有關係，所以同屬促聲（入聲）；有分別，所以分爲長入、短入。這大概可以作爲定論。

由於受到李葆瑞的批評，因此王力將西元1963年在《漢語音韻》中上古聲調的結論稍作補訂，而西元1985年出版的《漢語語音史》中的上古聲調的說法，就成了最後的定論。

三、近人對王力上古聲調之批評：

關於上古聲調的討論，周法高師在〈論上古音〉一文中將其歸納爲五派。他說：

第一派，可以董同龢爲代表，主張平上去三聲不同聲，而韻尾相同，……去入聲所以關係較爲密切的緣故是去入同調（所謂「調」指高低升降的類型）。

第二派，可以王力爲代表，主張去入聲的韻尾相同（同收-p，-t，-k）

而去聲長入聲短。

第三派，可以 Haudricourt 和浦立本爲代表，主張上聲有喉塞音收尾，去聲有 S 收尾。

第四派，可以高本漢爲代表。他把古音若干部的去聲獨立，例如第七組收 r 尾；爲脂微部的平上聲，第六組大部份爲去聲，收 d 尾；第五組爲入聲，收 t 尾；第十八組大部份爲魚部去聲，收 g 尾；第三十三組大部份爲平、上聲，無韻尾；第三十一組大部份爲侯部的去聲，收 g 尾；第三十四組大部份爲平上聲，無韻尾。似乎他認爲在上例諸部，去聲具有不同於平上聲及入聲的韻尾；可是在其他各部又沒有這種區別。（慧按：可見高氏亦是猶豫不決）

第五派，可以李方桂師爲代表，主張在上古時候還是有四聲；可是他相信往古推的話，可能四聲是從韻尾輔音來的。

周師並且批評王力的上古聲調，他說：

關於第二派王力的學說，浦立本、李方桂師和我都不贊成。我的學生張日昇君曾經寫了一篇〈試論上古四聲〉一文，對王說加以駁斥。……根據張日昇前引文的統計：平上兩調互押與兩調總和比例，爲 1：10，平去或上去亦然，可見王力所說詩韻平上常相通說不確。……如果採用平上去同韻尾而調值不同，去入調值相同而韻尾不同的解釋，以上的現象都可以迎刃而解了。王說中古去聲是由入聲或平上聲變來的，也是不確，因爲根據《漢語史稿》第十三、十四、十五節的例字有 203 個去聲字收-t 或-k，290 個去聲字不收-t 或-k（其中 168 個去聲字爲陽聲韻），難道由平上聲變爲去聲的字竟比收-t 或-k 的去聲字還要多嗎？

從周師的批評中，的確暴露了王力上古聲調說法中，古無去聲的不當處。

周祖謨在〈古音有無上去二聲辨〉一文第四節中說：

夫王江兩家能知古有四聲，誠爲段氏之後一大進步。然而兩家對於古人所以確有四聲之故，猶未闡發。至道光二十年（公元 1840 年）當塗夏燮爲述韻始道其詳。撮要言之，約有三證：一、古人之詩，

一章連用五韻六韻以至十餘韻者，有時同屬一聲，其平與平入與入連用者固多，而上與上、去與去連用者，亦屢見不鮮，若古無四聲，何以四聲不相雜協？是古人確有四聲之辨矣。二、詩中一篇一章之內，其用韻往往同爲一部，而四聲分用不亂，無容侵越，若古無四聲，何以有此？是四聲分用之例，即判別古韻部有無四聲之確證也。三、同爲一字，其分見於數章者，聲調並同，不與他類雜協，是古人一字之聲調大致有定。苟古無四聲，則不能不有出入矣。即此三事，足以輔贊王江之說，亦可証顧江段孔之言尚非通論。

周氏接著在上文之第五小節「古韻二十二部上去二聲字辨」中，用了 32 頁的篇幅，以實例來證明，並得出結論說：「由上所列可證詩韻非無上去二聲，第前人不肯細察，故異說歧出，莫衷一是」。由此可知，周氏亦是贊成古有四聲，而不以段氏之古無去聲，及黃侃的古無上去二聲之說法爲是，所以也算間接的批評了王力先生上古聲調的說法。

陳新雄認爲王力之上古聲調說，有一個致命的缺陷，他說：「我覺得王力的聲調說最大的困難，在他的說法，無法解釋陽聲的去聲是怎麼來的。他雖然說是一部份由平上聲變來的，特別平上聲的全濁聲母變來的。假定他這一說法可以成立，則陽聲的平上聲就應該沒有全濁聲母的字，因爲都已變成去聲去了，但是現在陽聲平上聲仍保留大量的全濁聲母的字，則顯王力此說有一致命的缺陷」。（見於陳先生送給我的打字稿上）

丁邦新在〈論語、孟子及詩經中並列語成分之間的聲調關係〉，一文中，[註105] 對於王力上古聲調之理論，提出了三點否定的理由：

第一、王氏歸入上古平上聲的去聲字，按說應該在王氏的系統中眞正歸爲平聲或上聲，事實上並沒有能做到。在他的〈漢語史稿〉中仍舊把中古的去聲字自成一組地放在各部的平上聲字之後。主要的原因是目前漢語構詞方面的研究還不足支持王氏的說法，有許多去聲字無法肯定是從平聲或上聲變來的。

第二、如王氏所說，中古去聲源自上古的上聲（多數）及長入。我們知道在他的系統裡，上聲是短而開尾的音節，長入卻是長而有塞

音尾的音節，後來竟演變合流爲同一種去聲，令人不能無疑。（慧按：
從不同變爲相同，應可無疑。）

第三、王力利用中古詩人「平仄」交替的節律猜想那就類似西洋的
「長短律」，因而訂出上古長短兩類元音來。其實中古的平仄未必就
是上古的平仄，而且仄聲中所包括的上去入三聲字如王氏所說並不
都是短的，如何能跟舒而長的平聲相對成長短律呢？

丁先生第一、三點的批評，在在顯示出王力理論之顧此失彼，不能周密的矛盾
與缺點。

張日昇在〈試論上古四聲〉一文中，[註106] 用詩經韻腳爲單位，比較四聲
同用和獨用的情形，證明詩經合調的存在，並且從實際的統計數據中，證明古
有四聲。茲錄其數據於下：

平聲獨用	2186
平聲與餘三聲合用	367
平聲總和	2553
平聲獨用：平聲總和	2186：2553＝85％
上聲獨用	882
上聲與餘三聲合用	275
上聲總和	1157
上聲獨用：上聲總和	882：1157＝76％
去聲獨用	316
去聲與餘三聲合用	265
去聲總和	581
去聲獨用：去聲總和	316：581＝54％
入聲獨用	732
入聲與餘三聲合用	123
入聲總和	855
入聲獨用：入聲總和	732：855＝85％

[註106] 見《香港中文大學中國文化研究所學報》第一卷，頁113～168。

　　張氏並且對王力主張古無去聲之說法，提出質疑，他說：

> 四聲既按韻尾舒促，又據元音長短，分舒聲為平上，促聲為去入，
> 那麼，在描寫古代聲調的時候，必定要舉出這個調的元音長短和韻
> 尾塞音的有無，從音位的觀點來看，顯然並不經濟……。王力假定
> 去聲是收塞音韻尾，那麼收鼻音的陽韻，應當沒有去聲，但是在詩
> 韻中仍然有陽韻去聲字，這種衝突現象應當如何去說明呢？

慧按：詩經押韻中，除了去聲與去聲獨用者外，混用部分屬於陽聲韻的去聲字
共有 141 字，屬於陰聲韻的去聲字共有 108 字。

　　李葆瑞在〈讀王力先生的《詩經韻讀》〉一文中，批評了王力古無去聲之說
法，他說：

> 據姜亮夫先生《瀛涯敦煌韻輯》的統計，《廣韻》中的去聲有 5472
> 字，如果把同一個詞的異體字去掉，我數了一下還有 5119 個字。王
> 力先生曾經發表過〈去無去聲例証〉一文，其中列舉《廣韻》中去
> 聲字共 283 個。根據先秦韻文中跟這些字押韻的字的聲調來証明《廣
> 韻》中這些去聲字在先秦都不是去聲後來才轉成去聲。即使這 283
> 個字原來都不是去聲，它們只占《廣韻》中去聲總數的百分之五，
> 餘下的百分之九十五固然可能有些是後起的，不全是從先秦傳下來
> 的，但這總是少數，大多數字是從先秦傳下來的。這些多數字還不
> 能証明原來也都不是去聲字，而是從來從其他聲調轉成去聲的。這
> 樣大量的非去聲字是怎樣轉成去聲的？轉化的條件是什麼？這些問
> 題都不好解決。

胡安順在〈長入說質疑〉一文〔註107〕中批評王力的上古聲調，他說：

> 無論是〈詩經〉用韻還是〈說文〉諧聲材料都表明去聲與平、上聲
> 的關係要比與入聲的關係密切得多，（慧按：異調可以通協，然而因
> 為平聲字多，所以與其他聲調字相協的機會自然就大，此所以有平
> 去及去入多寡之殊，但以上去與去入之關係來看，便不如此。此胡
> 說之不足取也。何況一個祭部，只有去入之相關？）長入說只注重

〔註107〕見《陝西師大學報》1991 年第 4 期，頁 105～112。

了去聲與入聲的關係，而沒有正確對待去聲與平、上聲的關係。在漢語語音史中，相配的入聲韻與陰聲韻發展到入聲韻消變爲陰聲韻時，兩者對應的韻母中必有一部分不能完全相同；調類相承的同音音節，其韻母的發展結果一般也是相同的。而「長入韻」發展到中古消變爲陰聲韻後與其原所配陰聲韻的中古韻母一一相同，這說明它在上古不是入聲韻而是陰聲韻。

末尾的這點，倒是一針見血的道出了王力長入說的一大弊病，因爲這的確是不容否認的事實。

以上是對王力上古聲調批評的意見，有些是不曾爲王力所見，有些則是雖見而未受其影響。（慧按：王力只因爲李葆瑞的批評，而稍作過補訂）。

四、小　結

研究上古聲調的材料，何者爲宜？周祖謨在〈古音有無上去二聲辨〉一文中說：〔註108〕

> 考段氏立說之根據，不外二端：一曰詩經用韻，二曰文字諧聲。……以詩經用韻而言，雖去聲有與平上入三聲通協者，而去與去自協者固多。……段氏不君詳辨，重其合而不重其分，其誤一也。……段氏重諧聲而不重詩韻，其誤二也。又古韻各部所具之聲調未必盡同，此部無去，他部則否，豈可斷言古必無去。段氏以一概全，其誤三也。……前人因三百篇之用韻上去二聲猶有分辨不十分明確者，遂並群經中分用甚明者亦揉合之，是忽略事實，強古人以從我，非愼思明辨之道矣。段氏乃謂切韻以前無去不可入，昧於時代之演變，其誤四也。綜茲四端，可知段氏立說雖似牢不可破，其實間隙尚多。今欲論古四聲，自當以詩韻爲主。

嚴學宭在〈周秦古音研究的進程和展望〉一文中說：〔註109〕

> 周秦音的聲調究竟如何，只能靠《詩經》押韻來分析和綜合。從《詩經》押韻看，大體平上去入同類的字相押韻，占百分之五十以上，

〔註108〕見《問學集》，頁37～38。
〔註109〕1980年爲《漢語大字典》所寫之序。

其它混押韻不及半數。

林清源在〈王力上古漢語聲調說述評〉一文補記中說：[註110]

> 草稿完成後曾求教於龍師宇純，蒙其細閱，指出拙作第三節用以証明古有四聲的三項証據，惟詩經押韻一項有效。至於諧聲字多與聲符同調，實因諧聲字的形成過程多是先有表音部分，後因語言孳生或文字假借才再加上表意部分二者多同調乃理所應然。讀若字與本字同調，則因讀若字具有標音功能，多取同調字以爲讀若字，也是理所必然。因此諧聲偏旁與說文讀若字都不宜用以証明上古調類之多寡。

的確，龍師所言甚是。因爲有許多形聲字，根本不是造出來的，而是變化出來的轉注字。龍師在《中國文字學》，頁 123 中說：

> 轉注之字最近形聲，如不從其形成過程觀察，而但看形成文字以後的表面，並一者表意一者表音，全無區別。然而轉注字實經兩階段而形成，其初僅有「表音」部分而不盡是表音的（慧按：轉注字有的是因語言孳生增表意之一體而來，有的是因文字假借增表意之一體而成，所以是表語言的，而不盡是表音的），故其「表音」部分爲字之本體，表意部分則是可有可無。形聲字則不然，起始即結合表意與表音者各一字爲字，兩者缺一不可，而以表意部分爲主幹，表音部分只是用以足成其字。

因此，如果要用諧聲字當材料，來証明上古聲調的話，首先必須將轉注與形聲分開，除去轉注字，然後再分析觀察，所統計出來的數據才具有可信度，但這不是件簡單的工作。由於我接受龍師有關「形聲字」與「轉注字」的看法，所以在討論上古聲調時，只以詩經用韻一項爲材料。

王力的上古聲調說，一方面是繼續了傳統，也就是段玉裁的古無去聲說，另一方面則是開展了自己理論的特色，便是在入聲中又分爲長、短兩種聲調，如此使得中古的去聲不至於成爲無源之水。然而王氏因爲不太重視統計，所以在他立論的基礎發生動搖時，雖然修訂了原來的一些看法，但是仍舊無法使其

[註110] 見《東海中文學報》第 7 期，1987 年。

學說完備。

　　以下是我根據吳靜之〈上古聲調之蠡測〉〔註111〕中有關詩經用韻整理之結果進一步再做出的總統計表（其中之數字皆根據吳文）。

《表一》

相協者	韻　　例	字　　數
平：平	736	2131
上：上	287	838
去：去	129	317
入：入	251	725
總　　計	1403	4011

（慧例：例如歌部：〈召南羔羊一章〉協皮、紽、蛇，此謂一個韻例，而協韻之字數為三個）

《表二》

NO	相　協　者	韻　例	字　數	備　　　註
1	平：上	70	238	平（133），上（105）
2	平：去	84	268	平（163），去（105）
3	平：入	4	10	平（4），入（6）
4	平：上：去	10	51	平（20）、上（19）、去（12）
5	平：上：入	2	8	平（5）、上（1）、入（2）
6	平：去：入	3	15	平（3）、去（4）、入（8）
7	平：上：去：入	2	10	平（2）、上（3）、去（2）、入（5）
8	上：去	40	131	上（77）、去（54）
9	上：入	7	22	上（10）、入（12）
10	上：去：入	2	14	上（2）、去（2）、入（10）
11	去：入	61	195	去（74）、入（121）
	總　　計	285	942	

　　由《表一》（四聲獨用）、《表二》（四聲混用）所收的 1688 個韻例中，四聲獨用的韻例共 1403 個，比例高達百分之八十三點一，而四聲混用的韻例有 285

〔註111〕見國立師範大學國文研究所 1975 年之碩士論文。

個，比例只佔全部的百分之十六點九。可見詩經時代，平、上、去、入四聲，已畫然有別了。

王國維對上古聲調之看法爲：「古音有五聲，陽類一與陰類之平、上、去、入四也。」可見王氏認爲陽聲一類，無平、上、去、入之別。吳靜之的表沒有把陰聲與陽聲分開來計算，因此無法驗證王氏之說法，現用吳靜之的材料，將我整理出的《表一》、《表二》再細分爲陰聲、陽聲兩部分來統計，其結果如下表。

平上去不混用者

陰 聲

相協者	韻 例	字 數
平：平	307	870
上：上	267	791
去：去	36	89
總 計	610	1750

陽 聲

相協者	韻 例	字 數
平：平	429	1261
上：上	20	47
去：去	33	80
總 計	482	1388

平、上、去混用者

陰 聲

相協者	韻 例	字		
平：上	45	平：60	上：72	去：6
平：去	38	平：54	上：48	
平：上：去	4	平：5	上：7	
上：去	33	平：68	去：39	
總 計	120	359		

陽 聲

相協者	韻例	字		
平：上	27	平：73	上：33	去：6
平：去	44	平：109	上：57	
平：上：去	6	平：15	上：12	
上：去	7	平：9	去：15	
總 計	84	329		

平、上、去不混用者與混用者之總計表

	韻　例	字　數
陰　聲	730	2109
陽　聲	566	1717

　　由統計的數據得知，陰聲平、上、去不混用的韻例佔全部的 83.6%，字數佔 83%；混用的韻例只佔全部的 16.4%，字數佔 17%。陽聲平、上、去不混用的韻例佔全部的 85.2%，字數佔 80.8%；混用的韻例只佔全部的 14.8%，字數佔 19.2%。由此可見，王國維的五聲說顯然是不能成立的。

　　像王力這種有破有立、擇善固執又從善如流的學者，的確是值得敬佩。但是他在上古聲調學說部分有些尚值得商榷。前賢提出了許多批評他的意見，也有些確實是正中了它的缺點。上古聲調調值，以無實際語言之保存，故不可詳考，今日所能追究探討者，不過調類而已。最後我仍和多數學者一樣，認為上古時期，即有平、上、去、入四個調類，只是調值及歸字不必與中古盡同。中古去聲字在上古雖與入聲字有一定量的押韻現象，而去聲與平、上聲的押韻現象更多，何況去、入聲的合用數遠低於它們的獨用數，〔註112〕所以沒有理由將去、入聲在上古同視為入聲。去聲與入聲的押韻應看作是異調的合用，就像平、上聲與入聲的合用一樣。王力所以主張上古沒有去聲，把與入聲押韻的去聲字確定為長入，其原因大概是把去聲與入聲的關係看得太重了，其實去、入關係密切，也不一定要把去聲說為長入，或許用去、入同調值的觀點來看，反而比較合適。

〔註112〕根據〈表一〉可知去聲獨用之字數有 317 字，入聲獨用之字數有 725 字；由〈表二〉NO11，可知去、入互對之字數為 195，占全部之 15.7%，而獨用部分則占全部之 84.3%。

第四章　結　語

一、聲母部分

從本文第三章第一節的上古聲母總說中，可知王力將上古聲母分為六類三十三母，並擬定音值。以下我把本節所討論的十個問題，歸納為兩類：即贊同王力說法的部分與覺得王力說法仍值得商榷的部分。以下分別敘述之。

（一）贊同王力說法的部分

1. 「古無輕唇音說；古無舌上音說」，錢大昕雖然舉了大量異文來證明其說法，但是光憑異文的比較，只能證明上古輕、重唇相混及舌上、舌頭音相混，因此王力更進一步地補充錢氏的說法，認為必需再以現代方言為證，才有堅強的說服力。如此一來，錢氏的這項說法可謂是不爭的事實了。

2. 「古音娘歸泥說」，根據錢氏「古無舌上音」的說法，上古既然無舌上音，「娘」歸「泥」應是沒有問題的。

3. 「喻三古歸匣說」，無論從諧聲偏旁、經籍異文、反切上字之系聯，及現代方言來看，皆可證明喻三和匣的密切關係，故喻三歸匣應是可信的。

4. 反對「清唇鼻音聲母說」，因為上古凡與明母互諧的曉母字，在中古可以說都是合口；反觀中古屬開口或無任何圓唇元音成分的曉母字，沒有明曉的互諧。況且上古若只有一個清的 m̥ 聲母，卻無 n̥、l̥、ŋ̊e 這一類的音與其相配，

按一般語言的習慣來說，似乎也有點特殊。

5.「濁母字送氣不送氣是隨意的」，濁母字送氣不送氣在漢語裏是互換音位的。換句話說，就是隨意的，不具別義作用，就如同中古的並母到了現代方言有的唸同不送氣的幫母、有的唸同送氣的滂母，雖然也有分化條件，並看不出其先是送氣的，或者不送氣的。

6.「上古有邪母的說法」。錢玄同提出古無邪紐說以來，在疑音方面從李方桂先生起，皆無人能將分化的條件交待清楚。反觀，王力在此問題上之態度，是認為上古就有獨立的邪母。所以若給邪母擬為 z，則可說明喻四為何常與邪母諧音（因為 r 與 z 發音部位相同），又因為它們本來就是兩個音，所以可免去擾人的分化問題。

（二）仍值得商榷的部分

1.「古音日紐不歸泥說」，王力認為「娘、日都是三等字，後來就沒有分化的條件了」。但是如果依李方桂以介音的不同來區別，則可將問題解決，況且日母在韻圖中只出現在三等，出現了一、二、四等的大空檔，這大空檔也給了我們一些暗示，就是日母可能是由別種音而來的。可能就是由泥母而來。

2.「喻母的擬音問題」，喻四如擬為李方桂先生所說的〔r〕，似乎好處較多。因為〔r〕既可當作聲母，也可當作二等介音，並且〔r〕既能解決它跟舌尖音諧聲的問題，也能用〔gr〕來解決它跟舌根音諧音的問題。至於王力所擬的〔ʎ〕，則不能解釋喻四與其他聲母的諧聲與假借現象。

3.「照二不歸精系；照三不歸端系」，由於精、莊（照二）兩組可以互補，所以照二歸精是沒有問題的。至於照三歸端系的說法，如果用介音〔j〕來說明分化的條件，應該是很適切的。

即

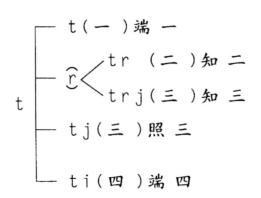

4.「反對上古有複輔音存在的看法」，從許多例子，如「屰：朔」等可看出〔s〕心母是齒音，〔ŋ〕疑母是牙音，這兩個發音部位並不相近，卻常常發生關係，如果是偶然接觸一下，或許可視為例外，但是次數多了，就需要解釋了。所以若承認上古有複輔音的話，似乎就比較好解釋了。

5.「認為上古就有獨立的俟母」，王力從語言的系統性來看，所以獨立俟母而與精系五母相配，目的是為了形成整齊的局面。但是在第三章第一節五、中已討論過照二歸精在上古是可以成立的，如此一來上古根本就無獨立的莊初床山四母，又何需獨立俟母而與精系五母相配？且到了中古既然齒頭音一等無邪母，二等正齒音也似應無俟母。況且從《廣雅音》、《經典釋文》、《廣韻》等書之反切看來，「俟、漦」兩字都可與崇類系聯，因此在上古聲母系統中，俟母似乎不應獨立。

王力在上古音研究方面，聲母部分似最不足。或許是因為他過於謹慎從事，並且固守歷史語言學原則——在同樣的條件下，不能有不同的演變，導致他的上古類三十三聲母，過於接近中古聲母系統。而對於複聲母的問題，王力始終不願多談，這似乎也是不足之處。

二、韻母部分

由第三章第二節上古韻母總說中，得知王力分先秦古韻為二十九部，戰國時代三十部，並擬定其音值。以下我仍然將本節所討論的七個問題歸納為兩類。

（一）贊同王力說法的部分

1.「脂、微應分為兩部」，關於脂、微分部的這個問題，王力所舉的脂、微分部的三項證據，及他對脂、微合韻例子的解釋說明；加上董先生從諧聲字去試驗，所得出之結論都是脂、微應分部。再者從上古音的結構而言，（例如，微、物、文；脂、質、真相配）亦可看出脂、微應分為兩部為宜。

2.「主張一部一元音及擬定之音值」，王力把高本漢用元音分等的作法改為依介音分等，如此一部一元音，簡單又明白，這真可謂上古音研究中的一個大躍進與貢獻。王力擬出的六個主要元音分別是〔ə〕、〔e〕、〔a〕、〔ɔ〕、〔o〕、〔u〕。

3.「陰聲韻無輔音韻尾的卓見」。西洋語言閉口音節的濁尾 b、d、g 和清尾 p、t、k 由於是完整的破裂音，所以清濁兩套能同時存在而且互相區別；漢語閉口音節的清尾 p、t、k 由於是唯閉音（不破裂），所以不可能另有濁尾 b、 d、g 和它們對立，即使清尾和濁尾同時存在也只是互換的，不是對立的。至於〔ə〕何以只與〔ək〕押韻而不韻〔əp〕、〔ət〕，很可能是由於發〔ə〕時口腔通道或口型近於〔ək〕而不近於〔əp〕、〔ət〕。況且陰聲部若附以不同的輔音韻尾即等於桎梏了一個陰聲部可以同時和一個以上不同韻尾的陽或入聲相轉的能力。況且若說漢語是沒有開口音節的語言，更是不可思議的。

（二）仍值得商榷的部分。

1.「冬併於侵部」，由詩經用韻的實際統計，得出冬侵分用之數據高達百分之九十二點五，所以似乎冬部應有其獨立性。再者，從上古音的結構來看，有分的跡象就應該分，況且冬、侵如合一，詩經幽部則無相配的陽聲韻，若冬、侵分為兩部，則上古韻部的間架才能一致（例如，東配冬，屋配覺、侯配幽）。再從上古演變到中古來看，則上古的一個東部如何變為中古的東、冬兩部？倘若講不出它的分化條件與來源，則冬、侵仍應分為兩部為適。

王力古韻分部的主張，如脂、微分部與冬、侵合部，都可根據詩經本身的用韻數據來加以驗證。若以詩經用韻的統計數據來支持脂、微分部（脂、微合韻佔 25％），則同樣的詩經用韻的數據（冬、侵合韻佔 7.5％），就不足以支持冬、侵應合為一部，反之亦然。在同一種研究方法之數據下，王力卻有相當矛盾的兩個做法。

2.「祭部不獨立而歸入月部的說法」，由於歌部在詩經用韻字（不包括諧聲字）中百分之百都是平上聲，所以如果把祭部與歌部相加，以與月、元相配似乎較為合理。詩經用韻中，歌祭的分用，可能也是有其根據的。至於王力、歌、月、元相配的作法，或許是早於詩經時期的現象，換句話說，在詩經以前，或許歌、祭兩部實為一部。所以在這個問題上，從音位的觀點，即使以詩經時代而言，亦可將歌、祭相加而與月、元相配。

3.「陰、陽、入三分」（古韻分 30、31、32 部等），從音值上說，代表三種不同的音，卻無法表示出三者彼此間的親疏關係。反觀，陰入、陽二分（古韻分 22 部、23 部等），從音值上說，一方面仍可表示三種不同的音，另一方面從彼此的關係上來看，又可表示出陰入關係密切，完全符合詩經押韻之情形。從這層主要意義上，又顯示出入聲塞而不裂之現象，所以它能常與陰聲相諧。可見王力早年主張古韻分二十三部之說法，似乎較晚年之二十九（三十）部為

適。

4.「二等介音的音值擬定」，王力將開口擬爲〔e〕合口擬爲〔o〕，不如李方桂所擬的〔r〕爲佳，因爲擬爲〔r〕，可說明許多上古聲母分化的問題。

在韻母部分，王力在擬測介音音值時，避開了重紐問題而不談，這似乎也是個缺陷。在陳澧的《切韻考》裏，有所謂的重紐現象，若從中古音的互相對立的立場來看，王力似乎也應該找出它們在上古的不同來源，做爲到中古的分化條件。但是王力在擬測上古介音音值時，卻避開了重紐問題而不管，甚至將重紐擬爲同音，這似乎是個疏忽與不足之處。並且違反了他所固守的歷史語言學原則——在同樣的條件下，不能有不同的演變。

（三）聲調部分

在第三章第三節上古聲調部分，「王力將上古聲調分爲舒促兩大類，又各分爲長短的主張，是西元 1954 年在北大講授漢語史與漢語語音發展時首先提出來的。（發表時是西元 1957 年）直到晚年一直堅持這一看法。不過促聲（或稱入聲）分長短，證據充分，他堅信不疑，西元 1985 年出版的《漢語語音史》也在這方面做了進一步的詮證。但是舒聲分長短，從理論上說是可以成立的，漢藏語言及廣州方言都有元音分長短的事實，而上古文獻及注音材料均無可靠的證據。但王力並未放棄這一主張（〈《詩經韻讀》答疑〉一文中雖談到要放棄）只在《漢語語音史》（頁 73）中做了點補訂，即將長調、短調，改爲高長調和低短調。強調了上古的聲調，除了有音長的分別，也具有音高的差異。否則後代聲調以音高爲主要特徵無從而來。」〔註1〕

王力在上古聲調方面，所做出的定論是上古有四個聲調，分爲舒促兩類，即

舒 聲 〈 平 聲 ， 高 長 調 。
　　　　 上 聲 ， 低 短 調 。

促 聲 〈 長 入 ， 高 長 調 。
　　　　 短 入 ， 低 短 調 。

王力認爲上古無去聲，然而在本節中，我由詩經押韻的實際統計數字中看

〔註 1〕唐作藩於 1995 年 7 月在給我回函中，所作的說明。

出，詩經時代也應該有平、上、去、入四聲之辨。

　　王力的上古聲調部分，由於他不太重視統計的數據，因此有時立論的基礎便站不住腳，當然也就影響到他結論的可信度。

　　末了，我所要說的是，任何學術理論，都需要由不同角度實事求是的共同來探索，才能逐漸眞正的揭發其中所蘊藏的奧秘，困擾著上古音學界的一些問題也不例外。王力在上古音研究方面，稱得上是一大家，然其研究成果仍不免有些美中不足處，但是像他這樣有破有立的學者，其學術研究鍥而不舍的精神是值得我們敬佩與效法的。

研究資料與參考資料

一、研究資料

王　力 1927〈諧聲說〉。《北大研究所國學門月刊》一卷 5 期，頁 504〜505。

1935〈從元音的性質說到中國語的聲調〉。《清華學報》十卷 1 期，頁 157〜183。

1936a《中國音韻學》上海商務印書館。

1936b〈南北朝詩人用韻考〉。《清華學報》十一卷 3 期。

1937a〈上古韻母系統研究〉。《清華學報》十二卷 3 期。

1937b〈古韻分部異同考〉。《語言與文學》，頁 51〜77。

1957《漢語史稿》上冊。北京科學出版社。

1958a《漢語史稿》中、下冊。北京科學出版社。

1958b《漢語史論文集》。北京科學出版社。

1960〈上古漢語入聲和陰聲的分野及其收音〉。《語言學研究與批判》二輯。

1963a《漢語音韻》。北京中華書局。

1963b〈古韻脂微質物月五部的分野〉。《語言學論叢》第五輯。

1963〜1964《中國語言學史》。香港龍門書店。

1964〈先秦古韻擬測問題〉。《北京大學學報》5 期，頁 41〜62。

1978〈黃侃古音學述評〉。《大公報在港復刊三十周年紀念文集》，頁 59〜104。

1979〈現代漢語語音分析中的幾個問題〉。《中國語文》4 期。

1980a《詩經韻讀》。上海古籍出版社。

1980b《楚辭韻讀》。上海古籍出版社。

1980c《音韻學初步》。商務印書館。

1980d《龍蟲並雕齋文集》第一、二冊。中華書局。

1980e〈漢語語音的系統性及其發展的規律性〉。《社會科學戰線》1、2 期。

1980f〈古無去聲例證〉。《語言研究論叢》，頁 1～31。

1982a《龍蟲並雕齋文集》第三冊。北京中華書局。

1982b《同源字典》。北京商務印書館。

1983a《王力論學新著》。廣西人民出版社。

1983b〈再論日母的音值，兼論普通話聲母表〉。《中國語文》1 期。

1983c〈漢語語音史上的條件音變〉。《語言研究》第 4 期。

1984～1991《王力文集》一至二十卷。山東教育出版社。

1985a〈漢語語音史〉。中國社會科學出版社。

1985b〈詩經韻讀答疑〉。《中國語文》1 期，頁 29～31。

1992《清代古音學》。北京中華書局。

二、參考資料

以下指作者姓氏筆畫排列，（最後五本除外），作者一律不加敬稱。專書以《　　》號表示，論文用〈　　〉號表示。

丁邦新：1975a〈平仄新考〉。《史語所集刊》第 47 本，頁 1～15。

1975b〈論語、孟子及詩經中並列語成分之間的聲調關係〉。《史語所集刊》同上，頁 17～52。

1978〈論上古音中帶 l 的複聲母〉。《屈萬里先生七秩榮慶論文集》，頁 601～617。台北聯經出版社。

1979〈上古漢語的音節結構〉。《史語所集刊》第 50 本第 4 分，頁 717～739。

1981〈漢語聲調源於韻尾說之檢討〉。《中央研究院國際漢學會議論文集》語言文字組：頁 267～283。

1983〈從閩語論上古音中的*g-〉。《漢學研究》一卷 1 期。

1986〈漢語聲調的演變〉。《第二屆國際漢學會議論文集》語言文字組：頁 395～408。

1987〈上古陰聲字具輔音韻尾說補證〉。《國立台灣師範大學國文學報》16：頁 59～66。

〈漢語上古音的元音問題〉。加州柏克萊大學。

王念孫：《古韻譜》。廣文音韻學叢書本。

王國維：〈五聲說〉。收錄於《觀堂集林》。台北世界書局據民國 29 年長沙刊本影印。

王靜如：1930〈跋高本漢的上古中國音當中幾個問題並論冬蒸兩部〉《史語所集刊》第一本第三分頁 403～416。

1941〈論開口合口〉。《燕京學報》29 期，頁 143～192。

王緝國：1992《王力傳》。廣西教育出版社。

張　谷：1993 編《龍蟲並雕一代宗師》──中外學者論王力。廣西教育出版社。

方師鐸：1962〈中國上古音裡的複聲母問題〉。《東海學報》第四卷 1 期，頁 35～46。

史存直：1981《漢語語音史綱要》。商務印書館。

白一平：1983〈上古漢語*sr-的發展〉。《語言研究》總第 4 期，頁 22～26。

江有誥：《音學十書》廣文音韻學叢書本。

江　永：《古韻標準》廣文音韻學叢書本。

　　　　《音學辨微》廣文音韻學叢書本。

　　　　《四聲切韻表》廣文音韻學叢書本。

江舉謙：1964《詩經韻譜》。台中中央書局。

　　　　1966〈從說文入聲語根論析上古字調演變〉。《東海學報》第七卷 1 期。

　　　　1967〈詩經例外押韻現象論析〉。《東海學報》第八卷 1 期，頁 1～15。

朱駿聲：《說文通訓定聲》。北京中華書局 1984 年出版。

向　熹：1985〈《詩經》裏的通韻和合韻〉。《四川大學學報》叢刊第二十七輯。

　　　　1993《簡明漢語史》（上）、（下）兩冊高等教育出版社。

李方桂：1931〈切韻 â 的來源〉。《史語所集刊》第三本第一分，頁 1～38。

　　　　1970〈幾個上古聲母問題〉。《香港中文大學中國文化研究學報》3 卷 2 期，
　　　　　　　頁 511～519。（西元 1976 年《總統　蔣公逝世週年紀念論文集》。）

　　　　1971〈上古音研究〉。《清華學報》新九卷 1、2 期合刊，頁 1～61。（又西元
　　　　　　　1980 年北京商務印書館版。）

　　　　1984〈論開合口——上古音研究之一〉。《史語所集刊》第 55 本。《故院長錢
　　　　　　　思亮先生紀念論文集》。

李　榮：1952《切韻音系》。中國科學院。1956 年修訂本。

　　　　1965〈從現代方言論古群母有一、二、四等〉。《中國語文》第 5 期。

　　　　1982《音韻存稿》。商務印書館。

李新魁：1982《韻鏡校證》。中華書局。

　　　　1985《古音概說》。台北崧高書社。

　　　　1986《漢語音韻學》。北京出版社。

　　　　1994《李新魁語言學論集》。北京中華書局。

李壬癸：1984〈關於-b 尾的構擬及其演變〉。《史語所集刊》五十五本。

李添富：1984〈詩經例外押韻現象之分析〉。《輔仁學誌》13 期。

李葆瑞：1984〈讀王力先生的《詩經韻讀》〉。《中國語文》第 4 期。

李毅夫：1984〈上古韻祭月是一個還是兩個韻部〉。《音韻學研究》第一輯。

李葆嘉：1989〈《漢語語音史》。先秦音系補苴〉。《古漢語研究》第 1 期。

杜其容：1970〈部分疊韻連綿詞的形成與帶 l 複聲母之關係〉。《聯合書院學報》第 7
　　　　　　　期。

吳　棫：《韻補》廣文音韻學叢書本。

吳靜之：1975〈上古聲調之蠡測〉。國立台灣師範大學碩士論文。

吳文棋：1984〈上古音中的幾個問題〉。《語言文字研究專輯》（下）。

吳世畯：1989〈王力上古音學說述評〉。東吳大學碩士論文。

沈兼士：1944《廣韻聲系》。1969 年台北中華書局版。

汪榮寶：1923〈歌戈魚虞模古讀考〉。《國學季刊》一卷二號，頁 241～263。

余迺永：1975《互註校正宋本廣韻校本及校勘記》。全兩冊。1980 年校本第二版。台
　　　　　　　北聯貫出版社。

余心樂：1979〈照三歸端證〉。《江西師院學報》第 4 期。

何九盈：1987〈上古音節的結構問題〉。《語言學論叢》第十四輯，頁 30～32。

何大安：1987《聲韻學中的觀念和方法》。大安出版社。

周法高：1968〈論切韻音〉。《香港中文大學中國文化研究所學報》第一卷，頁 89～112。

　　　　1969〈論上古音〉同上學報第二卷第 1 期，頁 109～178。

　　　　1970〈論上古音和切韻音〉。同上學報第三卷第 2 期，頁 321～457。

　　　　1972〈上古漢語和漢藏語〉。同上學報第五卷第 1 期，頁 159～244。

　　　　1975《中國語言學論文集》。聯經出版社。

　　　　1984《中國音韻學論文集》。香港中文大學出版社。

周祖謨：1966《問學集》。中華書局。

　　　　1992《語言文史論集》。五南圖書出版社。

　　　　1993《周祖謨學術論著自選集》。北京師範學院出版社。

周長楫：1984〈略論上古匣母及其到中古的發展〉。《音韻學研究》第一輯，頁 266～285。

　　　　1991〈「莊」歸「精」說再證〉。《廈門大學學報》第 1 期。

邵榮芬：1982《切韻研究》。中國社會科學出版社。

　　　　1991〈匣母字上古一分爲二試析〉。《語言研究》第 1 期。

林語堂：1944《語言學論叢》。台北文星出版社 1967 年翻印上海開明書局 1944 版。

林平和：1980《李元音切譜之古音學》。文史哲書局。

林炯陽：1982 修訂增註《中國聲韻學通論》。黎明文化公司。(林尹著，林炯陽注釋)。

林清源：1987〈王力上古漢語聲調說述評〉。《東海中文學報》第 7 期。

尚玉河：1981〈「風曰孛纜」和上古漢語輔音聲母的存在〉。《語言學論叢》第八輯，頁 67～84。商務印書館。

金有景：1982〈上古韻部新探〉。《中國社會科學》第 5 期，頁 181～198。

竺家寧：1981《古漢語複聲母研究》。文化大學博士論文。

　　　　1984〈上古漢語帶舌尖塞音的複聲母〉。《中國學術年刊》第 6 期。

　　　　1987〈古音之旅〉。國文天地雜誌社。

　　　　1987〈評劉又辛「複輔音說質疑」兼論嚴學羣的複聲母系統〉。《師大國文學報》第 16 期。

　　　　1991《聲韻學》。五南圖書公司。

段玉裁：《說文解字注，附六書音韻表》。台北藝文印書館 1955 年印本。

　　　　《六書音韻表》。廣文音韻學叢書本。

姚文田：《說文聲系》。粵雅堂叢書本。

　　　　《古音譜》。邃雅堂集本。

紀曉嵐：《四庫全書總目提要》。商務印書館國學基本叢書四百種。

胡安順：1991〈長入說質疑〉。《陝西師大學報》第 4 期，頁 105～112。

夏　炘：《詩古音表二十二部集說》。廣文音韻學叢書本。

夏　燮：《述韻》番禺官廨本。

高本漢原著，趙元任、李方桂、羅常培譯：1946《中國音韻學研究》。商務印書館。

唐　蘭：1937〈論古無複輔音，凡"來"母字古讀如"泥"母〉。《清華學報》12 卷 2 期，頁 297～307。

唐　文：1982〈論章系歸端〉。《語言文字研究專輯》（上）。

唐作藩：1985《音韻學常識》。學海出版社。

　　　　1987〈對上古音構擬的幾點質疑〉。《語言學論叢》第十四輯，頁 32～36。

　　　　1991《音韻學教程》。北京大學出版社。

　　　　1993〈從同源詞窺測上古漢語的複輔音聲母〉。

徐莉莉：1992〈論中古「明」、「曉」二母在上古的關係〉。《華東師範大學學報》。

章太炎：1935《音論》。光華大學《中國語文學研究》，中華書局。

　　　　1982《國故論衡》。《章氏叢書》台北世界書局。

張日昇：1968〈試論上古四聲〉。《香港中文大學中國文化研究所學報》第 1 卷，頁 113～170。

張日昇、林潔明、梁國豪編（周法高著）1973《周法高上古音韻表》。台北三民書局。

張世祿：1965《中國音韻學史》。商務印書館。

　　　　1986a〈漢語輕重唇音的分化問題〉（與楊劍橋合著。）《揚州師院學報》。

　　　　1986b〈論上古帶 r 複輔音聲母〉（與楊劍橋合著）。《復旦大學學報》。

張清常：1980a〈古音無輕唇舌上八紐再證〉。《語言研究論叢》第一輯。

　　　　1980b〈中古上古*b 聲尾的遺跡〉。同上。

　　　　1993《語言學論文集》，北京商務印書館。

張永言：1984〈關於上古漢語的送氣流音聲母〉。《音韻學研究》第一輯。

　　　　1992《語文學論集》。北京語文出版社。

張　儒：1989〈日母歸泥再證〉。《山西大學學報》。

梅祖麟：1982〈跟見系字諧聲的照三系字〉。《中國語言學報》第 1 期。

陸志韋：1939〈三、四等與所謂喻化〉。《燕京學報》26 期。

　　　　1947〈古音說略〉。《燕京學報》專號之二十。

　　　　1948《詩韻譜》。北京哈佛燕京學社。

　　　　1985《陸志韋語言學著作集》（一）北京中華書局。

郭晉稀：1964〈邪母古讀考〉。《甘肅師範大學學報》第 1 期，頁 6～26。

郭雲生：1983〈論《詩經》韻部系統的性質〉。《安徽大學學報》第 4 期。

郭錫良：1987〈也談上古韻尾的構擬問題〉。《語言學論叢》第十四輯，頁 20～27。

陳　第：《毛詩古音考》。廣文音韻學叢書本。

　　　　《屈宋古音義》。廣文音韻學叢書本。

陳新雄：1972《古音學發微》。文史哲書局。

　　　　1978《音略證補》。文史哲書局。

　　　　1984《鍥不舍齋論學集》。學生書局。

　　　　1994《文字聲韻論叢》。東大圖書公司。

陳復華、何九盈：1987《古韻通曉》。中國社會科學出版社。

陳紹棠：1964〈古韻分部定論商榷〉。《新亞學術年刊》第 6 期。

馮　蒸：1987〈近十年中國漢語音韻研究述評〉。《文字與文化》叢書（二），頁 56～102。北京光明日報出版社。

曹小雲：1992〈脂、微關係探賾〉。《安徽教育學院學報》第 4 期。

曹運乾：1927〈喻母古讀考〉。《東北大學季刊》第 2 期，頁 57～78。

黃　侃：1964《論學雜著》。中華書局》

黃永鎮：1970《古韻學源流》。商務印書館。

黃沛榮：1987〈大陸儒林傳——王力〉。《國文天地》12 月。

尋仲臣：1987〈上古「日紐不歸泥」說質疑〉。《齊魯學刊》第 6 期。

　　　　1990〈喻四來源的再探索〉。《齊魯學刊》第 3 期。

葛毅卿：1937〈喻三入匣再證〉《史語所集刊》第八本第一分冊，頁 91。

董同龢：1944、1948《上古音韻表稿》。《史語所集刊》第十八本第一分冊，頁 1～249。

　　　　1954《中國語音史》。中華文化出版事業委員會。

　　　　1964《語言學大綱》。中華叢書。

　　　　1968《漢語音韻學》。台北學生書局。

　　　　1981《董同龢先生語言學論文選集》。（丁邦新編）食貨出版社。

楊劍橋：1986〈論端、知、照三系聲母的上古來源〉。《語言研究》第 1 期。

趙元任：1930〈譯高本漢上古中國音當中的幾個問題〉。北京大學《上古音討論集》。

潘悟雲：1984〈非喻四歸定說〉。《溫州師專學報》第 1 期。

劉　賾：1932《聲韻學表解》。商務印書館。

　　　　1957〈喻、邪兩紐古讀試探〉。《武漢大學學報》第 2 期。

劉寶俊：1990〈冬部歸向的時代和地域特點與上古楚方音〉。《中南民族學院學報》第 5 期。

鄭張尚芳：1984〈漢語上古音系表解〉（油印本）。

　　　　1987a：〈上古韻母系統和四等、介音、聲調的發源問題〉。《溫州師範學院學報》第 4 期。

　　　　1987b：〈上古音構擬小議〉。《語言學論叢》第十四輯，頁 36～49。

鄭仁佳：1986〈語言學家王力教授生平〉。《傳記文學》第 48 卷 6 期，頁 58～67。

錢大昕：1968《大駕齋養新錄》。商務印書館。

　　　　1968《潛研堂文集》。商務印書館。

錢玄同：1921《文字學音篇》。北京大學。1964 台北學生書局。

　　　　1932〈古音無邪紐證〉。《師大國學叢刊》單訂本，頁 117～127。

　　　　1934〈古韻廿八部音讀之假定〉。《師大月刊》單行本 15 期，頁 1～20。

龍宇純：1958《韻鏡校註》。台北藝文印書館。

　　　　1970〈廣韻重紐音值試論兼論幽韻及喻母音值〉。《香港中文大學崇基學報》九卷 2 期。

　　　　1978〈上古清唇鼻音聲母說檢討〉。《屈萬里先生七秩榮慶論文集》。台北聯經出版社。

1979〈上古陰聲字具輔音韻尾說檢討〉。《史語所集刊》第 50 本，頁 679～716。

1981〈論照穿床審四母兩類上字讀音〉。《第一屆國際漢學會議論文集》。

1983〈從臻櫛兩韻性質的認定到韻圖列二四等字的擬音〉。十六屆國際漢藏語言學會議。

1985〈再論上古音-b 尾說〉。《台大中文學報》創刊號。

1986〈論重紐等韻及其相關問題〉。《第二屆國際漢學會議論文集》。

1986b〈從集韻反切看切系韻書反映的中古音〉。《史語所集刊》五十七本第一分。

1995〈中古音的聲類與韻類〉。第四屆國際暨第十三屆全國聲韻學學術研討會專題演講。

戴君仁：1943〈古音無邪紐補證〉。《輔仁學誌》第 12 卷，1、2 期合刊。

戴　震：《聲韻考》。廣文音韻學叢書本。

　　　《聲類表》。廣文音韻學叢書本。

謝一民：1960〈蘄春黃氏古音說〉台灣師範大學研士論文。

魏建功：1935《古音系研究》。北京大學。

羅常培：1931〈知徹澄娘音值考〉。《史語所集刊》第三本第一分冊，頁 121～157。

　　　1937〈經典釋文和原本玉篇反切中的匣于兩紐〉。《史語所集刊》第八本第一分冊，頁 85～90。

　　　1963《語音學論文選集》。中國科學院語言研究所編。

　　　1970《羅常培漢語音韻學導論》。香港太平書局。

羅常培、王均編著：1957《普通話音學綱要》。科學出版社。

羅常培、周祖謨：1958《漢魏晉南北朝韻部演變研究》。第一分冊。科學出版社。

嚴可均：《說文聲類》廣文音韻學叢書本。

嚴學群：1962〈上古漢語聲母結構體系初探〉。《江漢學報》第 6 期。

　　　1963〈上古漢語韻母結構系統初探〉。《武漢大學報》第 2 期。

　　　1986〈漢語鼻——塞複輔音聲母的模式及其流變〉。《音韻學研究》第二輯。

顧炎武：《音學五書》。廣文音韻學叢書本。

　　　《韻補正》。廣文音韻學叢書本。

龔煌城：1994〈從漢藏語的比較看上古漢語若干聲母的擬測〉。《聲韻論叢》第一輯，頁 73～93。

　　　《十三經注疏》。藝文印書館。

　　　《中國大百科全書——語言文字》分冊。1988 年中國大百科全書出版社。

　　　《漢語方音字彙》1989 年第二版。北京大學語言學教研室編。

　　　《中國語言學大辭典》。1991 年 3 月江西教育出版社。

　　　《音韻學辭典》1991 年 9 月湖南出版社。

附錄：王力之著作分類目錄與版本

一、專　書

（一）音韻部分

1. 《博白方音實驗錄》（法文本）法國・巴黎大學出版社（西元 1931 年）。
2. 《中國音韻學》上海商務（西元 1936 年）。

   1956 年改名《漢語音韻學》，北京及九龍中華書局用商務原版重印，全書共 682 頁。台北泰順書局翻印，改名《中華音韻學》。

   台北友聯出版社翻印（增訂本）改名為《漢語音韻學》年代未詳。

   1986 年，收入《王力文集》第四卷，[註1] 山東教育出版社。

〔註 1〕《王力文集》最後編定共廿卷，前十五卷為專著，後五卷為論文。茲將《王力文集》一至廿卷列表做一簡介。

卷數	內　　　　　容	出版年月
一	中國語法理論	1984.11
二	中國現代語法	1985.5
三	中國古文法・中國文法初探・漢語語法綱要・詞類・虛詞的用法・有關人物和行為的虛詞・字的寫法・讀音和意義・漢語講話・漢語淺談・談談漢語規範化	1985.3
四	漢語音韻學	1986.12
五	漢語音韻・音韻學初步	1986.12
六	詩經韻讀・楚辭韻讀	1986.12

3. 《音韻學的發展》北京科學出版社（西元 1957 年）。

4. 《漢語音韻》北京中華書局，共 198 頁（西元 1963 年）。

　　1972 年香港中華書局重印版。

　　1986 年收入《王力文集》第五卷，頁 1～183。

5. 《詩經韻讀》上海古籍出版社，共 417 頁（西元 1980 年）。

　　1986 年收入《王力文集》第六卷，頁 3～449。

6. 《楚辭韻讀》上海古籍出版社，共 84 頁（西元 1980 年）。

　　1986 年收入《王力文集》第六卷，頁 453～565。

7. 《音韻學初步》商務印書館（西元 1980 年）。

　　1981 年，台北大中出版社翻印，共 71 頁。

　　1986 年收入《王力文集》第五卷，頁 187～259。

8. 《漢語語音史》中國社會科學出版社，共 639 頁（西元 1985 年）。

　　1987 年收入《王力文集》第十卷。

9. 《康熙字典音讀訂誤》北京中華書局共 568 頁（西元 1988 年）。

　　1990 年收入《王力文集》第十三卷。

10. 《清代古音學》《王力文集》第十二卷，頁 267～624，（根據手稿進行編寫的）（西元 1990 年）。

　　1992 年北京中華書局出版。

（二）語法部分

1. 《江浙人學習國語法》，南京正中書局（西元 1936 年）（共 88 頁）。1955 年改名為

七	江浙人怎樣學習普通話·廣東人怎樣學習普通話·漢字改革·廣州話淺說	1990.5
八	同源字典	1992.7
九	漢語史稿	1988.4
十	漢語語音史	1987.1
十一	漢語語法史·漢語詞匯史	1990.3
十二	中國語言學史·清代古音學	1990.9
十三	康熙字典音讀訂誤	1989.12
十四	漢語詩律學（上）	1989.11
十五	漢語詩律學（下）·詩詞格律·詩詞格律概要	1989.11
十六	語言理論·中國語言學·古漢語概論·語法理論·古漢語語法·現代漢語語法	1990.5
十七	音韻通論·上古音	1989.12
十八	中古音·等韻及其他	1991.3
十九	文字·字典·詞匯·文學語言·語文教學·古漢語教學	1990.6
二十	漢語規範化·推廣普通話與推行漢語拼音·文字改革·語文教學·書評·序跋雜著	1991.6

　　由於《王力文集》在本文中出現次數很多，為節省篇幅大都不加書名號（《》）。

《江浙人怎樣學習普通話》，北京文化教育出版社。

香港、中國語文學社《語文彙編》第八輯，年代不詳。

1990 年收入《王力文集》第七卷，頁 3～83，書名爲《江浙人怎樣學習普通話》。

2. 《中國文法學初探》長沙商務印書館鉛印本。（本書初刊於《清華學報》十一卷 1 期。）共 204 頁（西元 1940 年）。

1941 年日本田中渭一郎日譯本，東京文求堂書店。

1966 年台北商務重刊本，改著者名爲王協，收入「人人文庫」共 244 頁。

1985 年收入《王力文集》第三卷，頁 89～152。

3. 《中國現代語法》，重慶商務印書館，分上下兩冊（西元 1943 年）。

1947 年上海商務印書館重印本。

1955 年北京中華書局印本，共二冊。

1955 年香港中華書局印本，共二冊。

1970 年台北泰順書局翻印本，共二冊，改著者名爲王協，全書共分六章，四十六節。

1985 年收入《王力文集》第二卷。

1987 年台北藍燈文化事業公司翻印本，共二冊。

4. 《中國語法理論》，重慶商務印書館印，分上下兩冊（上冊於西元 1944 年，下冊於西元 1945 年印出）共 806 頁。

1946～47 年，上海商務印書館印本。

1954 年北京中華書局重印本。

1987 年台北藍燈文化事業公司翻印本，共二冊。

5. 《中國語法綱要》，上海開明書店初版，共 230 頁（西元 1946 年）。

1957 年改名《漢語語法綱要》，上海新知識出版社。

1959 年香港建文書局翻印本。

1969 年香港龍門書店影印本。

1974 年台北地平線出版社翻印本。

1975 年香港中流出版社翻印本。

1985 年收入《王力文集》第三卷，頁 155～312。

6. 《廣東人學習國語法》，廣州華南人民出版社，共 153 頁（西元 1951 年）。

1955 年北京文化教育出版社再版，改名爲《廣東人怎樣學習普通話》。

《語文彙編》第八輯。

1967 年香港宏業書局重排本，改書名爲《怎樣學國語》。

1990 年收入《王力文集》第七卷，頁 87～283。

7. 《有關人物和行爲的虛詞》中國青年出版社（西元 1955 年）。

1956 年香港圖書公司翻印本。

1956 年香港藝美圖書公司翻印本。

1957 年上海新知識出版社。

1985 年收入《王力文集》第三卷，頁 393～487。

8. 《虛詞的用法》，北京工人出版社（西元 1955 年）。

　　《語文彙編》第二十九輯。

　　　1985 年收入《王力文集》第三卷，頁 355～389。

9. 《漢語的詞類問題》中華書局（西元 1955 年）。

10. 《漢語的主語賓語問題》，中華書局（西元 1956 年）。

11. 《詞類》上海新知識出版社，共 32 頁（西元 1957 年）。

　　《語文彙編》第二十九輯。

　　　1985 年收入《王力文集》第三卷，頁 315～351。

12. 《中國古文法》太原山西人民出版社（西元 1983 年）。

13. 《漢語語法史》商務印書館（西元 1985 年）。

　　　1990 年收入《王力文集》第十卷，頁 1～488。

（三）語文學通論部分

1. 《中國語文概論》，長沙商務印書館鉛印本（西元 1939 年），共 117 頁。

　　1950 年改名爲《中國語文講話》上海開明書店重版。

　　1955 年改名爲《漢語講話》，北京文化教育出版社。

　　1940 年日本佐藤三郎治日譯本，名爲《支那言語學概說》，東京生活社刊。

　　1941 年日本豬俱莊八、金坂博合譯爲《支那言語學概論》，東京三省堂刊。

　　1965 年台北商務印書館印出萬有文庫薈要本，署名王了一。（內容共分五章）

　　1978 年香港嵩華出版事業公司重印《中國語文講話》。

　　《語文彙編》第四十一輯。

　　　1985 年收入《王力文集》第三卷，頁 565～656。

　　書名爲《漢語講話》。

2. 《漢字改革》長沙商務印書館，共 118 頁（西元 1940 年）。

　　　1980 年收入《龍出並雕齋文集》第二冊，頁 577～668。

　　　1990 年收入王力文集第七卷，頁 287～396。

3. 《語文叢談》，國民圖書出版社（西元 1944 年）。〔註2〕

4. 《字的形音義》，北京中國青年出版社，共計 65 頁（西元 1953 年）。

〔註 2〕《語文叢談》這本書，是我在周法高師東海家中發現的，因爲此書可能已是孤本了，所以當時眞是如獲至寶。此書甚至連王力家中皆無存了。所以在一連串的人編王力目錄時，皆不見此書列人。此書是民國 33 年 2 月由國民圖書出版社印行。內容共包括十篇論文（理想的字典、語言學在現代中國的重要性、從語言的習慣論通俗化、古語的死亡殘留和轉生、邏輯和語法、談用字不當、談意義不明，大學入學考試的文白對譯、談標點格式、論漢譯地名人名的標準。）其中除了第八篇〈大學入學考試的文白對譯〉一文外（由於此文不見收於其他刊物，故格外珍貴與難見，所以特將此篇影印，帶至北京送給唐作藩先生，作爲以後增訂《王力文集》時用。）其他九篇皆見收於《王力文集》。

　　1957 年上海新知識出版社，改書名爲《字的寫法、讀音和意義》共 63 頁。

　　1958 年上海教育出版社出版。

　　《語文彙編》第十三輯。

　　1978 年香港港青出版社翻印。

　　1985 年收入《王力文集》第三卷，頁 491～562，書名爲《字的寫法、讀音和意義》。

5. 《談談漢語規範化》北京工人出版社，共 36 頁（西元 1956 年）。

　　《語文彙編》第二十四輯。

　　1985 年收入《王力文集》第三卷，頁 703～731。

6. 《漢語的共同語和標準音》，《中國語文》雜誌社編，北京中華書局印、共 177 頁（西元 1956 年）。

　　《語文彙編》第二十四輯。

7. 《廣州話淺說》北京文字改革出版社初版，共 108 頁（西元 1957 年）。

　　《語文彙編》第八輯。

　　香港宏圖出版社翻印，年代不詳。

　　1990 年收入《王力文集》第七卷，頁 399～512。

8. 《漢語史稿》1957 年上冊出版、1958 年中下冊出版、北京科學出版社印行，共 614 頁。

　　1988 年收入《王力文集》第九卷。

9. 《漢語詩律學》、上海新知識出版社、共 957 頁（西元 1957 年）。

　　1962 年上海教育出版社再版共 828 頁。

　　1970 年台北文津出版社印，改書名爲《中國詩律研究》改著者爲王子武。

　　1973 年香港九龍中華書局重印本。

　　1975 年台北洪氏出版社翻印本。

　　1979 年上海教育出版社，共 980 頁。

　　1989 年收入《王力文集》第十四卷及第十五卷，頁 1～303。

10. 《漢語史論文集》北京科學出版社，共 411 頁（西元 1958 年）。

11. 《古代漢語》北京中華書局，共 1718 頁。（王力主編）（西元 1962 年）。

　　台北友聯出版社翻印（共四冊，1794 頁）。

12. 《詩詞格律》，北京中華書局（西元 1962 年）。

　　1977 年中華書局新一版，共 164 頁。

　　1989 年收入《王力文集》第十五卷，頁 307～480。

13. 《詩詞格律十講》，北京出版社（西元 1962 年）。

　　1971 年香港文昌書局重印本語文小叢書。

　　1979 年北京出版社新一版。

14. 《中國語言學史》，1963～64 年香港龍門書店。

　　採自《中國語文》雙月刊。

　　1967 年香港龍門書店，共 99 頁，採自《中國語文》雙月刊。

香港神州圖書公司印，共 99 頁，採自《中國語文》。

1972 年台北泰順書局翻印，共 244 頁。

1978 年台北莊嚴出版社重排本，共 228 頁。

1981 年山西人民出版社出版。

1983 年韓國啓明大學出版部翻譯出版，共 351 頁。

1984 年香港中國圖書刊行社出版，共 228 頁。

1987 年，台北駱駝出版社翻印，共 252 頁。

1987 年，台北谷風出版社翻印，共 252 頁。

15. 《漢語淺談》，北京出版社，共 45 頁（西元 1964 年）。

《語文彙編》第一輯。

1985 年收入《王力文集》第三卷，頁 659～699。

16. 《古代漢語常識》人民教育出版社，共 78 頁（西元 1979 年）。

1990 年收入《王力文集》第十六卷，頁 111～178。（本應編入第三卷，由於當時漏收，所以編入十六卷）。

17. 《詩詞格律概要》北京出版社，共 195 頁（西元 1979 年）。

1989 年收入《王力文集》第十五卷，頁 483～643。

18. 《龍蟲並雕齋文集》第一、二冊，中華書局（西元 1980 年）。

19. 《龍蟲並雕齋文集》第三冊，北京中華書局共 502 頁（西元 1982 年）。

20. 《同源字典》北京商務印書館（西元 1982 年）。

1983 年台北文史哲出版社翻印，共 695 頁。

1992 年收入《王力文集》第八卷。

21. 《王力論學新著》廣西人民出版社，共 355 頁（西元 1983 年）。

22. 《談談學習古代漢語》山東教育出版社共 269 頁（西元 1984 年）。

23. 《漢語詞匯史》《王力文集》第十一卷，頁 491～842。（根據手稿進行編校的）（西元 1990 年）。

1993 年北京商務印書館出版書名爲《漢語詞彙史》。

（四）文學部分

1. 《羅馬文學》上海商務印書館（西元 1933 年）。1965 年，香港文瀚出版社重印（共 64 頁）。

2. 《希臘文學》上海商務印書館（西元 1933 年）。1965 年，香港文瀚出版社重印（共 96 頁）。

3. 《幸福之路》上海啓智出版社（西元 1933 年）。

4. 《龍蟲並雕齋瑣語》，上海觀察出版社，共 173 頁（西元 1949 年）。

1973 年香港波文書局翻印本。

5. 《龍蟲並雕齋詩集》北京出版社共 302 頁（西元 1984 年）。

（五）其他部分

1. 《老子研究》，民鐸叢書第四種，上海商務印書館初版（西元 1928 年）。

1934 年上海商務印書館國難後重排本。

1968 年台北商務重印本，改著者爲「王協」。（此書爲王力先生之第一部專著）。

2. 《論理學》上海商務印書館（西元 1933 年）。

二、論　文

（一）音韻部分

1. 〈三百年前河南寧陵方音考〉《國學論叢》一卷 2 期（西元 1927 年）。
   1991 年收入《王力文集》第十八卷，頁 588～597。

2. 〈濁音上聲變化説〉《廣西留京學會學報》4 期（西元 1927 年）。
   1991 年收入《王力文集》第十八卷，頁 399～419。

3. 〈諧聲説〉《北大研究所國學門月刊》（西元 1927 年）一卷 5 期，頁 504～505，1989 年收入《王力文集》第十七卷，頁 95～96。

4. 〈兩粵音説〉《清華學報》五卷 1 期（西元 1928 年）。
   1991 年收入《王力文集》第十八卷，頁 598～665。

5. 〈從元音的性質説到中國語的聲調〉《清華學報》十卷 1 期，頁 157～183（西元 1935 年）。
   1989 年收入《王力文集》第十七卷，頁 3～31。

6. 〈類音研究〉《清華學報》十卷 3 期（西元 1935 年）。
   1991 年收入《王力文集》第十八卷，頁 339～384。

7. 〈南北朝詩人用韻考〉《清華學報》十一卷 3 期（西元 1936 年）。1958 年收入《漢語史論文集》，頁 1～59。1980 年收入《龍蟲並雕齋文集》第一冊，頁 1～62。1991 年收入《王力文集》第十八卷，頁 3～37。

8. 〈評「漢魏六朝韻譜」（于安瀾）〉《大公報》（西元 1936 年）（天津）。
   1991 年收入《王力文集》第廿卷，頁 342～345。

9. 〈評「近代劇韻」（張伯駒、余叔岩）〉《大公報》（西元 1937 年）（天津）。
   1991 年收入《王力文集》第廿卷，頁 364～371。

10. 〈評「黃侃集韻聲類表、施則敬集韻表」〉《大公報》（西元 1937 年）（天津）。
    1991 年收入《王力文集》第廿卷，頁 346～363。

11. 〈古韻分部異同考〉《語言與文學》，頁 51～77（西元 1937 年）。
    1958 年收入《漢語史論文集》，頁 60～76。
    1980 年收入《龍蟲並雕齋文集》第一冊，頁 63～79。
    1989 年收入《王力文集》第十七卷，頁 97～115。

12. 〈上古韻母系統研究〉《清華學報》十二卷 3 期（西元 1937 年）。
    1958 年收入《漢語史論文集》，頁 77～156。
    1980 年收入《龍蟲並雕齋文集》第一冊，頁 80～154。
    1989 年收入《王力文集》第十七卷，頁 116～196。

13. 〈漢越語研究〉《嶺南學報》九卷 1 期（西元 1948 年）。
    1958 年收入《漢語史論文集》，頁 290～406。
    1980 年收入《龍蟲並雕齋文集》第二冊，頁 704～818。

1991 年收入《王力文集》第十八卷，頁 460～587。

14. 〈東莞方音〉（與錢淞生合作）《嶺南學報》十卷 1 期（西元 1949 年）。

15. 〈珠江三角州方音總論〉（與錢淞生合作）《嶺南學報》十卷 2 期（西元 1950 年）。

16. 〈台山方音〉（與錢淞生合作）《嶺南學報》十卷 2 期（西元 1950 年）。

17. 〈海南島白沙黎語初探〉（與錢淞生合作）《嶺南學報》十一卷 2 期（西元 1951 年）。

18. 〈上古漢語入聲和陰聲的分野及其收音〉《語言學研究與批判》二輯（西元 1960 年）。

    1980 年收入《龍蟲並雕齋文集》第一冊，頁 155～197。

    1989 年收入《王力文集》第十七卷，頁 197～247。

19. 〈古韻脂微質物月五部的分野〉《語言學論叢》第五輯（西元 1963 年）。

    1982 年收入《龍蟲並雕齋文集》第三冊，頁 56～92。

    1989 年收入《王力文集》第十七卷，頁 248～290。

20. 〈先秦古韻擬測問題〉《北京大學學報》，5 期，頁 41～62（西元 1964 年）。

    1989 年收入《王力文集》第十七卷，頁 291～339。

21. 〈略論清儒的語言研究〉《新建設》8、9 期（西元 1965 年）。

    1982 年收入《龍蟲並雕齋文集》第三冊，頁 355～362。

    1990 年收入《王力文集》第十六卷，頁 64～72。

22. 〈論審音原則〉《中國語文》6 期（西元 1965 年）。

    1991 年收入《王力文集》第廿卷，頁 94～112。

23. 〈黃侃古音學述評〉《大公報在港復刊三十周年紀念文集》，頁 59～104（西元 1978 年）。

    1982 年收入《龍蟲並雕齋文集》第三冊，頁 363～398。

    1983 年收入《王力論學新著》44～82。

    1989 年收入《王力文集》第十七卷，頁 373～414。

24. 〈現代漢語語音分析中的幾個問題〉《中國語文》4 期（西元 1979 年）。

    1983 年收入《王力論學新著》，頁 97～108。

25. 〈粵方言與普通話〉——在香港中國語文學會舉行的學術演講會上的演講（西元 1980 年）。

    1991 年收入《王力文集》第廿卷，頁 203～211。

26. 〈漢語語音的系統性及其發展的規律性〉《社會科學戰線》1、2 期（西元 1980 年）。

    1983 年收入《王力論學新著》，頁 8～30。

    1989 年收入《王力文集》第十七卷，頁 54～79。

27. 〈古無去聲例證〉《語言研究論叢》，頁 1～31（西元 1980 年）。

    1982 年收入《龍蟲並雕齋文集》第三冊，頁 93～123。

    1989 年收入《王力文集》第十七卷，頁 340～372。

28. 〈玄應一切經音義反切考〉《武漢師範學院學報》3 期（西元 1980 年）。

    1991 年收入《王力文集》第十八卷，頁 186～198。

29. 〈范曄劉勰用韻考〉《龍蟲並雕齋文集》第三冊，頁 339～354（西元 1982 年）。
    1987 年《語言研究論叢》第三輯。
    1991 年收入《王力文集》第十八卷，頁 74～92。

30. 〈《經典釋文》反切考〉《龍蟲並雕齋文集》第三冊，頁 135～211（西元 1982 年）。
    1984 年《音韻學研究》第一輯。
    1991 年收入《王力文集》第十八卷，頁 93～185。

31. 〈朱翱反切考〉《龍蟲並雕齋文集》第三冊，頁 212～256（西元 1982 年）。
    1991 年收入《王力文集》第十八卷，頁 199～245。

32. 〈朱熹反切考〉《中華文史論叢》增刊（西元 1982 年）。
    1982 年收入《龍蟲並雕齋文集》第三冊，頁 257～338。

33. 〈再論日母的音值，兼論普通話聲母表〉《中國語文》1 期（西元 1983 年）。
    1989 年收入《王力文集》第十七卷，頁 32～53。

34. 〈漢語語音史上的條件音變〉《語言研究》第 4 期（西元 1983 年）。
    1989 年收入《王力文集》第十七卷，頁 80～89。

35. 〈詩經韻讀答疑〉《中國語文》1 期，頁 29～31（西元 1985 年）。
    1989 年收入《王力文集》第十七卷，頁 415～421。

36. 〈唇音開合口辨〉《河北廊坊師專學報》1 期（西元 1986 年）。
    1991 年收入《王力文集》第十八卷，頁 385～398。

（二）語法部分

1. 〈中國文法學初探〉《清華學報》十一卷 1 期（西元 1936 年）。
    1958 年收入《漢語史論文集》，頁 157～211。
    1980 年收入《龍蟲並雕齋文集》第一冊，頁 198～251。

2. 〈中國文法中的繫詞〉《清華學報》十二卷 1 期（西元 1937 年）。
    1958 年收入《漢語史論文集》，頁 212～276。
    1980 年收入《龍蟲並雕齋文集》第一冊，頁 252～314。
    1990 年收入《王力文集》第十六卷，頁 355～434。

3. 〈中國語法學的新途徑〉《當代評論》一卷 3 期（西元 1941 年）。

4. 〈人稱代詞〉《國文雜誌》（桂林）一卷 6 期（西元 1943 年）。

5. 〈無定代詞復指代詞等〉《國文雜誌》（桂林）二卷 2 期（西元 1943 年）。

6. 〈指示代詞〉《國文雜誌》（桂林）二卷 4 期（西元 1943 年）。

7. 〈疑問代詞〉《國文雜誌》（桂林）二卷 5 期（西元 1943 年）。

8. 〈詞類〉《國文月刊》34 期（西元 1945 年）。

9. 〈詞品〉《國文月刊》35 期（西元 1945 年）。

10. 〈仂語〉《國文月刊》36 期（西元 1945 年）。

11. 〈句子〉《國文月刊》37 期（西元 1945 年）。

12. 〈關於「中國語法理論」〉《中山大學文學院研究所集刊》1 期（西元 1948 年）。
    1990 年收入《王力文集》第十六卷，頁 223～230。

13. 〈語法答問〉《國文月刊》76 期（西元 1949 年）。

    1990 年收入《王力文集》第十六卷，頁 487～503。

14. 〈漢語的詞類〉《語文學習》4 期（西元 1952 年）。

    1955 年收入《漢語的詞類問題》中華書局印。

    1990 年收入《王力文集》第十六卷，頁 504～515。

15. 〈謂語形式和句子形式〉《語文學習》9 期（西元 1952 年）。

    1990 年收入《王力文集》第十六卷，頁 529～537。

16. 〈句子的分類〉《語文學習》1 期（西元 1953 年）。

    1990 年收入《王力文集》第十六卷，頁 538～545。

17. 〈詞和仂語的界限問題〉《中國語文》九月號（西元 1953 年）。

    1980 年收入《龍蟲並雕齋文集》第二冊，頁 547～562。

    1990 年收入《王力文集》第十六卷，頁 236～253。

18. 〈關於漢語有無詞類的問題〉《北京大學學報（人文）》2 期（西元 1955 年）。

    1980 年收入《龍蟲並雕齋文集》第二冊，頁 501～515。

    1990 年收入《王力文集》第十六卷，頁 254～270。

19. 〈語法體系和語法教學〉《語法和語法教學》10 月，人民教育出版社（西元 1956 年）。

20. 〈關於詞類的畫分〉《語法和語法教學》（西元 1956 年）。

    1990 年收入《王力文集》第十六卷，頁 308～320。

21. 〈主語的定義及其在漢語中的應用〉《語文學習》1 期又收於《漢語的主語賓語問題》（西元 1956 年）。

    1990 年收入《王力文集》第十六卷，頁 271～285。

22. 〈漢語被動式的發展〉《語言學論叢》一輯（西元 1957 年）。

23. 〈漢語實詞的分類〉《北京大學學報（人文）》2 期（西元 1959 年）。

    1980 年收入《龍蟲並雕齋文集》第二冊，頁 526～546。

    1990 年收入《王力文集》第十六卷，頁 321～345。

24. 〈古漢語自動詞和使動詞的配對〉《中華文史論叢》六輯（西元 1965 年）。

    1982 年收入《龍蟲並雕齋文集》第三冊，頁 11～29。

25. 〈漢語滋生詞的語法分析〉《語言學論叢》六輯（西元 1979 年）。

    1982 年收入《龍蟲並雕齋文集》第三冊，頁 45～55。

    1983 年收入《王力論學新著》，頁 115～128。

    1990 年收入《王力文集》第十六卷，頁 464～476。

26. 〈關於漢語語法體系的問題〉《中國語文研究》2 期（西元 1981 年）。

    1982 年收入《龍蟲並雕齋文集》第三冊，頁 452～457。

    1983 年收入《王力論學新著》，頁 198～203。

    1990 年收入《王力文集》第十六卷，頁 346～352。

27. 〈中國語法學的發展〉《語文園地》第 2 期，又《語文月刊》第 1 期（西元 1982 年）。

    1983 年收入《王力論學新著》，頁 194～197。

    1990 年收入《王力文集》第十六卷，頁 87～90。

（三）語文學通論部分

1. 〈文話平議〉《甲寅周刊》一卷 35 期（西元 1926 年）。

    1991 年收入《王力文集》第廿卷，頁 3～10。

2. 〈語言的變遷〉《獨立評論》132 期（西元 1934 年）。

    1991 年收入《王力文集》第廿卷，頁 435～438。

3. 〈文字的保守〉《獨立評論》143 期（西元 1935 年）。

    1991 年收入《王力文集》第廿卷，頁 265～270。

4. 〈論讀別字〉《獨立評論》152 期（西元 1935 年）。

    1991 年收入《王力文集》第廿卷，頁 271～276。

5. 〈論「不通」〉《獨立評論》165 期（西元 1935 年）。

6. 〈國家應該頒布一部文法〉《獨立評論》167 期（西元 1935 年）。

7. 〈評《Word Families in Chinese》〉《圖書季刊》二卷 4 期（西元 1935 年）。

    1991 年收入《王力文集》第廿卷，頁 329～335。

8. 〈中國文法歐化的可能性〉《獨立評論》198 期（西元 1936 年）。

    1990 年收入《王力文集》第十六卷，頁 209～213。

9. 〈評《爨文叢刻》甲編（丁文江）〉《大公報》（西元 1936 年）（天津）。

    1991 年收入《王力文集》第廿卷，頁 336～341。

10. 〈漢字改革的理論與實際〉《獨立評論》205 期（西元 1936 年）。

    1991 年收入《王力文集》第廿卷，頁 219～223。

11. 〈語言的化裝〉《文學雜誌》（上海）一卷 2 期（西元 1937 年）。

    1990 年收入《王力文集》第十九卷，頁 227～234。

12. 〈雙聲疊韻的應用及其流弊〉《文學年報》3 期（西元 1937 年）。

    1958 年收入《漢語史論文集》，頁 407～411。

    1982 年收入《龍蟲並雕齋文集》第三冊，頁 1～5。

    1984 年又收入《談談學習古代漢語》。

    1990 年收入《王力文集》第十九卷，頁 133～138。

13. 〈論漢譯地名人名的標準〉《今日評論》一卷 11 期（西元 1939 年）。

    1944 年收入《語文叢談》國民圖書出版社。

    1991 年收入《王力文集》第廿卷，頁 23～28。

14. 〈談用字不當〉《今日評論》一卷 19 期（西元 1939 年）。

    1944 年收入《語文叢談》。

    1991 年收入《王力文集》第廿卷，頁 29～33。

15. 〈談標點格式〉《今日評論》二卷 6 期（西元 1939 年）。

1944 年收入《語文叢談》。

1991 年收入《王力文集》第十九卷，頁 34～38。

16. 〈邏輯與語法〉《國文月刊》一卷 2 期（西元 1940 年）。

1944 年收入《語文叢談》。

1990 年收入《王力文集》第十六卷，頁 214～222。

17. 〈從語言的習慣論通俗化〉《今日評論》四卷 25 期（西元 1940 年）。

1944 年收入《語文叢談》。

1991 年收入《王力文集》第十九卷，頁 39～43。

18. 〈語言學在現代中國的重要性〉《當代評論》一卷 16 期（西元 1941 年）。

1944 年收入《語文叢談》。

1990 年收入《王力文集》第十六卷，頁 117～123。

19. 〈談意義不明〉《國文月刊》一卷 5 期（西元 1941 年）。

1944 年收入《語文叢談》。

1991 年收入《王力文集》第廿卷，頁 277～282。

20. 〈古語的死亡殘留和轉生〉《國文月刊》第 4 期（西元 1941 年）。

1944 年收入《語文叢談》。

1980 年收入《龍蟲並雕齋文集》第一冊，頁 413～418。

1984 年收入《談談學習古代漢語》。

1990 年收入《王力文集》第十九卷，頁 139～145。

21. 〈新字義的產生〉《國文雜誌》（桂林）一卷 2 期（西元 1942 年）。

1982 年收入《龍蟲並雕齋文集》第三冊，頁 6～10。

1990 年收入《王力文集》第十九卷，頁 146～150。

22. 〈文言的學習〉《國文月刊》13 期（西元 1942 年）。

1984 年收入《談談學習古代漢語》。

1990 年收入《王力文集》第十六卷，頁 93～110。

23. 〈語言的使用和了解〉（西元 1942 年）。

24. 〈論近年報紙上的文言文〉《當代評論》二卷 8 期（西元 1942 年）。

1991 年收入《王力文集》第廿卷，頁 44～49。

25. 〈什麼話好聽〉《國文月刊》21 期（西元 1943 年）。

1991 年收入《王力文集》第廿卷，頁 50～55。

26. 〈觀念和語言〉《文學創作》三卷 1 期（西元 1944 年）。

1990 年收入《王力文集》第十六卷，頁 3～8。

27. 〈「一」和「一個」〉《國文雜誌》（桂林）二卷 6 期（西元 1944 年）。

28. 〈基數，序數，和問數法〉《國文雜誌》（桂林）三卷 1 期（西元 1944 年）。

29. 〈字和詞〉《國文月刊》31、32 期合刊（西元 1944 年）。

30. 〈理論的字典〉1944 年收入《語文叢談》（西元 1944 年）。

1945 年《國文月刊》33 期。

1980 年收於《龍蟲並雕齋文集》第一冊，頁 345～378。

1990 年收入《王力文集》第十九卷，頁 37～77。

31. 〈人物稱數法〉《國文雜誌》（桂林）三卷 3 及 4 期（西元 1945 年）。

32. 〈字史〉《國文雜誌》（桂林）三卷 4、5、6 期（西元 1945 年）。

1990 年收入《王力文集》第十九卷，頁 151～165。

33. 〈複音詞的創造〉《國文月刊》40 期（西元 1946 年）。

34. 〈中國文字及其音讀的類化法〉《國文月刊》42 期（西元 1946 年）。

35. 〈了一小字典初稿〉《國文月刊》43、44 期合刊（西元 1946 年）。

1980 年收於《龍蟲並雕齋文集》第一冊，頁 379～406。

1990 年收入《王力文集》第十九卷，頁 78～110。

36. 〈漢字的形體及其音讀的類化法〉《國文月刊》42 期（西元 1946 年）。

1990 年收入《王力文集》第十九卷，頁 3～8。

37. 〈新訓詁學〉《開明書店二十周年紀念文集》，頁 173～188（西元 1947 年）。

1958 年收入《漢語史論文集》，頁 277～289。

1980 年收於《龍蟲並雕齋文集》第一冊，頁 315～327。

1984 年收入《談談學習古代漢語》。

1990 年收入《王力文集》第十九卷，頁 166～181。

38. 〈語言學在現代中國的重要性〉《華北日報》（北平）（西元 1947 年）。

1990 年收入《王力文集》第十六卷，頁 29～33。

39. 〈漫談方言文學〉《觀察》五卷 11 期（西元 1948 年）。

1990 年收入《王力文集》第十九卷，頁 235～241。

40. 〈詞和語在句中的職務〉《語文學習》7 期（西元 1952 年）。

1990 年收入《王力文集》第十六卷，頁 516～528。

41. 〈中學語法教學問題〉《語文學習》12 期（西元 1953 年）。

1990 年收入《王力文集》第十九卷，頁 351～360。

42. 〈語文知識〉《語文學習》1953 年 3 期～1955 年 1 期。

43. 〈漢語語法學的主要任務——發現並掌握漢語的結構規律〉《中國語文》十月號（西元 1953 年）。

1990 年收入《王力文集》第十六卷，頁 231～235。

44. 〈論漢族標準語〉《中國語文》6 期（西元 1954 年）。

1980 年收於《龍蟲並雕齋文集》第二冊，頁 669～687。

1991 年收入《王力文集》第廿卷，頁 56～76。

45. 〈論漢語規範化〉《人民日報》10 月 12 日（西元 1955 年）。

1982 年收於《龍蟲並雕齋文集》第三冊，頁 467～471。

1991 年收入《王力文集》第廿卷，頁 77～82。

46. 〈在推廣普通話的宣傳工作中應該注意掃除的一種思想障礙〉《光明日報》10 月 26 日（西元 1955 年）。
    1991 年收入《王力文集》第廿卷，頁 127～128。

47. 〈關於「它們」的解釋問題〉《語文學習》4 期（1955 年）。
    1990 年收入《王力文集》第十六卷，頁 546～548。

48. 〈斯大林語言學著作對於中國語言學的影響和作用〉《俄文教學》8 期（西元 1955 年）。

49. 〈談談在高等學校裡推廣普通話〉《高等教育》7 期（西元 1956 年）。
    1991 年收入《王力文集》第廿卷，頁 142～146。

50. 〈論漢推廣普通話〉《人民日報》2 月 13 日（西元 1956 年）。
    1982 年收於《龍蟲並雕齋文集》第三冊，頁 472～474。
    1991 年收入《王力文集》第廿卷，頁 129～132。

51. 〈為什麼「知」「資」等字要寫出韻母〉《拼音》1 期（西元 1956 年）。
    1991 年收入《王力文集》第廿卷，頁 147～161。

52. 〈談談廣東人學習普通話〉《南方日報》3 月 25 日（西元 1956 年）。
    1991 年收入《王力文集》第廿卷，頁 138～141。

53. 〈談談學習普通話〉《時事手冊》3 月（西元 1956 年）。
    1991 年收入《王力文集》第廿卷，頁 133～137。

54. 〈漢字改革的必要性和可能性〉《北京大學學報（人文）》4 期（西元 1956 年）。

55. 〈語法的民族特點和時代特性〉《中國語文》10 期（西元 1956 年）。
    1980 年收入《龍蟲並雕齋文集》第二冊，頁 491～500。
    1990 年收入《王力文集》第十六卷，頁 286～297。

56. 〈文字改革筆談〉《文字改革》10 期（西元 1957 年）。

57. 〈中國語言學的現況及其存在的問題〉《中國語文》3 期。
    1990 年收入《王力文集》第十六卷，頁 34～47。

58. 〈關於暫擬的漢語教學語法系統問題〉《語文學習》11 期（西元 1957 年）。
    1990 年收入《王力文集》第十九卷，頁 361～370。

59. 〈關於文字改革問題應該經常展開辯論〉《文字改革》10 月（西元 1957 年）。

60. 〈方言複雜能不能實行拼音文字〉《中國語文》10 期（西元 1957 年）。
    1991 年收入《王力文集》第廿卷，頁 224～234。

61. 〈漢語拼音方案草案的優點〉《光明日報》12 月 11 日（西元 1957 年）。
    1991 年收入《王力文集》第廿卷，頁 162～169。

62. 〈沒有學過注音字母和沒有學過外國文的人怎樣學習漢語拼音字母〉《文字改革》12 月（西元 1957 年）。
    1991 年收入《王力文集》第廿卷，頁 170～178。

63. 〈為語言科學的躍進而奮鬥（發言）〉《中國語文》4 期。

64. 〈語言學課程整改筆談〉《中國語文》第 7 期（西元 1958 年）。
    1991 年收入《王力文集》第廿卷，頁 283～287。

65. 〈現代漢語規範化問題（總論）〉《語言學論叢》三輯（西元 1959 年）。

66. 〈語言的規範化和語言的發展〉《語文學習》10 期（西元 1959 年）。
    1991 年收入《王力文集》第廿卷，頁 83～93。

67. 〈中國格律詩的傳統和現代格律詩的問題〉《文學評論》3 期（西元 1959 年）。
    1980 年收入《龍蟲並雕齋文集》第一冊，頁 419～439。
    1990 年收入《王力文集》第十九卷，頁 249～272。

68. 〈關於文字改革的三大任務〉《文字改革》3 期（西元 1960 年）。
    1991 年收入《王力文集》第廿卷，頁 235～240。

69. 〈北京大學 1959 年五四科學討論會漢語實詞分類問題的報告和發言〉《語言學論叢》四輯（西元 1960 年）。

70. 〈在語言科學中提倡百家爭鳴〉《光明日報》3 月 22 日（西元 1961 年）。

71. 〈邏輯與語言〉《紅旗》17 期（西元 1961 年）。
    1980 年收入《龍蟲並雕齋文集》第二冊，頁 688～703。
    1990 年收入《王力文集》第十六卷，頁 9～26。

72. 〈筆談難字注音〉《文字改革》12 期（西元 1961 年）。
    1991 年收入《王力文集》第廿卷，頁 455～456。

73. 〈古代漢語的學習和教學〉《光明日報》12 月 16 日（西元 1961 年）。

74. 〈文言語法鳥瞰〉《人民教育》（西元 1962 年）。
    1990 年收入《王力文集》第十六卷，頁 435～441。

75. 〈中國古典文論中談到的語言形式美〉《文藝報》2 期（西元 1962 年）。
    1980 年收入《龍蟲並雕齋文集》第一冊，頁 456～460。
    1983 年收入《王力論學新著》，頁 31～35。
    1984 年收入《談談學習古代漢語》。
    1990 年收入《王力文集》第十九卷，頁 280～285。

76. 〈訓詁學上的一些問題〉《中國語文》1 期（西元 1962 年）。
    1980 年收入《龍蟲並雕齋文集》第一冊，頁 328～344。
    1990 年收入《王力文集》第十九卷，頁 182～202。
    《《古代漢語》教學參考意見〉《古代漢語》上冊第一分冊，中華書局。
    1990 年收入《王力文集》第十九卷，頁 412～414。

77. 〈對語言學討論的一些意見〉《文匯報》3 月 1 日（西元 1962 年）。

78. 〈略論語言形式美〉《光明日報》10 月 9 日（西元 1962 年）。
    1980 年收入《龍蟲並雕齋文集》第一冊，頁 461～483。
    1984 年收入《談談學習古代漢語》。
    1990 年收入《王力文集》第十九卷，頁 305～330。

79. 〈中國語言學的繼承和發展〉《中國語文》10 月號（西元 1962 年）。

  1982 年收入《龍蟲並雕齋文集》第二冊，頁 563～576。

  1990 年收入《王力文集》第十六卷，頁 48～63。

80. 〈詩律餘論〉《光明日報》8 月 6 日（西元 1962 年）。

  1980 年收入《龍蟲並雕齋文集》第一冊，頁 440～455。

  1990 年收入《王力文集》第十九卷，頁 286～304。

81. 〈《古代漢語》凡例〉，《古代漢語》上冊第一分冊（西元 1962 年）。

  1990 年收入《王力文集》第十九卷，頁 405～411。

82. 〈推廣漢語拼音和普及音韻知識〉《文字改革》4 期（西元 1963 年）。

  1991 年收入《王力文集》第廿卷，頁 179～181。

83. 〈古代漢語的教學〉《中國語文》1 期（西元 1963 年）。

  1984 年收入《談談學習古代漢語》。

  1990 年收入《王力文集》第十九卷，頁 415～437。

84. 〈中國語言學史〉《中國語文》1963 年 3 期～1964 年 2 期。

85. 〈《古代漢語》編寫中的一些體會〉《光明日報》10 月 28 日（西元 1963 年）。

  1984 年收入《談談學習古代漢語》。

  1990 年收入《王力文集》第十九卷，頁 438～452。

86. 〈《古代漢語》編後記〉《古代漢語》（西元 1964 年）。

  1990 年收入《王力文集》第十九卷，頁 453～458。

87. 〈談談學外語〉《外國語教學‧4 期》（西元 1978 年）。

  1983 年收入《王力論學新著》，頁 329～340。

  1991 年收入《王力文集》第廿卷，頁 288～300。

88. 〈同源字論〉《中國語文》1 期（西元 1978 年）。

  1982 年收入《龍蟲並雕齋文集》第三冊，頁 30～44。

  1983 年收入《王力論學新著》，頁 128～176。

  1984 年收入《談談學習古代漢語》。

89. 〈為推廣普通話和推行漢語拼音而努力〉《光明日報》（西元 1978 年）。

  1991 年收入《王力文集》第廿卷，頁 182～186。

90. 〈我談寫文章〉《新聞戰線》4 期（西元 1979 年）。

  1991 年收入《王力文集》第廿卷，頁 468～473。

91. 〈談談學習古代漢語〉《廣西大學學報》1 期（西元 1979 年）。

  1982 年收入《龍蟲並雕齋文集》第三冊，頁 399～412。

  1984 年收入《談談學習古代漢語》。

  1990 年收入《王力文集》第十九卷，頁 459～474。

92. 〈白話文運動的意義〉《中國語文》3 期（西元 1979 年）。

  1983 年收入《王力論學新著》，頁 284～288。

1991 年收入《王力文集》第廿卷，頁 113～117。

93. 〈正字法淺談〉《中學語文教學》2～4 期（西元 1980 年）。

　　1983 年收入《王力論學新著》，頁 308～328。

　　1990 年收入《王力文集》第十九卷，頁 9～31。

94. 〈談談寫信〉《語文學習》2 期（西元 1980 年）。

　　1983 年收入《王力論學新著》，頁 278～283。

　　1991 年收入《王力文集》第廿卷，頁 301～307。

95. 〈「本」和「通」〉《辭書研究》一輯（西元 1980 年）。

　　1984 年收於《談談學習古代漢語》。

　　1990 年收入《王力文集》第十九卷，頁 32～33。

96. 〈推廣普通話的三個問題〉《語文現代化》二輯（西元 1980 年）。

　　1982 年收入《龍蟲並雕齋文集》第三冊，頁 475～488。

　　1983 年收入《王力論學新著》，頁 83～96。

　　1991 年收入《王力文集》第廿卷，頁 187～202。

97. 〈積極發展中國的語言學〉《東嶽論叢》3 期（程湘清記錄整理）（西元 1980 年）。

　　1982 年收入《龍蟲並雕齋文集》第三冊，頁 489～496。

　　1983 年收入《王力論學新著》，頁 36～43。

　　1990 年收入《王力文集》第十六卷，頁 73～80。

98. 〈論古代漢語教學〉《語言教學與研究》4 期（西元 1980 年）。

　　1982 年收入《龍蟲並雕齋文集》第三冊，頁 438～445。

　　1990 年收入《王力文集》第十九卷，頁 475～483。

99. 〈建立中國的語言學〉《東岳論叢》3 期（西元 1980 年）。

100. 〈關於古代漢語的學習和教學〉《天津師範學院學報》2 期（西元 1980 年）。

　　1982 年收入《龍蟲並雕齋文集》第三冊，頁 413～437。

　　1983 年收入《王力論學新著》，頁 222～248。

　　1984 年收入《談談學習古代漢語》。

　　1990 年收入《王力文集》第十九卷，頁 504～532。

101. 〈語言學當前的任務〉《語文現代化》4 期（西元 1980 年）。

102. 〈在中學語文教材改革第三次座談會上的發言〉《中學語文教學》12 期（西元 1980 年）。

　　1990 年收入《王力文集》第十九卷，頁 380～384。

103. 〈在高等學校文改教材協作會議上的發言〉《語文現代化》第一輯（西元 1980 年）。

　　1991 年收入《王力文集》第廿卷，頁 241～245。

104. 〈需要再來一次白話文運動〉《教育研究》3 期（西元 1980 年）。

　　1983 年收入《王力論學新著》，頁 289～291。

　　1990 年收入《王力文集》第十九卷，頁 371～374。

105. 〈漢字和漢字改革〉《拼音報》第 10 期（西元 1980 年）。
    1991 年收入《王力文集》第廿卷，頁 246～261。

106. 〈怎樣學習古代漢語〉《語文學習講座叢書》第六輯（西元 1980 年）。
    1983 年收入《王力論學新著》，頁 204～221。
    1984 年收入《談談學習古代漢語》。
    1990 年收入《王力文集》第十九卷，頁 484～503。

107. 〈常用文言虛詞〉《語文學習講座叢書》第六輯（西元 1980 年）。
    1983 年收入《王力論學新著》，頁 187～193。
    1990 年收入《王力文集》第十六卷，頁 477～483。

108. 〈談談提高語文教學水平問題〉《中學語文教學》8 期（西元 1980 年）。
    1990 年收入《王力文集》第十九卷，頁 375～379。

109. 〈漢語發展史鳥瞰〉《語文園地》1 期（西元 1981 年）。
    1982 年收入《龍蟲並雕齋文集》第三冊，頁 446～451。
    1983 年收入《王力論學新著》，頁 1～7。
    1990 年收入《王力文集》第十六卷，頁 179～186。

110. 〈語文與文學〉《暨南大學學報》1 期（西元 1981 年）。
    1982 年收入《龍蟲並雕齋文集》第三冊，頁 458～466。
    1983 年收入《王力論學新著》，頁 254～262。
    1990 年收入《王力文集》第十九卷，頁 331～340。

111. 〈我對語言科學研究工作的意見〉《中國語文》1 期（西元 1981 年）。
    1982 年收入《龍蟲並雕齋文集》第三冊，頁 497～502。
    1983 年收入《王力論學新著》，頁 109～114。
    1990 年收入《王力文集》第十六卷，頁 81～86。

112. 〈關於音位學的教學〉——為武彥選《音位學大綱》講義寫的意見（西元 1981 年）。
    1991 年收入《王力文集》第廿卷，頁 308～309。

113. 〈《古代漢語》（修訂本）教學參考意見〉《古代漢語》（修訂本）第一冊，中華書局（西元 1981 年）。
    1990 年收入《王力文集》第十九卷，頁 533～536。

114. 〈怎樣寫論文〉《大學生叢刊》1 期（西元 1981 年）。

115. 〈漢語史答疑〉《大學生叢刊》3 期（西元 1981 年）。

116. 〈字句的邏輯性〉《語文知識叢刊》一輯（西元 1981 年）。

117. 〈《中原音韻音系》序〉《中原音韻音系》（西元 1981 年）。

118. 〈漫談中學的語文教學〉《文化知識》第一輯（西元 1981 年）。
    1990 年收入《王力文集》第十九卷，頁 385～389。

119. 〈和青年朋友談寫作〉《中國青年報》十一月連載（西元 1981 年）。

120. 〈談詞語規範化問題〉《百科知識》12 期（西元 1981 年）。
    1991 年收入《王力文集》第廿卷，頁 118～122。

121. 〈同源字典的性質及其意義〉《語文園地》6 期（西元 1981 年）。

　　　1983 年收入《王力論學新著》，頁 177～181。

　　　1984 年收入《談談學習古代漢語》。

　　　1990 年收入《王力文集》第十九卷，頁 111～116。

122. 〈談談小品文〉《文藝研究》1 期（西元 1982 年）。

　　　1991 年收入《王力文集》第廿卷，頁 523～526。

123. 〈「江」「河」釋義的通信〉《天津師專學報》2 期（西元 1982 年）。

　　　1984 年收入《談談學習古代漢語》。

　　　1990 年收入《王力文集》第十九卷，頁 203～205。

124. 〈篇章的邏輯性〉北京《語文知識叢刊》（3）（西元 1982 年）。

　　　1991 年收入《王力文集》第廿卷，頁 310～314。

125. 〈說江河〉《中學語文教學》第 6 期（西元 1982 年）。

　　　1984 年收入《談談學習古代漢語》。

　　　1990 年收入《王力文集》第十九卷，頁 206～216。

126. 〈我是怎樣走上語言學道路的〉《人民日報》6 月 3 日（西元 1982 年）。

　　　1991 年收入《王力文集》第廿卷，頁 533～535。

127. 〈建議破讀字用破讀號〉《文字改革》3 期（西元 1982 年）。

128. 〈詞典和詞言規範化〉《辭書研究》4 期（西元 1982 年）。

　　　1990 年收入《王力文集》第十九卷，頁 117～118。

129. 〈邏輯與學術研究、語言、寫作的關係〉《函授通授》1 期（西元 1982 年）。

　　　1990 年收入《王力文集》第十九卷，頁 390～394。

130. 〈語言的眞善美〉《語文學習》12 期（西元 1982 年）。

　　　1990 年收入《王力文集》第十九卷，頁 341～348。

131. 〈談漢語的學習和研究〉（河北廊坊師專）《語文教學之友》第 2 期（西元 1983 年）。

　　　1991 年收入《王力文集》第廿卷，頁 315～319。

132. 〈慶祝漢語拼音方案公布 25 周年〉《中學語文教學》2 期（西元 1983 年）。

　　　1991 年收入《王力文集》第廿卷，頁 212～213。

133. 〈在中國音韻學研究會第二屆年會開幕典禮的講話〉《音韻學研究通訊》3 期（西元 1983 年）。

　　　1989 年收入《王力文集》第十七卷，頁 90～92。

134. 〈字典問題雜談〉《辭書研究》2 期（西元 1983 年）。

　　　1990 年收入《王力文集》第十九卷，頁 119～130。

135. 〈爲什麼學習古代漢語要學點天文學〉《學語文》1 期（西元 1983 年）。又《湖南語言研究通訊》第 2 期。

　　　1984 年收入《中國古代文化史講座》中央電大出版社。又收入《談談學習古代漢語》。

　　　1990 年收入《王力文集》第十九卷，頁 537～549。

136. 〈「之」「其」構成的名詞性詞組〉《語言研究》第七輯（西元 1983 年）。

137. 〈爲純潔祖國的語言而繼續努力〉《函授通訊》特刊八月（西元 1983 年）。

138. 〈研究古代漢語要建立歷史發展觀點〉《語文教學之友》2 期（西元 1983 年）。

　　　1984 年收入《談談學習古代漢語》。

　　　1990 年收入《王力文集》第十六卷，頁 196～205。

139. 〈漫談古漢語的語音、語法、詞匯〉《蘇州鐵道師院學報》（西元 1983 年）。

　　　1984 年收入《談談學習古代漢語》。

　　　1990 年收入《王力文集》第十六卷，頁 187～195。

140. 〈談談寫論文〉《王力論學新著》，頁 268～277（西元 1983 年）。

　　　1991 年收入《王力文集》第廿卷，頁 457～467。

141. 〈詞的本義應是第一項〉《辭書研究》2 期（西元 1984 年）。

142. 〈一次成功的教學改革——在黑龍江省「注意識字、提前讀寫」實驗匯報會上的發言〉《文字改革》6 期（西元 1984 年）。

　　　1991 年收入《王力文集》第廿卷，頁 324～325。

143. 〈把話說得準確些〉《新聞業務》7 期（西元 1984 年）。

　　　1991 年收入《王力文集》第廿卷，頁 320～323。

144. 〈漢語對日語的影響〉《北京大學學報》5 期（西元 1984 年）。

145. 〈詞義的發展和變化〉《談談學習古代漢語》（西元 1984 年）。

　　　1990 年收入《王力文集》第十九卷，頁 217～223。

146. 〈方言區的人學習普通話〉香港《普通話叢刊》二集（西元 1985 年）。

147. 〈談語言〉《新聞與成才》第 2 期（西元 1985 年）。

　　　1991 年收入《王力文集》第廿卷，頁 559～562。

148. 〈在第一屆國際漢語教學研究會上的講話〉《語言教學與研究》4 期（西元 1985 年）。

　　　1990 年收入《王力文集》第十九卷，頁 395～396。

149. 〈《古漢語字典》序〉《語言研究》第 2 期（西元 1986 年）。

150. 〈京劇唱腔中的字調〉《戲曲藝術》1、2 期（西元 1986 年）。

　　　1991 年收入《王力文集》第十八卷，頁 420～459。

（四）文學部分

1. 〈詩歌的起源與流變〉《國文月刊》一卷 13 期（西元 1942 年）。

　　　1990 年收入《王力文集》第十九卷，頁 242～248。

2. 〈我從《紅樓夢》研究的討論中得到的一些體會〉《中國語文》12 期（西元 1954 年）。

3. 〈文學和藝術的武斷性〉《當代文藝》一卷 3 期（西元 1962 年）。

4. 〈宋詞三首講解〉《語文學習講座》十三輯（西元 1963 年）。

5. 〈毛澤東詩詞四首〉《語文學習講座叢書》第七輯（西元 1981 年）。

6. 〈唐詩三首〉《語文學習講座叢書》第七輯（西元 1981 年）。

7. 〈宋詞三首〉《語文學習講座叢書》第七輯（西元 1981 年）。

（五）其他部分

1. 〈大學中文系與新文藝的創造〉《國文月刊》43、44 期（西元 1946 年）。
   1991 年收入《王力文集》第廿卷，頁 446～454。

2. 〈敝帚齋讀書記〉《國文月刊》45 期（西元 1946 年）。
   1991 年收入《王力文集》第廿卷，頁 439～441。

3. 〈津門小厄〉《中央日報》（昆明 2 月 27 日）（西元 1946 年）。
   1991 年收入《王力文集》第廿卷，頁 442～445。

4. 〈論唐蘭先生的文章的思想性和邏輯性〉《中國語文》1 期（西元 1956 年）。

5. 〈親眼看到的文化革命事跡〉（與周有光合作）《中國語文》4 期（西元 1960 年）。

6. 〈中國古代的曆法〉《文獻》1 期（西元 1980 年）。
   1983 年收入《王力論學新著》，頁 341。
   1991 年收入《王力文集》第廿卷，頁 474～489。

7. 〈希望與建議〉《國外語言學》1 期（西元 1980 年）。
   1991 年收入《王力文集》第廿卷，頁 499。

8. 〈我所知道聞一多先生的幾件事〉《聞一多紀念文集》（西元 1980 年）。
   1991 年收入《王力文集》第廿卷，頁 490～494。

9. 〈在「慶祝王力先生學術活動五十周年座談會」上的發言〉《語文現代化》第 4 期（西元 1980 年）。
   1991 年收入《王力文集》第廿卷，頁 495～498。

10. 〈談談怎樣讀書〉《大學生》叢刊 2 期（西元 1981 年）。
    1983 年收入《王力論學新著》，頁 292～307。
    1991 年收入《王力文集》第廿卷，頁 500～517。

11. 〈懷念趙元任先生〉《人民日報》4 月 27 日（西元 1982 年）。
    1991 年收入《王力文集》第廿卷，頁 527～530。

12. 〈談談圖書館〉《高校圖書館工作》2 期，頁 531～532。

13. 〈懷念朱自清先生〉《完美的人格》1987 年三聯書店。
    1991 年收入《王力文集》第廿卷，頁 563～566。

14. 〈我的治學經驗〉《高教戰線》5 期（西元 1984 年）。
    1991 年收入《王力文集》第廿卷，頁 536～551。

15. 〈天文與曆法的關係〉中山大學《刊授指導》10 期（西元 1985 年）。
    1991 年收入《王力文集》第廿卷，頁 552～558。

三、譯 著

1. 《女王的水土》（小說）莫洛亞著（西元 1929 年）。

2. 《少女的夢》（小說）紀德著，上海開明書店（西元 1931 年）。

3. 《半上流社會》（劇本）小仲馬著，上海開明書店（西元 1931 年）。

4. 《巴士特》（傳記）上海商務印書館（西元 1933 年）。

5. 《我的妻》（劇本）嘉禾著，上海商務印書館。（西元 1934 年）。

6. 《伯邃齊侯爵》（劇本）拉維當著，上海商務印書館（西元 1934 年）。

7. 《生意經》（劇本）米爾博著，上海商務印書館（西元 1934 年）。

8. 《社會分工論》E.Durkheim 著，上海商務印書館（西元 1934 年）。

9. 《屠槌》（小說）即《小酒店》左拉著，上海商務印書館。1958 年北京人民文學出版社出版（西元 1934 年）。

10. 《戀愛的婦人》（劇本）波多黎史著，上海商務（西元 1934 年）。

11. 《賣糖小女》（劇本）嘉禾著，上海商務（西元 1934 年）。

12. 《小芳黛》（小說）喬治桑著，上海商務（西元 1934 年）。

13. 《討厭的社會》（劇本）巴依隆著，上海商務（西元 1934 年）。

14. 《愛》（劇本）佘拉第著，上海商務（西元 1934 年）。

15. 《佃戶的女兒》（劇本）埃克曼與夏鐸合著，上海商務（西元 1934 年）。

16. 《娜拉》（小說）左拉著，上海商務（西元 1935 年）。

17. 《婚禮進行曲》（劇本）巴達一著，上海商務（西元 1935 年）。

18. 《莫里哀全集》（收劇本六種）上海商務。（內容爲（1）《丈夫學堂》（2）《情仇》（3）《斯加拿爾》（4）《裝腔作勢的女子》（5）《嘉爾西爵士》（6）《糊塗的人》）（西元 1935 年）。

19. 《糊塗的人》（劇本）1957 年北京作家出版社印單行本（西元 1935 年）。

20. 《丈夫學堂》（劇本）1958 年北京作家出版社印單行本（西元 1935 年）。

21. 《小物作》（小說）都德著，上海商務（西元 1936 年）。